Ronso Kaigai
MYSTERY
202

血染めの鍵

The Clue of the New Pin
Edgar Wallace

エドガー・ウォーレス
友田葉子［訳］

論創社

The Clue of the New Pin
1923
by Edgar Wallace

目次

主要登場人物

ジャック……………………………………………『メガフォン』紙の編集長
サマーズ（タブ）・ホランド ……………………『メガフォン』紙の新聞記者
レックス（ベイブ）・パーシヴァル・ランダー ……ホランドの友人
ジェシー・トラスミア…………………………ランダーの伯父
ウォルターズ（ウォルター・フェリング）…………トラスミア家の使用人
ウェリントン・ブラウン…………………………トラスミアの元仕事仲間
ジョン・ファーガソン・ストット………………トラスミア家の隣人。レックス・ランダーの雇い主
エリーヌ・シンプソン……………………………ストット家の家政婦
イェー・リン………………………………………中華レストラン〈ゴールデン・ルーフ〉のオーナー
ウルスラ・アードファーン………………………女優
カーヴァー…………………………………………中央警察署の警部

血染めの鍵

第一章

イェー・リンの店は、うらぶれた雰囲気のリード街《ストリート》と、劇場の町として栄えるきらびやかな大通りとのあいだにある。リード街は、立ち並ぶ店舗や作業場、クリニックの入り口に看板を掲げ、さびれかけてはいるが手堅く商売を続ける帽子店、仕立屋、歯科医院が無数に林立する地区から、しだいにベネット街《ストリート》のひどく雑然とした町並みへと変わっていく。いや、この界隈を表現する場合、正確かつ適切に言うなら「雑然とした」では言葉が足りない。ベネット街は、昼間は大声が飛び交い、夜はさらにけたたましい喧噪で満ちあふれる地区なのだ。道路は、子沢山の家が多いこの辺りに暮らす子供らの遊び場であり、上半身裸の男たちが、あらゆるもめ事を力で解決する「リング」でもある。そしてその傍らで、女たちが金切り声で声援を送ったり、声高に意見を言い合ったりしているのだった。

イェー・リンのレストランは、堅気の店が並ぶリード街の端で、一風変わった中華料理《チャイニーズディッシュ》を食べさせる店として創業された。やがて創業者であるこの陰気な顔つきの東洋人は、一軒、また一軒と隣接する建物を手に入れて店舗を広げ、徐々にきらびやかな通りへ近づいていった。

そして瞬く間に目抜き通りに到達すると、豪華だが落ち着いた店構えに一変させ、フランス人シェフと、洗練された人気給仕長《メートル・ドテル》、シニョール・マチドゥイーノを筆頭にイタリア人のウエイターらを雇い入れた。目を惹く金色の屋根瓦にちなみ、店名は〈ゴールデン・ルーフ〉とした。瓦の下の外壁には紫檀の羽目板があしらわれ、提灯型のランプがいくつか下がっている。二階と三階に個室のダイニングルームがあり、金色のエレベーターで上がっていく造りになっていた。個室のドアは板ガラス製で、透けて見える薄手のカーテンが掛かっている。少々気取りすぎではないかとイェー・リンは思ったが、出資者がどうしても譲ろうとしなかったのだ。

なかには板ガラスのドアがない部屋もあるのだが、どれも目立たない箇所に振り分けられていた。そのうちの一つに、通常の食事客が絶対に通されることのない部屋があった。どんな重鎮が来ようと、その規則《ルール》が曲げられることはなかった。それは、廊下の突き当りに位置する六号室だった。そばにスタッフ専用口があり、そこを抜けると曲がりくねった迷路のような通路がリード街に面した古い建物へと続いている。そちら側は、イェー・リンが苦労した創業当時の状態のまま残されていた。古いほうの店に中華料理を食べに来る客には、イェー・リンの生まれ故郷である漢口《はんこう》出身の、足音をたてずに静かに歩くウエイターが給仕した。

昔からの店の常連は、イェー・リンが急速に富を得たことを嘆き、よい身なりをした新たな客を鼻で笑っていた。一方、身なりのよい客たちのほうは、貧しい近隣住民の存在など意に介さずに平然と高価な食事に舌鼓を打ち、決まった時間になると、イェー・リンが金に糸目をつけず雇った〈オールド・オリジナル・サウスカロライナ・シンコペイテッド・バンド〉の演奏に合わせてダンスを楽しむのだった。

イェー・リンが高級なフロアに足を踏み入れるのは年に一度、春節の日だけだった。旧正月を祝うこの日は、白いベストと手袋を身に着け、きっちり襟元を締めた白シャツに白の燕尾服という風変わりないでたちで店に現れた。

それ以外の日は、うらぶれた通りときらびやかな通りの中間地点にある、壁じゅうに雑誌の表紙を切り抜いた色鮮やかな写真が貼られた狭苦しい休憩室に座ってくつろいだ。この部屋ではいつも黒いシルクのローブを身にまとい、柄の長いパイプをくゆらせていた。日曜を除き、毎晩七時半になると、イェー・リンは外の通りに面した戸口へ足を向けた。二つのレストランをつなぐ建物についているドアのノブに手を置いて待つのだ。娘が先にやってくることもあれば、老人が先に来ることもあった。いずれの場合も二人はたいてい無言で戸口を抜け、六号室へ上がっていく。彼らが到着すると、イェー・リンは休憩室に戻ってパイプ煙草を吸いながら、漢口《はんこう》にいる息子に美しい文で綴った長い手紙を書いた。彼の息子は大変な勉強家で、詩人としても学者としても成功していた。学士院会員に相当する〈フォレスト・オブ・ペンシルズ〉の一員にも選ばれている。

イェー・リンは、ストーフォードに建設する新しい建物の案件に没頭していて、その屋敷の名誉ある主人として、大使に就任した息子が納まるのを夢見ることがあった――大使の選出に教養の高さが大きくものを言う中国では、決してあり得ないことではない。

二人の客が出ていくところをイェー・リンが目にすることはなかった。二人とも勝手に出口へ向かい、いつも八時すぎにはいなくなっていた。ウエイターも六号室には出入りせず、食事はちょっとしたビュッフェ形式であらかじめ用意されていた。部屋と廊下のあいだに引かれたカーテンで人目から遮られ、二人を知るのはイェー・リンだけだった。

月初めの月曜日には六号室へ行き、一人でいる客にひざまずいて中国流に叩頭《こうとう》の礼（目上の人物に対する中国の礼の形式）を行った。この日は必ず老人だけが部屋にいるのだった。イェー・リンは大きな漆塗りの金庫を手にし、分厚いノートを小脇に抱えて六号室の老人の前に出ると、食事の並んだテーブルに金庫とノートを置き、うやうやしくひれ伏した。

「座りたまえ」破擦音《はさつおん》が交じる南部地方特有の訛りで、ジェシー・トラスミアが言った。イェー・リンはゆったりしたガウンの袖に礼儀正しく両手を隠し、老人の言葉に従った。「それで?」

「今週は売り上げが落ちました」と言いながらも、イェー・リンの口から謝罪の言葉はなかった。

「好天続きで、客の多くが街を出ておりまして」

袖から手を出して金庫を開け、紙幣の束を四つ取り出した。そのうちの三束を右に、一束を左に分ける。老人は手近にあった三束を手に取り、小さく唸った。

「昨夜、警察が来て建物の中を見せるよう言われました」平然とした口調でイェー・リンが言った。

「警察は地下室を見たがりましてね。中国人は地下に必ずアヘンの吸引所を持っていると思っているのです」

「ふん!」と言いながら、トラスミアは紙幣の束を親指でパラパラとめくった。「こいつはたいしたもんだな、イェー・リン」

トラスミアは、足元の黒い鞄に金を入れた。イェー・リンは軽く首を横に振り、暗に同意を示した。

「ファイサンで、わしの下で働いていた男を覚えているか」

「あの飲んだくれですか」

老人はその呼び名に頷いた。

「近々、やつがこの国に来る」と、楊枝を噛みながら言った。トラスミアは六十代くらいの、いかつい顔をした男だった。くたびれた黒のフロックコートは痩せた体にサイズが合っておらず、流行遅れの襟元は擦り切れ、細い首に巻いた紐タイは使い古されて元々の固さを失い、両端とももつれてだらしなく垂れ下がっている。目は鮮やかなブルーで、ごつごつした顔は、硬く鱗《うろこ》状になった皮膚がトカゲを思わせた。

「そう、やつがイギリスに来るのだ。この町へのアクセス方法を見つけ次第、現れるだろう。ウェリントン・ブラウンくらい旅慣れた男には造作もないことだ！　イェー・リン、この男は厄介だぞ。夜のテラスでずっと眠っていてくれればありがたいんだが」

イェー・リンが再び首を横に振った。

「彼を消すわけにはいきません――この国では」と、イェー・リンは言った。「ここでは、私は潔白の身で知られているのです――」

「お前は頭がどうかしているのか」トラスミアが、とげとげしい声で言った。「わしが人殺しをしたり、殺人を依頼したりすると思うか。命の値段が安い黒竜江にいたときでさえ、わしの金《きん》を盗んだ男を痛めつけることしかしなかったのだぞ。しかし、この大酒飲みの口だけはどうしても封じなければならん。やつはアヘン常習者だ。お前の店に吸引所がないのは知っている。そんなものにわしが我慢ならんからだが、お前ならそういう場所に心当たりがあるのでは……」

「いくらでも知っています」と、イェー・リンはにこやかに言った。

イェー・リンは戸口まで主人を送り、ドアが閉まるとすかさず休憩室に戻って、発育不全の中国人の男に呼びかけた。

「あの方のあとをつけて、無事を見届けろ」

その口調は、まるで今夜初めてトラスミアの警護を命じたかのように聞こえるが、実を言うとこの六年間、通りに面したドアが閉まる音をイェー・リンの鋭敏な聴覚が察知すると同時に、足をひきずって歩く中国人の男は、毎晩、一言一句同じ命令を耳にしてきたのだった。日曜を除き、一日も欠かさずに……。

イェー・リン自身は、決してジェシー・トラスミアを追うことはしなかった。彼には、毎晩十一時に始まり、たいてい早朝までかかる別の任務があったのである。

第二章

トラスミアは一定の歩幅で、人通りの多い道を歩き続けた。そして八時二十五分きっかりにピーク・アヴェニューへと曲がった。彼の自宅のある、広くて感じのよい通りだ。三十分ほどそこでぶらぶらと時間を潰していた男がトラスミアの姿を見つけ、通りを渡って近寄ってきた。

「すみません、トラスミアさん」

ふいに物思いの邪魔をされたトラスミアは、仏頂面で相手を見返した。見覚えのないその相手は若い男で、トラスミアより頭一つ分背が高く、きちんとした身なりをし、自信に満ちた態度だった。

「何だ?」

「覚えていらっしゃいませんか――ホランドです。一年ほど前、自治体とのトラブルの件で取材させていただきました」

トラスミアの顔が、にわかに明るくなった。

「新聞記者か。ああ、覚えている。君が三流紙に書いた記事は間違っていたがな――まったくの見当違いだった! 君はわしに、自治体の法を尊重していると言わせたが、あれは嘘だ! わしは法律も弁護士も信用しとらん。あんなものは、不正に金をむしり取る盗っ人だ!」

トラスミアは傘の先端を地面に打ちつけて不満をあらわにした。

「そうかもしれませんね」若者はにこやかに応えた。「あなたに多少お世辞を強要したとすれば、それは人にいい面を見せるための戦略だったんですよ。実を言うとその件は忘れていましたが、取材相手を善人に見せるのがインタビューを担当する記者の仕事ですからね」

「それで、何の用だ」

「北京の特派員が、反乱者の声明文の原本を送ってきたんです。ウィン・スー将軍——スィン・ウーだったかな。中国人の名前は、どうも厄介でしてね」

タブ・ホランドは、ポケットから奇妙な文字で覆われた黄色い紙を取り出した。

「うちの社の通訳と連絡が取れないんですよ。あなたがこの手の文字に精通しているのを存じ上げていたので——中国語の大家ですものね。それで、編集長があなたに翻訳をお願いできないかと思いついたんです」

トラスミアはしぶしぶ紙を受け取り、鞄を膝のあいだに挟んでメガネをかけた。

「ウィン・スー・シーは天のご加護により、祖先の前で心からすべての中国人民に申し上げる……」

と、訳し始める。

タブはそれを、手にしたメモ帳に素早く書き取った。

「ありがとうございます」トラスミアが訳し終えると、タブは礼を言った。

老人の顔に、自己満足に浸った子供のようなにやにや笑いが浮かんだ。

「あなたは本当に中国語がご堪能ですね」と、タブは愛想よく言った。

「あっちで生まれたのでな」トラスミアは悦に入って応えた。「黒竜江沿いの大きな町に生まれ、六歳までに三つの方言を喋れるようになっていた。向こうにいた当時は、中国人よりちゃんと本が読めたものだ！　これだけかね」

「はい、ありがとうございました」タブはうやうやしく帽子を上げてみせた。

しばらくその場に立ち、老人が立ち去るのを見送った。あれが金にうるさいと評判の、レックス・ランダーの伯父さんか。とても大金持ちには見えないな。といっても、大金持ちというのは、めったに富をひけらかさないものだが。

ウィン・スーの声明を解読できたタブは、その日に発行され、記事の一つを自分が担当した『プリズン・リポート』に読みふけっていた。

「悪いがな、タブ」朝刊の編集責任者が声をかけてきた。「演劇担当者がインフルエンザにかかってしまった。劇場に行って、例の女優の取材をしてくれないか」

タブは鼻息を漏らしたものの、言われたとおり劇場に出向いた。

衣装係が口ごもりながら、「アードファーンさんはお疲れなので明日ではいけませんか」と言った。

「僕だって疲れていますよ」タブ・ホランドはうんざりした。「アードファーンさんにお伝えください。僕は夜の十一時に、わざわざ劇場にサインをねだりに来たわけでも、贔屓《ひいき》の女優の写真を撮りに来たわけでもありません。報道という正式な目的のために伺っているのです、と」

衣装係にとって、タブは外国語を話す男も同然らしかった。疑わしげな目つきで品定めするように彼を見やり、錆びついた黄色いノブを回してドアを開けると、見えない誰かに立ったまま話しかけた。

タブは入り口に掛かったクレトン更紗のカーテンをちらっと見てあくびをし、頭を掻《か》いた。相当疲れていなければ、元来、そんながさつな態度を取る男ではない。

「お入りください」と、衣装係に言われ、シェードのない照明でまばゆく照らされた部屋へ足を踏み入れた。

ウルスラ・アードファーンは着替えを終え、今にも劇場を出るところに見えたが、上着はまだ椅子の背に掛かっており、青いサテンの裏地がついた外套が別の椅子の上に無造作に置かれていた。ウルスラは、手にしたブローチを宝石箱にしまおうとしていた。そのブローチがタブの目を惹いた。ハート型のルビーが中央にあしらわれている。ウルスラは宝石箱の蓋の裏に張られている柔らかな布にブローチのピンを刺して留め、蓋を閉めた。

「こんな時間にお邪魔して申し訳ありません、アードファーンさん」と、タブはすまなそうに話しかけた。「お腹立ちだとしても当然です。もしお怒りでないとすれば、寛大なお心に感謝します。今日は一日中、ラックミア詐欺事件の裁判の取材で裁判所に缶詰めになっていたものですから」

ウルスラは、やや苛立ちを感じているようだった。部屋へ入ったときにその美しい顔に浮かんだ表情から、タブはそれを感じ取っていた。

「それで、別の裁判の取材にでもいらしたというんですの？」ウルスラは、わずかに微笑んだ。「何のご用でしょう、ええと――？」

「ホランドです――『メガフォン』紙のサマーズ・ホランドといいます。演劇担当の記者は病欠なのですが、あなたが結婚されるという噂を今夜、二つの情報筋から聞きつけましてね」

「まあ、それをわざわざ知らせに来てくださったんですか！　ずいぶんご親切ですこと！」と、ウルスラが茶化すように言った。「いいえ、結婚する予定はありませんわ。それどころか、ずっと結婚することはないと思います。でも、それはお書きにならないでね。変わり者を装っていると思われるのは嫌ですから。ところで、噂のお相手は誰なんですの？」

「まさに、それを尋ねに伺ったんですよ」と、タブはにっこりした。

「それは残念」ウルスラは口元をきゅっと結んだ。「でも、とにかく結婚はしません。演劇に身を捧げているなんておしゃらないでくださいね。そういうわけじゃありませんから。それに、いつの日か実るかもしれない若い男女の求愛活動に興じているわけでもありません。結婚したいと思う男性が現れないだけですわ。そういう殿方に出会わないかぎり、結婚すべきではありませんもの。ご用は、それだけかしら？」

「ええ、充分です、アードファーンさん。お手数をおかけして本当に申し訳ありませんでした。取材相手にはいつも言うセリフですが、今回ばかりは、心からそう思っています」

「その情報を、どこから入手されたんですか」立ち上がりながらウルスラが尋ねた。

タブは思わず顔をしかめた。

「それは、その――僕の友人からです。彼からネタをもらったのは初めてなんですが、どうやら間違いだったようですね。では、おやすみなさい、アードファーンさん」いきなり握手されて、ウルスラがたじろいだ。

「すみません！」タブは慌てて謝った。

「力が強いんですもの！」と、ウルスラは笑って手をこすった。「あなた、か弱い女性とはご縁がないみたいね――ホランドさんっておっしゃいました？　ひょっとして『タブ』・ホランド？」

タブは赤くなった。態度にこそ出さなかったものの、彼がこんなふうに狼狽《ろうばい》するのは珍しいことだった。

「どうして『タブ』なんです？」と尋ねるウルスラのブルーの瞳が、愉快げに輝いた。

「会社でのニックネームなんです」タブは、きまり悪そうに説明した。「同僚たちは、僕がいい幕引きで終えることに情熱を燃やしているって言うんですよ……ほら、舞台の幕を下ろす綱があるでしょう……あなたならご存じですよね、アードファーンさん。劇には付き物ですから」

「垂れ幕の綱《タブ・ライン》のことですか？　あなたのこと、聞いたことがあるわ。思い出しました。舞台でご一緒した劇団の方に聞いたんですわ――ミルトン・ブレイドです」

「彼は昔、新聞記者だったんです。役者なんぞに――いえ、舞台俳優に転身する前のことですが」

タブは演劇に疎く、俳優については詳しくない。ウルスラは、二十六年の人生で出会った二人目の女優だったが、予想外に人間味のある女性だった。しかも、驚くことではないのだろうが、息をのむほど美しい。女優が美しいのは当たり前だとしても、マスコミと、レックス・ランダーの思い入れの強いかなり偏った意見を信じるなら、演技に長けた名女優の部類に入るウルスラ・アードファーンでさえこれほど美しいとは……。それに、彼女にはユーモアのセンスもある。報道で読んだかぎりでは感情的な女優だということだったのに、意外な一面だった。気品と若さを兼ね備えているうえに、気取らない雰囲気も漂わせている。タブはもっとここにいたいと思ったが、ウルスラは明らかにインタビューを終わらせようとしていた。

「おやすみなさい、ホランドさん」

タブはいま一度、先ほどよりもおそるおそるウルスラの手を握り、その慎重さに、ウルスラは弾かれたように笑った。

鏡台の上に置かれた小さな茶色の宝石箱が目に入って、タブはあることを思いついた。

「もし、『メガフォン』紙に何か書いてほしいとお望みなら」と、しどろもどろに言った――「あなたが、どんな女優さんよりも見事な宝石をお持ちだという記事も書けますが……」

どういうわけかタブはぎこちなくなっていて、自分でもそれがわかっているだけに、自己嫌悪に陥っていた。ウルスラが一瞬浮かべた笑みを見るまでもなく、彼女がそういった報道を望んでいないのは明白だった。そして、すっと笑みが消え、若々しい彼女の顔が妙に硬くなった。

「いいえ……私の宝石とその価値なんて、興味を引く記事になるとは思いません。今演じている役のためには、いくつもの宝石を身に着けなければなりませんの――本当は、そうでないとありがたいんですけど。おやすみなさい。噂を打ち消せてよかったですわ」

「新郎には気の毒なことをしましたがね」と、タブは慇懃《いんぎん》に言った。

ウルスラは、タブが部屋を出ていくのを見守った。衣装係が入ってきたときも、彼女の視線は、肩幅の広い長身の若者に注がれたままだった。

「あんなダイヤをあなたが持ち歩かなくて済めばと、私も思います」と、衣装係が心配顔で言った。「保管係のスタークさんが、劇場の金庫に保管してもいいとおっしゃってましたよ――夜間も当直の警備員が常駐しているんですって」

「私にも同じことを言ってくださったわ」ウルスラは静かな声で応えた。「でも、自分で持っていたいの。コートを取ってちょうだい、シモンズ」

数分後、ウルスラは楽屋口から外へ出た。通りの反対側に、小型だが見栄えのよい車が停めてあった。ドアは閉まっていて、中には誰も乗っていない。ウルスラは出待ちのファンのあいだを通り抜けてその車に乗り込むと、宝石箱を足元に置き、車を発進させた。守衛は彼女の車が滑るように走りだして角を曲がるのを見届けてから、小さな守衛室に戻った。

タブもウルスラの車を見送っていた。予想外の行動に、われながら苦笑する思いだった。楽屋口で待っていれば人気女優を拝めるともし誰かに教わっていたら、本当にそうしていたかもしれない。だが実際には、人目を忍んで当惑しながら、通りの陰からこっそり彼女を見ることしかできないとは！　自分の意気地なさが情けなかった。

「まったく、生きているといろいろ学ぶもんだな」タブはため息をついた。

タブの住むフラットはダウティー街《ストリート》にあり、彼はインタビューの結果を電話で社に報告するため、自宅に立ち寄ることにした。

居間に入ると、肘掛け椅子に座っていた、タブより二歳ほど年下の男が背もたれ越しにこちらを見上げた。

「どうだった」男が勢い込んで訊いてきた。

タブは答える前に煙草の葉の入った大きな瓶に歩み寄り、よく磨かれたパイプに煙草を詰めた。

「本当だったのか」レックス・ランダーは、じれったそうに尋ねた。「君ってやつは、なんてもったいぶった嫌な男なんだ！」

「君はとんでもないデマに惑わされているようだ」タブは神妙な顔つきで煙を吐き出した。「誤った情報を広めて、楽屋口に張りついている出待ちのファンのあいだに不安と失望を生み出す張本人だな——まあ、おかげで僕も今夜はそのお仲間に加われたけどね」

レックスは緊張していた体をだらしなく緩めた。

「じゃあ、彼女は結婚しないんだな」と、安堵のため息をつく。

「悪気はなかったんだろ？」どさりと椅子に腰を下ろして、タブは言った。「もっとも、『彼に悪気はなかったんだ!』なんて人から言われるのは情けないけどな。とにかく、事実じゃなかった。彼女は結婚しない。どこでそんな情報を手に入れたんだい、ベイブ」

「小耳に挟んだんだ」レックスは曖昧に答えた。

レックスは、ピンクがかった色白の顔をした、少年のような風貌の若者だった。顔はふっくらとまん丸で、肉づきのよい体つきとのんびりとした物腰は、「ベイブ」というあだ名がぴったりだ。二人は学生時代の友人で、レックスが伯父である気難し屋のジェシー・トラスミアの命で建築家としての修行を積みに上京してきたときに親しくなり、今ではタブの小さなフラットで共同生活をする仲になっていた。

「彼女のこと、どう思う?」

タブは、少し考えてから答えた。

「きっと美貌が足かせになっているな」言葉を選びながら慎重に言う。普段なら、もっと揶揄《やゆ》するなり、レックスの彼女への熱の入れようをからかうなりするところだが、今回はなぜか、レックスの質問をいつもより真剣に受け止めた。

ウルスラ・アードファーンといえば、ロンドンで成功を収め続けている女優の代表格だ。まだ若いにもかかわらず、いくつもの芝居で主役を演じ、いまだ失敗という言葉を知らない。

「彼女はとても……魅力的だ」と、タブは言った。「どうにも自分がばかみたいに思えたよ。女優のインタビューなんて、畑違いもいいところだからね。誰からの手紙だい?」タブは、マントルピースの上に立てかけてある封筒に目をやった。

「ジェシー伯父さんからさ」レックスは、手にしていた本から顔を上げずに答えた。「五十ポンド貸してもらえないかって、僕が手紙を送ったんだ」

「それで、何て言ってきたんだ――そういえば、今日、伯父さんに会ったよ」

「読んでみなよ」レックスがにやりと笑って勧めた。

タブは封筒を手に取り、中から子供が書いたような読みにくい字で綴られた厚めの便箋を取り出した。

「レックスへ」（と、タブは読み始めた）

　年四回の小遣いの支給は二十一日のはずだ。したがって、要望には応じられない。お前はもっと、倹約を心がけるべきだ。肝に銘じておきなさい。いずれわしの遺産を相続したとき、きっと倹約生活の経験に感謝することになる。お前が手にする莫大な富を、先を見据えた、分別ある方法で活かせるようになるからだ。


「相当な締まり屋だな」手紙をマントルピースに戻して、タブは言った。「このあいだ、彼が百万長者だという話を耳にしたんだが――どうやって儲けたんだい？」

レックスはかぶりを振った。

「中国で稼いだんじゃないかな。伯父は向こうで生まれて、黒竜江金山で慎ましい商人として事業を始めたんだ。その後、購入した土地から金が出たらしい。なあ、どう思う？」と言って、顎を掻いた。

「文句を言っていいものかどうか……。伯父の言うことには一理あるし、彼とは昔から仲がいいんだ」

「伯父さんとは頻繁に会うのかい？」

「去年は、一緒に一週間過ごしたよ」レックスは、呼び覚ました記憶にふと顔をしかめた。「とにかく」慌てたように言葉を継いだ。「伯父にはずいぶん世話になってるんだ。僕がこんなに怠け者で贅沢好きじゃなかったら、自分の収入だけで暮らしていけるのかもしれないんだけど」

　タブは無言でパイプをくゆらしていたが、やがて口を開いた。

「ジェシー・トラスミア老人については、さまざまな噂がある。つい先日ある男が、彼は守銭奴で有名だと言っていた。財産をすべて自宅に保管しているのだとね。きっと作り話だろうが」

「伯父は銀行口座を持っていないんだ」レックスが意外なことを口にした。「それに、自宅のメイフィールドにかなりの大金を保管しているのは確かだよ。刑務所並みの建物で、ものすごく堅牢な地下室があるんだ。部屋を見たことはないけど、伯父が地下室に下りていくのは見た。酒を飲みながら札束を数えてほくそ笑んでいるかどうかはわからないし、わざわざ確かめようと思ったこともない。でも間違いなく事実だよ、タブ」と、真顔で言う。「伯父は口座を持っていなくて、すべて現金《キャッシュ》で払うんだ。銀行を通した取引もしているとは思うんだが、聞いたことはない。守銭奴だという点については」――レックスは口ごもった――「まあ、気前がいいとは言えないな。例えば半年前、こんなことがあった。メイフィールドの屋敷自体はわりと小さいんだが、そこの管理人をしていた夫婦が食事のちょっとした残り物を貧しい親戚に回してやっていたのを知って、伯父はなんと夫婦をクビにしたんだ！　今年になって訪ねてみたら、寝室と、書斎代わりに使っているダイニング以外、すべての部屋を閉じてしまっていた」

「使用人はどうしているんだい？」と、タブが訊くと、レックスは首を振った。

「従者のウォルターズと、通いの女性が二人いる。一人は料理人、もう一人は掃除婦だ。でも料理人には、母屋から離れた場所に建てた小さなキッチンを使わせてる」

「そいつはまた、ずいぶんと楽しげな御仁だな」

「お世辞にも、人当たりがいいとは言えないな。毎月のように料理人が変わるし。先日ウォルターズに会ったら、今度の料理人はこれまででいちばん腕がいいんだって言ってた」そのあと、五分近く沈黙が続いた。

やがてタブが立ち上がり、パイプの灰を落とした。

「確かに、彼女は美しい」その言葉に、レックスが訝《いぶか》しげに顔を上げた。タブが、決して料理人のことを言っているのではないのがわかったからだった。

第三章

ジェシー・トラスミアは、自分の周囲以外何も置かれていない殺風景な長テーブルの端で、用意された薄切り肉のカツをゆっくりと味わっていた。

部屋の様子からは、莫大な富があるとは少しも感じられず、彼の美的センスや中国との関わりをにおわせるものはなかった。壁には絵の一つも飾られていないし、ヨーロッパ風の家具は古くてくたびれた代物だ。中古でそれを買ったトラスミアは、どれだけ得をしたかをいつも自慢していた。絵がないくらいだから、当然、本もない。トラスミアは、本どころか新聞も読まない人間だった。

時間は午後一時。起きたばかりのトラスミアは、室内着のガウンを羽織っていた。下に着たグレーのパジャマから痩せ細った首筋が覗いている。しばらくすると着古した黒のスーツに着替え、それから翌朝の夜明け頃までずっと起きているのだった。空が白み始める前に寝床に入ることも、午後二時以降に起き出すことも決してなかった。

いつも六時半きっかりに使用人のウォルターズに手伝わせ、コートを身に着けた。暖かい季節には軽いコートを、寒い時期には毛皮で裏打ちされた厚手の外套を着て散歩に行き、必要な用事を済ませる。だが家を出る前にまず、きまって行う手順があった――すべてのドアに鍵を掛けてウォルターズが自分の部屋に戻るのを待ち、書斎兼ダイニングから地下室へ通じるドアの向こうへいったん姿を消すのだ。出かけるのは、そのあとだった。片手で傘を差し、もう一方の手に黒い鞄を提げた主人がゆっくりと通りを歩いていくのを、ウォルターズは幾度となく窓から見送った。トラスミアは判を押したように八時半に帰宅し、夕食は必ず外で済ませてきた。ウォルターズは主人にコーヒーを運び、十時に自室に戻るのが常だった。すると、ウォルターズの部屋と母屋とのあいだを隔てる分厚いドアに、トラスミアはきっちりと鍵を掛けるのだった。

雇われて間もない頃、一度、主人に進言したことがある。

「火事が起きたら、どうなさるんですか」と、訴えたのだ。

「お前のバスルームの窓からキッチンへ抜けられる。もし、そこから地面に下りられなかったときは、焼け死ぬだけの話だ」と、トラスミア老人は訴えを一刀両断した。「この仕事が気に入らないのなら、辞めてもらって結構。わしの家では、それが絶対のルールなのだ」

そういうわけで、トラスミアは毎晩欠かさず、自室へ戻るウォルターズの後ろからスリッパを引きずりながらついてきて、にべもなくドアを閉めて鍵を掛け、ウォルターズは一人取り残された状態に置かれるのだった。

このきまった手順が一晩だけ守られなかった日があった。トラスミアが体調を崩し、ドアまで来ることができなかったのだ。それ以来、ガラス扉のついた小さなケースの中に常備されている緊急時の鍵が一本増えた。万が一、主人が病気になったり不測の事態が発生したりした場合には、ウォルターズがベッドの頭元にある呼び鈴に応えてその鍵を使うのを許されたのだが、実際にそういう事態になったことは一度もなかった。

毎朝、ドアはいつの間にか開いていた。何時に主人がやってくるのかウォルターズは知らなかったが、おそらく朝方、床に就く前に鍵を開けておくのだろうと見当をつけていた。

ウォルターズが夜、仕事を休むことは許されなかった。週二日、二十四時間の休暇を与えられてはいたが、午後十時までには必ず戻るよう命じられていたのだ。

「一分でも遅れたら、屋敷に入れるわけにはいかん」と、トラスミアからきつく言われていた。

実を言うとウォルターズは、トラスミアが考えているよりも主人についての情報を詳しく知っていた。ある特別な理由から、地下室に何が保管されているのかを知りたくて仕方なかったのだ。あるとき、彼は屋敷の建築に携わった人物に会い、地下にコンクリートで造られた部屋があることを聞き出した。だが昼間、主人の留守中に地下室の秘密を暴こうとこっそり鍵を探すのだが一向に見つからなかった。トラスミアが持っていたのはマスターキー一つだけで、夜は首に掛けていたし、日中も他人には触れられないよう服のポケットにしまって持ち歩いていたので、ウォルターズがいくら探しても見つからないのは当然なのだった。ところがある朝のこと、主人の髭剃りに付き添っていったところ、時折襲われる目まいでトラスミアが気を失った。手近なところに石鹸があり、ウォルターズは頭の回る男だった……。

トラスミアが薄切り肉のカツの皿から顔を上げ、ウォルターズに青い瞳を向けた。

「今朝、誰かから電話はあったか」

「いいえ」

「手紙は？」

「いくつか届いています。机《デスク》の上に置いておきました」

ふむ、とトラスミアは不機嫌な声を出した。

「二、三日、わしが街を離れるという告知は、もう新聞に掲載したか」

「はい」

トラスミアは今度も、ふむ、と唸った。

「ある男が中国から来るんだが、わしはその男に会いたくないのだ」と、説明した。いつになく使用人に対して冗舌だったが、主人の性格をよく知っているウォルターズは、余計な質問を差し挟むようなヘマはしなかった。「絶対に顔を合わせたくない」思案ありげに楊枝を嚙むトラスミアの見栄えのしない顔に、嫌悪の表情が浮かんでいた。「二十年から三十年前、その男はわしのパートナーだった。トランプ遊びはする、ギャンブルはする、酒は飲むで、世間では――いや、やつの世間での評判などどうでもいい」されることのない質問の内容を想定したかのように、急に話を締めくくった。「とにかく、そういう類いの男だ」

火のついていない暖炉の赤いレンガと細かな細工の火格子を見つめ、トラスミアは舌打ちをした。

「もし、その男が訪ねてきても、絶対に屋敷に入れてはならん。何を訊かれても答えるな。何も知らんと言え……誰のこともな。いったい、なぜこの国へ来るのだろう……まあ、理由などどうでもいいがな。あの男は、どうしようもない屑《くず》だ。うまいことやって地下に潜りおった。まったく！　なんてやつだ！　金持ちになれたかもしれないというのに、自分の分け前を全部売りおって。ばかなやつめ！　中国の女帝の政権下で役職に就いていればいいものを……といっても、女帝はもう死んだが。見下げた男だ……どうしようもない……ふむ」

トラスミアは不意にウォルターズを睨みつけ、厳しい口調で訊いた。

「お前は、なぜそこで聞いているのだ」

「申し訳ありません、私はその——」

「出ていけ！」

「かしこまりました」ウォルターズは慌てて命令に従った。

ウォルターズが立ち去ったあと、トラスミアは三十分ほどその場に残り、口にくわえた楊枝の赤い先端をいらいらと上下に揺らしていた。やがて、ゆっくり立ち上がると古風な棚に歩み寄り、ガラス扉を開いた。

墨の入った白い磁器の皿をテーブルへ持っていく。再び棚に行き、厚い紙束を手に取った。思いの外大きく、独特な紙質だった。透かし細工が施された鉄の箱から筆を取り出し、座って細い筆の先を墨に浸した。

しばらく動かずにいたが、おもむろに紙の右上に筆先を置き、一気に書き下ろした。たちまち、入り組んだ不思議な形をした漢字が姿を現した。一文字、また一文字と書き連ね、最後の二行を残して紙上が文字でいっぱいになった。

年齢に違《たが》わず緩慢な動作で筆を置くと、右手をベストのポケットに入れ、大きめの鉛筆くらいの半径をした象牙の円柱を取り出して片側の端を紙の上に押しつけた。円柱を離すと、紙の上に赤い円に囲まれた二文字の漢字が現れた。それは、トラスミアの自署に匹敵する「印鑑」だった。上海からファイチェンに至るまで、大勢の商人がこの印の押された手形を引き受けたものだ。そしてその額たるや、大変なものだった。

墨が乾くのを待って、トラスミアは紙を小さく折りたたんで立ち上がり、空っぽの暖炉へ歩み寄った。外の階段の上では興味津々のウォルターズが、何が起きているのか見届けようとしきりに首を伸ばしていた。彼の位置からは、ドアの上にある明かり採りの窓を通して部屋の三分の一ほどが見えていたのだが、ここへきてトラスミアの姿が視界から消えてしまい、危険を承知で懸命に背伸びをしてみても中の様子がわからない。ようやくトラスミアが見えたときには、もうその手に先ほどの紙はなかった。

主人が呼び鈴に触れたので、ウォルターズは直ちに駆けつけた。

「いいな」トラスミアが耳障りな声で言った。「わしは留守だ——誰が訪ねてこようと、そう言うんだぞ！」

「かしこまりました、旦那様」と返事はしたものの、ウォルターズは幾分面倒くさそうだった。

その日の午後、トラスミアが出かけたあとで訪問者がやってきた。トラスミアにとって誤算だったのは、中国の郵便船が記録的な速さで航海をし、予定より三十六時間も早く到着したことだった。彼は新聞を読まないため、朝刊に載っていたその記事を知らなかったのだ。

ウォルターズは、呼び鈴が鳴ってから少し遅れて応対に出た。自室で個人的なある作業に没頭していたからだった。ベルの呼び出しに応じて玄関ドアを開けると、幅広い階段の上に色黒の見知らぬ男が立っていた。サイズの合っていない古びたスーツを着て、シャツには染みが、ブーツには継ぎがあったが、物腰はメディチ家のような名家でも充分に通用しそうだった。

両手をズボンのポケットに突っ込み薄汚れたソフト帽を頭の後ろにずらしてかぶったその男は、慇《いん》懃《ぎん》だが不審げなウォルターズの視線を、人を食ったような落ち着き払った態度で受け止めた。どうやらブラウン氏は酔っているようだ。

「ようやくおでましか」と、しびれを切らしたように言った。「どういうわけで、旧友であるジェシーの家の玄関前で待たされなければならないんだ」おそらく清潔ではないであろう片手をポケットから出し、短い白髪をかき上げた。

「旦那様――いえ、その――トラスミア様はお留守です」ウォルターズは言った。「おいでになったことをお伝えしておきます。お名前を伺ってもよろしいですか」

「ウェリントン・ブラウン。チェイフェウのウェリントン・ブラウンだ。中で待たせてもらおう」

だが、ウォルターズが立ちはだかった。

「トラスミア様から、お留守のときにはどなたもお屋敷に入れないよう、きつく申しつけられておりますので」

ブラウンの顔が怒りで赤黒く変わった。

「あいつが申しつけただと！」早口でまくしたてる。「そんなの認めるもんか――やつの富を生み出したのは、この俺様、ウェリントン・ブラウンなんだぞ。あの詐欺師の大泥棒が！　俺が来ることは知っているはずだ！」

「中国からお越しになったんですか」ウォルターズは思わず尋ねた。

「チェイフェウから来たと言っただろう、卑しい金持ちのゴマすり男め。学がないようだから教えてやろう。チェイフェウっていうのは中国にあるんだ」

「チェイフェウが中国にあろうが月にあろうが関係ありません」ウォルターズは頑《かたく》なに言い張った。「お通しすることはできません、ブラウン様！　トラスミア様はお留守なのです――二週間はお戻りになりません」

「なんと言われても中に入る！」

もみ合いは長くは続かなかった。ウォルターズは屈強な男だったし、ブラウンは五十というより六十歳に近い。簡単にポーチの石壁に向かって押し出されてしまった。彼のふらついた状態では、ウォルターズがとっさに手をつかまなかったら転んでいただろう。

ブラウンは荒々しく息をした。

「俺は、そのために人殺しまでしたんだ」ぎくしゃくとした様子で言った。「犬ころみたいに撃ち殺したんだぞ！　今日のことは絶対忘れないからな！」

「決しておケガをさせるつもりはなかったのです」責任を取らされる羽目になるのを心配したウォルターズが弁解した。

ブラウンは居丈高に手を上げた。

「お前の主人に借りを返してもらう――いいか、覚えておけ！　なんとしても、やつに埋め合わせをさせてやる！」

酔っ払い特有の威圧的な態度で、家と道路を隔てる庭をふらつきながら歩いていき、あとには困惑顔のウォルターズが一人残されたのだった。

第四章

その晩の九時、タブ・ホランドのフラットの呼び鈴がしつこく鳴り響いた。

「いったい誰だ」タブは不機嫌に呟いた。

ワイシャツ姿のタブは、原稿書きの真っ最中で、テーブルの上には彼の勤勉さを物語る証拠が散らばっていた。

レックスが寝室から顔を出した。

「君の会社の使いの少年だろう。来るだろうと思って、下のドアを開けておいたんだ」

タブは首を横に振った。

「原稿を取りに来るのは十一時のはずだ。ベイブ、誰なのか見てきてくれ」

レックスはぼやいた。体を動かさなければいけなくなると、いつでも愚痴をこぼすのだ。仕方なくドアを開けに立ったが、聞き慣れない大声がするので、タブも様子を見に行った。外の踊り場に、髭をたくわえた男がゆらゆらと揺れながら立ち、わめきたてていた。

「どうしたんだ」と、タブが尋ねた。

「どうもこうもない」訪問者は、しゃっくりをしながら答えた。「何もかも……間違っている。俺のような紳士から金をかっさらっておいて、罰も受けず、俺の抗議からも逃げまわるなんて、許されていいはずがない――下劣なやつらめ、ぬけぬけと――ぬけぬけと……」一瞬考えてから付け加えた。「罰も受けずに」

「その気の毒な酔っ払いを入れてやってくれ」と、タブが言ったので、ウェリントン・ブラウンはふんぞり返り、おぼつかない足取りでリビングに入ってきた。相当酔っている。

「そこの若いの、ひょっとして、お前がレックス・ランダーか」

「そうですけど」レックスは戸惑い顔で答えた。

「俺は……チェイフェウのウェリントン・ブラウンだ。あの卑劣な悪党に年金をもらってる身さ！　わずかばかりの年金だぞ！　あの野郎、俺から掠め取った金から、雀の涙ほどの金額を送ってきやがって。お前にトラスミア爺さんの話を聞かせてやろう……」

「トラスミアって、僕の伯父の？」レックスは驚いて尋ねた。

ブラウンは重々しく、かつ眠たげに頷いた。

「ああ、あの爺さんのことを教えてやるよ。俺はやつの帳簿係……兼秘書だった。だから知ってるのさ！　やつには秘密があるんだ！」

「いい加減なことを言うな」レックスの反応は冷ややかだった。「なぜ、ここへ来た」

「お前が、あの男の甥だからだよ。きまってるじゃないか！　やつは俺の金を奪った……泥棒だ！」と言ったかと思うと、急にすすり泣きを始めた。「正直な弱い立場の人間を路頭に迷わせやがって……そうさ！　いたいけな子供の生きる道を奪うかのように俺から金を巻き上げ、マンクリアン・トレーディング・シンジケートで儲けた俺の取り分を騙し取ったあげく、はした金を送金してきて言ったんだ。『くたばれ』とな――本当にそうほざきやがった！」

「でも、言われたとおりにはしなかったわけだ」タブが茶化した。

ブラウンは敵意のこもった横目でタブを見た。

「こいつは誰だ」

「僕の友人だ」と、レックスが答えた。「そして、あんたは今、彼の部屋にいる。伯父を愚弄するためだけに来たんなら、すぐに出ていってくれないか」

ブラウンは、垢で汚れた人差し指でレックスの胸をつついた。

「お前の伯父は悪党だ！　わかったか！　見下げ果てた泥棒野郎なんだ！」

「彼に手紙を書いて、そう言えばいいじゃないか」タブがきびきびとした口調で言った。「僕は今、新聞記事のための文章を山ほど考え出している最中なのに、あんたはその邪魔をしているんだ」

「やつに手紙を書く、だと！」ブラウンはうれしそうに大声を上げた。「手紙か！　そいつはいい……ここ何年かで聞いたなかじゃ、最高のアイデアだ！　そうか――！」

「出ていけ！」

荒々しくドアを開けたレックスをブラウンが睨みつけた。

「伯父も伯父なら、甥も甥だな。甥っ子はおべっか使いの子分ときた……言われなくても出ていくさ。だが、これだけは言わせてもら――」

ブラウンの目の前で、ドアが勢いよく閉められた。

「ふーっ！」レックスは額を拭った。「窓を開けて空気を入れ替えよう！」

「今の男は誰なんだ」

「知るもんか。ジェシー伯父さんの古い知り合いなんて、見当もつかないよ。たぶん伯父から年金を受け取っている男なんだろうけど、金を騙し取られたという主張は、まんざら嘘じゃないかもしれない。あの伯父が、慈善目的で金を出すとは思えないからね。とにかく明日、伯父に会って訊いてみるよ」

「伯父さんには会えないよ。最新の情報とか世間のニュースを読まないのか？　伯父さんは明日、ロンドンを離れるそうだ」

レックスは、にっこりした。

「そりゃあ、人に会いたくないときの伯父さんの常套《じょうとう》手段さ！　社交欄に伯父が名前を載せなきゃならなかったのは、あの男が原因だな、きっと！」

ふと黙り込んだタブは、すでにペンを握っていた。

「少し静かにしてくれるか。偉大なるジャーナリストが、ミリガン殺人事件の裁判の記事を無事に書き終えるまで」

レックスは感心したまなざしをタブに向けた。

「こつこつと働く君の姿勢には、いつも驚かされるよ。僕にはとても真似できない――」

「静かにしろってば！」タブはぴしゃりと言い放ち、ようやく望んでいた静けさを手に入れた。十一時に最後のページを書き終え、時間どおりに現れた使いの少年に原稿を渡すと、パイプに煙草を詰め、ミッションスタイルのシンプルで重厚な椅子の上で思いきり体を伸ばした。

「これで月曜の午後まで自由の身だ――」

そのとき、廊下の電話が突然鳴り、タブは低くうめいた。

「賭けてもいい！　きっと会社からだ。僕の勘に間違いはない！」

タブが予見したとおり、それは会社からの電話だった。受話器を取って二言、三言、鋭い口調で返答し、部屋へ戻ってきた。さかんに独り言を呟いている。

保険金詐欺をはたらいて逮捕されていたポーランド人の男が脱走して自宅に籠城し、煮えたった湯と大型の斧を武器に警察と睨み合っている事件を知らせる電話だった。

「ジャックのやつ、ずいぶん熱が入ってるな」気が立っているタブは、編集長に対しても遠慮がなかった。「こんな劇的な事件はないと息巻いている――だから、演劇担当の記者を派遣したらどうだ、って言ってやったんだ。くそっ！　そういや、その記者の代わりに仕事をしたばかりだったっけ」

「出かけるのかい？」興味半分にレックスが訊いた。

「もちろん出かけるさ、きまってるじゃないか！」タブはぞんざいに言い放ち、外してあったシャツの襟《カラー》を慌ただしくつけ始めた。

「そういう事件って、新聞社がでっち上げているんじゃないかと思ってた」レックスがひどいことを言った。「言っちゃ悪いが、新聞記事を信じたことなどなかったんだ……」

しかし、タブはもうフラットを出たあとだった。

真夜中に、タブは警官隊に包囲されている家から少し離れた安全な場所に立っていた警官たちのもとに合流した。常軌を逸した立てこもり犯は、家にあったショットガンを探し出していた。タブは、入り口に警官が突入し、引き倒された犯人が殴られておとなしくなるまでその場にいた。

午前二時、事件担当刑事の責任者であるカーヴァー警部とともに、警官でごった返す現場から離れて夕食を摂った。家路に就いた三時半には夜が白み始め、街はほのかに明るくなっていた。

パーク街《ストリート》を歩いていたとき、タイヤの軋む音がして、一台の車が勢いよく横を走り抜けていった。

が、一〇〇ヤードほど行ったところでタイヤのパンク音が鳴り響き、車が走行車線から逸れて急停止した。女性が降りてきて、タイヤの状態をチェックした。ステップの上に置いた工具箱を開けてジャッキを取り出したところを見ると、どうやら連れはいないようだ。タブは足を速め、道の真ん中へ向かった。女性とタブ以外には、道の前方で自転車を降りてタイヤを点検しているサイクリストが一人いるだけだった。

「お手伝いしましょうか」と、タブは女性に声をかけた。

女性はぎくりとして振り返った。

「アードファーンさん!」タブが驚きの声を上げた。

一瞬、彼女は気まずそうな顔をしたが、すぐに笑みを浮かべた。

「あら……タブさん! 馴れ馴れしくてごめんなさい、本名が覚えられなくて」

「いいんですよ」タブはウルスラの手からジャッキを取った。「でも、どうしても覚えたいとおっしゃるなら、僕の名はホランドです」

タブがジャッキで車体を上げているあいだウルスラは終始無言だったが、パンクしたタイヤを外したところで、ようやく口を開いた。

「少し遅くなってしまいましたの。パーティーに出席していたものですから」

薄暗くても、彼女が普段着を着て、丈夫で機能的な靴を履いているのははっきりわかった。普段着姿なのを指摘することもできたが、助手席にスーツケースより小さいが厚みのある四角い黒のケースが置かれているのが目に入った。もしかしたら着替えが入っているのかもしれない――だがよく考えてみれば、女優がパーティーのあとで着替えることは、まずないはずだ。

「僕もパーティーに行っていたんですよ」外したタイヤを車の前に転がしていきながらタブは言った。

「サプライズ・パーティーです、花火つきのね」

「ダンスも?」

タブはそっと笑った。

「一度だけ踊りましたよ。男がショットガンを構えているのを見て、小躍りしました、ヤッホーってね!」

ウルスラが息をのむのがわかった。

「ああ、あれ……ポーランド人だったんですよね。劇場を出る前に銃声が聞こえて、その人が立てこもっていたのを知りました」

タイヤを付け替え終わり、道具もしまって、古いタイヤを車体に括《くく》りつけた。

「いいんですよ」ウルスラが礼を言い始めたので、タブは思わずうろたえて一歩下がった。「どうってことはありません、お安いご用です」

ウルスラは、タブを送ってくれるとは言わなかった。多少期待したのだが、彼女はそそくさと車を発進させ、あっという間に走り去ってしまった。

こんな朝方に、いったい彼女は何をしていたのだろう? 本人はパーティーに行っていたと言ったが、人気女優があんな格好でパーティーに出ていたというのは、やはり不自然だ。

フラットに帰ると、レックスが起きていて出迎えてくれた。二人はその夜の出来事を報告し合ったが、不思議なことに、タブはウルスラと会ったことは一言も告げなかった。

第五章

「ウルスラ・アードファーン」目覚めるなり、タブはその名を呟いた。時間は十一時、いったん出かけたレックスはすでに帰宅していた。

「例の『伯父の友人』ってやつが来ていたんだ――声が聞こえたかい?」タオルを腰に巻いてバスルームに行こうとしていたタブを、レックスが呼び止めた。

「誰だっけ――ボナパルトだったか?」

「ウェリントンとか言ってたよ。だいぶおとなしくなって申し訳なさそうにしていたけど、ジェシー伯父さんに対しては相変わらずひどく悪態をついていたから追い返した」

「なんでまた戻ってきたんだ」

レックスはかぶりを振った。

「知るもんか! とにかく誰でもいいから伯父を知っている人間を見つけて、文句を聞いてもらいたいだけなんじゃないかな。来週中にロンドンを離れるよう説得しておいた。それにしても、あの剣幕には圧倒されたよ。償いをしなかったら殺してやる、って言うんだからな」

「見下げ果てたやつだ!」吐き捨てるように言って、タブはバスルームへ向かった。自分だけ朝食を頬張りながら(レックスは二時間前に済ませていたのだった)、タブはジェシー・トラスミアと、トラスミアへの敵意をむき出しにするウェリントン・ブラウンという男の話を再び持ち出した。

「大酒飲みは怖いよ。狂気に駆られた人間に負けず劣らず、飲んだくれも危険だ。朝方、カーヴァーとその話をしたんだが、彼も同じ意見だった。あの人は、そこらの刑事と違ってとても頭が切れる。かわいそうに大多数の刑事は、いわゆる『六十九インチの脳みそ』というシステムの犠牲者だからな」

「え？」

「六十九インチの脳みそっていうのはね」と、タブは説明を始めた。得意な話題だけに、レックスに戸惑う暇《いとま》を与えることなく滔々《とうとう》と解説する。「犯罪捜査という難解な仕事のために、頭のよさや洞察力や世事に通じているといった理由ではなく、靴を脱いで測った身長が六十九インチ、胸囲が三十八インチ以上あるという条件で選ばれた男のことさ。笑えるだろう。刑事ってのは、いまだにそんなやり方で採用されているんだ。連中は体を鍛えるのには一生懸命だが、頭はたいしてはたらかせなくていいんだ。ナポレオンとジュリアス・シーザーの二人の聡明な若者が警察に入れなかったのが、いい例だよ。知ってたかい？」

「そんなの考えたこともなかったね。でも、君の脳みその大きさに関しては信頼しているよ、タブ」

タブの背丈はちょうど七十インチだが、胸板が厚く肩幅も広いために実際ほど長身には見えなかった。前屈みになる癖のせいで猫背なのは、タイプライターや、彼にはやや低すぎるデスクに始終屈み込んでいるせいだった。血色がいいが、ピンクというより茶色に近い。体格のわりに繊細な目鼻立ちで、彫りの深いくぼんだ目は濃いグレーだ。ほんの少し訛りがあるのだが、彼をよく知る人にしか、その特徴はわからなかった。タブは「とても」という言葉がうまく発音できないのだった――どうしても「とつも」となってしまう。だが早口で話すため、聞き慣れた人でなければ、舌足らずなその発音を聞き取ることはできなかった。

大学時代、学業ではぱっとしなかったがラグビーのクウォーターバックとして名を馳せ、卒業後、新聞記者になった。金持ちではなかったが暮らしには困っておらず、幸運にも独身の叔母が何人もいて、その財産のせいで疎遠になっていたにもかかわらず、年に一つは遺産が手に入っていた。

深く考えずにジャーナリズムの道に飛び込んだと言ったほうが正しかったが、そんなタブが仕事にやりがいを感じるようになったのは、債務不履行を苦に自殺を図ったジャスパー・ドーゴンという銀行員を桟橋の突端から川に飛び込んで救出し、彼の口から特ダネを引き出した一件がきっかけだった。夜警の焚《た》き火で服を乾かしてもらいながら、二人で火のそばに裸で座っているときに聞かされたのだ。

「じゃあ、考えてみろよ、ベイブ」と、タブは言った。「『六十九インチの脳みそ』っていうのは、六十九インチの身長の持ち主は、みんなぼんくら頭だという説だ。ルー・ヴァンやジョー・ハスピネルのような、自分の間抜けさを埋め合わせたくなったときにグランド・クライテリオンで食事をおごってくれる、ろくでもない僕の知り合いみたいにね。だが、カーヴァーは違う。彼だけは例外で、ちゃんと頭を使ってものを考える」

「それで、カーヴァーはウェリントンについてどう考えているんだい？」

「その話はしなかった。伯父さんに忠告しておいたほうがいいだろうな」

「今日、会うつもりだ」と、レックスは頷いた。

昼食前に二人は連れだってフラットを出た。タブは会社に寄ったあと、カーヴァーとランチを共にすることになっていた。カーヴァーはひょろりとした体型をした、とつとつと喋る男で、普段はかなり無口だったが、関心のある話のときは別だった。タブが提供した話題に相当興味を引かれたらしく、二時間があっという間に過ぎ去った。レストランを出る間際、タブは酔っ払いの訪問者とジェシー・トラスミアに対する脅しの件を話した。

「脅しについては心配ないと思うが……」カーヴァーは言った。「不満を持つ人間、とりわけ、その男のように根深い不満を持つ人間は、トラブルを起こす可能性がきわめて高い。君はトラスミア老人とは知り合いなのか」

「二度ほど会ったことがあります。一度目は、自治体が街の建築技師の許可なしに彼と利害の相反する建物を建て始めた際、自宅に取材に行ったときです。僕のルームメイトはレックス・ランダーという駆け出しの建築家なんですけどね、実はトラスミアの甥で、いろいろと聞いています。トラスミアはちょくちょくレックスに手紙をよこして、節約の重要性を忠告するんですよ」

「ランダーは、彼の遺産相続人なのか」

「本人は、そうなりたいと熱望してますけどね。でもレックスの話では、どうも不治の病を抱えた人の入る施設に寄付するつもりらしいですよ。噂をすれば影だな、あれはトラスミアの使用人だ。ずいぶんと急いでいるようだが」

一台のタクシーが彼らの傍らを通り過ぎていった。乗っていたのは間違いなくウォルターズだった。帽子をかぶっていない、やつれ顔の男の憔悴《しょうすい》し緊張した表情が二人の目を惹いた。

「誰だって？」カーヴァーが口早に訊いた。

「ウォルターズです――トラスミア老人の使用人の。なんだか怯えて見えますね」

「ウォルターズ？」カーヴァーは身じろぎもせずに考え込んでいた。「あの男の顔に見覚えがある……そうだ！　ウォルター・フェリングだ！」

「ウォルター……誰ですって？」

「フェリングだよ――十年前に私が取り逃がした犯罪者で、指名手配犯だ。君が言うところのウォルターズという男は、救いがたい盗っ人だ！　トラスミア老人の使用人だと？　それこそ、やつの常套手段だ。まずは金持ちの雇い人として入り込む。そしてある朝目覚めると、宝石や金や高価な皿がすっかりなくなっているんだ。タクシーのナンバーを覚えてるか」

　タブは首を振った。

「問題は」カーヴァーは言った。「やつが急いで逃亡しようとしているのか、それとも主人の急な使いをこなしているのか、だが……。とにかく、トラスミアに会う必要があるな。タクシーと徒歩とどっちにする」

「歩きましょう」タブは即答した。「タクシーを使うのは推理小説に出てくる刑事だけですよ、カーヴァー。現実世界の人間は、タクシーの領収書なんか本部に提出したら、非情な事務員にいちいちうるさく問い詰められるのを知ってますからね」

「タブ、君は外部の人間なのに、警察内部の財政事情をよく知っているんだな」と、カーヴァーはむっつり顔で言った。

　トラスミアの家までは一マイルほどだった。〈メイフィールド〉は、優雅な家が立ち並ぶことで有名な通りの中にあって、ひときわ殺風景な建物だった。ぞっとするような黄色のレンガ造りで、何の装飾もなく、コンクリートで固められた「庭」と呼べるかどうかも怪しい敷地の真ん中にどっしりと立っていた。建築業者のたっての希望で、庭にはごく小さな丸い穴が三つ残された。トラスミアさえその気になれば、穴の中の土に花を植えて目の保養をすることができるようにという配慮だ。トラスミアがこの提案にしぶしぶ応じたのは、そうすれば多少は金が節約できると言われたからだった。

「お世辞にも、妖精の王子の宮殿とは言えませんね」鉄の門を押し開けながら、タブが言った。

「確かに、ほかの家とは見劣りするな。おそらく――」

玄関前に来たとき、ドアが勢いよく開いてレックスが駆け出してきた。顔面蒼白で、目が血走っている。コンクリートの上に立つ二人を見つめ、口を開きかけたものの、言葉が出てこない。

タブが駆け寄った。

「何があった」と、尋常ではないレックスの様子に思わず尋ねた。

「伯父が……」レックスは喘ぎながら言った。「入って……見てきて……」

カーヴァーが家の中に駆け込み、開いていたドアを抜けてダイニングへ入った。部屋には誰もいなかったが、暖炉のそばに細いドアがもう一つあった。

「どこだ」と、カーヴァーが訊いた。

レックスは返事の代わりに、細い間口の向こうを指さした。

そこには地下の狭い通路へ続く石造りの階段があり、通路の手前にドアがあったが、それも開いていた。天井に間隔を置いて電球が三個ついているので、明るさは充分だった。誰もいない狭い通路には、つんと鼻を刺激する火薬臭が充満している。

「この先に部屋があるんだな。これは誰のだろう」

そう言ってカーヴァーは床に落ちていた手袋を拾い、ポケットに入れた。

レックスを振り向くと、階段の最上段に座り込んで手で顔を覆っている。

「彼に訊いても無駄だな」と、カーヴァーは呟いた。「トラスミアはどこにいるんだ」

タブは速足で通路を進み、左手のドアに歩み寄った。厚い壁に埋め込むように取りつけられた、黒塗りの細いドアだ。取っ手はなく、小さな鍵穴があるだけだった。鍵穴の四インチ上に、金属プレートにいくつか小さな穴を開けた通風孔がついている。ドアを押したが鍵が掛かっているので、通風孔から中を覗いた。

そこは、縦十フィート、横八フィートくらいの地下室だった。きめの粗い壁一面に作り付けのスチール棚があり、黒い鉄製の箱が積まれている。アーチ形天井の電球が室内を明るく照らしていて、中の様子がよく見えた。

部屋の奥に、シンプルなテーブルが置かれていた。が、タブの視線の先にあったのはテーブルではなく、その脚にもたれかかってうずくまる男の姿だった。顔がタブのほうを向いている。

ジェシー・トラスミアの顔だった。彼は、息絶えていた。

第六章

タブはカーヴァーと交代し、刑事のプロの目が部屋の内部をチェックするのを傍らで待った。

「凶器は残されていないようだ――だがこの臭いからすると、発砲があったのは間違いない。テーブルの上にある、あれは何だ？」

タブは通風孔を覗いた。

「鍵のようですね」

無理やりドアを打ち破ろうとしたが、二人がかりでもびくともしなかった。

「ドアが分厚いし、錠も頑丈で、ぶち破るのは無理だ」カーヴァーが音を上げた。「タブ、私は本部に連絡を入れるから、君は友達からなんとか話を訊き出してくれ」

「しばらく話を訊けそうにありませんけどね。さあ、ベイブ、あっちへ行こう」タブは優しく腕を取った。「こんな恐ろしい場所から早く出るんだ」

レックスは言われるままに腕を引かれてダイニングまで戻り、椅子に崩れ落ちた。

電話を終えたカーヴァーが戻ってきてだいぶ経ってから、レックスはようやくものを言えるまでに正気を取り戻した。顔面蒼白で唇の震えが止まらず、辛抱強く耳を傾けるタブとカーヴァーに事情を説明するのに時間がかかったのだ。

「約束していたとおり、午後、訪ねたんです。金の無心の件で会いたい、と伯父から手紙をもらって。最初は金を融通するのを断られたんですが、これまでもよくあったように、最終的には伯父が折れてくれたんです。本当は悪い人じゃないんですよ。玄関の呼び鈴を押していたら、ウォルターズが出てきました——ウォルターズというのは、伯父の使用人です」

カーヴァーは頷いた。

「ひどく動揺しているようで、手に茶色の革鞄を持っていました。『今、ちょうど出かけるところなのです』と言って——」

「君を見て驚いた様子だったか」

「ぎくりとしたようでした。もしかして伯父の具合が悪いのかと思い、何かあったのか、と訊くと、伯父は元気なのだけれど、とても大事な用事を言いつけられた、と言ってました。言葉を交わしたのはほんの一分ほどです。僕が呆気に取られているあいだに、ウォルターズはあっという間に階段を下りて道路へ走っていきましたから」

「帽子はかぶっていなかったのかい？」と、カーヴァーが尋ねた。

レックスは首を横に振った。

「断りもなく人が入ってくるのを伯父が嫌うのを知っていたので、少しのあいだ玄関に立っていました。ご存じのとおり、僕の立場はちょっと微妙でしてね。ここへは金を借りに来たわけで、伯父が約束してくれたせっかくの五十ポンドをふいにしたくなかったんです。それからリビングに行きましたが、伯父の姿はありませんでした。でも、地下の金庫室へつながるドアが開いていたので、その辺にいるはずだと思い、座って待ちました。十分ほどそうしていたでしょうか。すると、何かが焦げるような臭いがしたんです。実際には、実弾に使われる火薬の臭いでした。びっくりして階段を駆け下り、少しためらいはあったのですが、伯父は無視されるのを毛嫌いする人なので、思いきって地下室のドアへ向かいました。ドアには鍵が掛かっていて、通風孔を叩いても返事がないので中を覗いたら、恐ろしい光景が見えて……」と、身震いした。「警官に知らせようと全速力で階段を駆け上がって外へ出たところへ、あなた方がやってきたんです」

「家の中で、ほかに誰かいるような物音はしなかったかい？　使用人たちはどうした」

「料理人が一人いるだけです」というレックスの返事を聞いて、カーヴァーが捜しに行った。

だがキッチンは閉まっていて、誰もいなかった。どうやら今日は、料理人は休みのようだ。

「家宅捜索をするぞ」と、カーヴァーは言った。「タブ、君はもうこの事件に関わっている。このまま力を貸してくれ」

捜索に、たいして時間はかからなかった。トラスミアが使っていたのは二部屋だけで、残りは鍵が掛けられ、使用されていないようだった。廊下を進むと、もともとゲストルームとしてデザインされ、通常の使用人の住居より広いウォルターズの寝室があった。家具はほとんどなく、ウォルターズがいつでも逃亡できるよう準備していたことを物語っていた。ドアの掛け釘に何枚か掛かっている服以外は洋服簞笥《だんす》にしまってあり、コーヒーの入ったカップがテーブルの上に置かれたままだった。カーヴァーがカップに小指を入れてみると、コーヒーはまだ温かかった。

テーブルの端に、慌てて布を掛けたように見える塊があった。布を剝いだカーヴァーが小さく口笛を吹いた。そこに置かれていたのは小型の万力で、周囲にはファイルや道具が散乱していた。カーヴァーは万力のネジを緩め、挟まれていたものを取り上げた。それは変わった形をした鍵で、ウォルターズが少し前まで作業をしていた痕跡が見られた。万力の周りに金属のやすり屑がたくさん落ちている。

「どうやらウォルターズは、鍵を作っていたようだな」と、カーヴァーは言った。「あの石膏を見てみろ！　やつの得意な手口だ。おそらく石鹸か蠟《ろう》で型を取って、コピーを作っていたんだろう」カーヴァーは手のひらに載せた鍵をまじまじと見つめた。「ひょっとすると、こいつが突破口になるかもしれん。私の勘に間違いなければ、これは地下室の鍵だ」

数分後、刑事、警察の写真係、検死官らが大勢駆けつけたが、その甲斐もなく、地下室の錠は掛かったままだった。彼らの到着を潮に、タブはレックスを自宅へ連れて帰ることにした。

帰ろうとするタブを、カーヴァーが脇へ呼んだ。

「ランダーさんには今後も話を聞かせてもらうよ。彼の話が、この事件に光を当ててくれるかもしれん。とにかく、全署にフェリングの手配を指示しておいた――ウェリントン・ブラウンというのは何者だ」

「ウェリントン・ブラウンですか。それなら、トラスミア老人を脅していた男です――ランチのときに話したでしょう」

カーヴァーはポケットから古びた手袋を取り出した。

「ウェリントン・ブラウンは地下の廊下にいたんだ」と、静かに言った。「手袋を落としていくとは、あまりにも迂闊《うかつ》だった――内側に名前が書いてあるとはな！」

「ブラウンを殺人容疑で手配するんですか」と尋ねると、カーヴァーは頷いた。

「そうなると思う。犯人はブラウンかウォルターズのどちらかだろう。とりあえず、二人とも容疑者だな。とはいえ、あの地下室が開かないかぎり確証は得られん」

タブはレックスをフラットに連れて帰ると、トラスミアが〈メイフィールド〉という凝った名で呼んでいた殺風景な屋敷に取って返した。

「凶器は見つかっていない」カーヴァー警部はダイニングに座り、今後の方針を練っているところだった。「鍵の掛かった地下室の中ということは、自殺の可能性が高いかもしれない。建築に携わったモーティマーズ社の社長に電話をしたんだが、あの地下室の鍵は一つしかないそうだ――社長本人に確認したので間違いない。トラスミアはその鍵について特にこだわりがあって、二十個か三十個、別々の職人に作らせたらしい。結局どれを使っていたのかは、誰も知らない。社長によれば、とても細かな注文に従って作られた鍵なので合鍵は存在しないはずで、トラスミアが持っている鍵を使わずに犯人が地下室に入れたとは考えられない、と言うんだ――実際、私もそう思う。まあ、じきにはっきりするだろう。フェリングの部屋にあった作りかけの鍵を、腕利きの鍵師に預けた。すでにかなり出来上がっている状態だから、今夜には地下室を開けられるだろう、とのことだ」

「つまり、今のままでは開かないんですね」

カーヴァーは頷いた。

「ああ、びくともしない。もう試してみた。ベテランの鍵師が言うには、今の状態では鍵穴に合わないんだそうだ」

「じゃあ、あなたは自殺と見ているんですか。トラスミア老人が地下室へ行き、鍵を閉めて自らを撃ったと？」

カーヴァーは軽く首を横に振った。

「リボルバーが地下室で見つかれば、君の言うとおりの可能性が高いだろうな。だが、自殺の動機が皆目見当つかない」

午後十時四十五分、三人の男は地下室のドアの前に立っていた。ワイシャツ姿の鍵師が鍵を差すと、錠が勢いよく開いた。ドアを押し開けようとする鍵師の腕をカーヴァーがつかんだ。

「触らないでくれるか」悲劇が起きた室内の様子をちらっとしか見られなかった鍵師は、見るからに残念そうに使い終わった道具をまとめた。

「さてと」カーヴァーはふーっと息を吐き、ポケットから取り出した白い手袋をはめた。

カーヴァーのあとについて、タブは死の部屋に足を踏み入れた。

「医師には連絡しておいた。間もなく到着する」と言いながら、カーヴァーはテーブルの脚にもたれかかる物言わぬ遺体を見下ろした。テーブルを指さす。中央に鍵が置かれていたが、カーヴァーが驚きの声を漏らしたのは、その鍵の半分が赤く染まっていたからだった。鍵から滴り落ちる液体が、穴だらけのテーブルの表面に染み込んでいた。

「血だ」カーヴァーはかすれ声で言い、鍵を慎重に持ち上げた。

間違いなかった。持ち手はきれいだったが、下半分は完全に血に染まっていた。

「これで自殺の線は消えた」

まずカーヴァーが捜したのは、死因となった銃弾を発射した拳銃だった。ところが、拳銃がどこにも見当たらない。遺体の下に手を入れたカーヴァーの肩に頭がだらりともたれかかるのを見て、タブは身震いした。

「何もないな……しかも、弾は体を貫通している。自殺の場合、めったにないことだ」

カーヴァーは手早く遺体の衣服を探ったが、目ぼしいものは見つからなかった。

立ち上がって腰に手を当て、殺害現場をじっくりと見まわす。

「撃たれたとき被害者はここに立っていた——突然、撃たれたんだな。偽装自殺としてはなんともお粗末だ——凶器がないのもそうだが、被害者は背中を撃たれている」

ほどなく医師が検死をし、疑問点がいろいろと解明された。

「約二ヤードの距離から撃たれている。警部、これは自殺ではないな。火傷《やけど》の痕がない。銃弾は左肩のすぐ下から背中に入り、即死だ。この傷を見るかぎり、自分でやったとは考えられない」

再度、警察の写真係がやってきた。さんざんフラッシュを焚《た》き、マグネシウムの煙を充満させたのち彼らが地下室を去ると、二人は部屋の捜索に取りかかった。最初に見た箱の大部分には現金が詰まっていた。金《きん》はほとんどないが、さまざまな国の紙幣が大量に入っている。千フラン札で五〇〇万フラン入っている箱があるかと思えば、五ポンド札が詰め込まれた箱、一万ドルずつ束ねられた一〇〇ドル札が並んでいる箱もあった。鍵が掛かっていたのは二箱で、その晩開けたのはそのうちの一つだけだったが、中には書類らしきものが入っていた。大半は、漢字で書かれた古い賃貸契約書や領収書だ。裏に英語に訳された内容が書かれていなければ、何の書類かわからなかった。きちんとフォルダーに整理され、表紙には流れるような美しい筆跡で、それぞれの中身が明記されている。

そのうちの一つ、輪ゴムで留められた分厚い束には、「取引書簡、一八九九年」という古いラベルが貼られていた。

その箱を調べていたタブは、丸められた書類を見つけて取り出した。

「トラスミアの遺言書だ」というタブの言葉を聞いて、カーヴァーが書類を手に取った。見覚えのある、子供が書いたような読みにくい文字で書かれた、ごく短いものだった。型どおりの前置きに続き、次のような文章が記されていた。

私が所有する不動産および動産のすべてを、亡き妹メアリー・キャサリン・ランダー、旧姓トラスミアの一人息子である甥レックス・パーシヴァル・ランダーに譲り、唯一の遺言執行人に任命する。

証人として、料理人ミルドレッド・グリーンと、従者アーサー・グリーンの署名があった。二人とも住所は〈メイフィールド〉となっている。

「おそらく、食べ物をくすねたという理由で半年ほど前にトラスミア老人がクビにした夫婦だと思います。遺言書は、彼らが出ていく数週間前に書かれたんでしょう」

タブがまず抱いたのは、友人がついに金持ちになるのだ、という感慨だった。気の毒にレックスは、まさかこのような悲劇的な状況で相続することになるとは夢にも思わなかっただろう。

カーヴァーは遺言書を箱に戻し、それまで調べていたドアのチェックに戻った。

「オートロックではないな。つまり、トラスミアを撃った犯人がドアを閉めただけでは錠は掛からない。内側か外側から、鍵を使わなければならないんだ。トラスミアが自殺したのなら簡単なんだが、自分で撃ったはずはない。彼が室内で殺されたあとで施錠され、鍵はテーブルに戻された——どうやったんだ」通風孔から鍵を入れようとしても、かろうじて先端が通るだけだ。「きっと、地下室には別の出入り口があるに違いない」

日が昇っても、部屋の捜索は終わらなかった。壁はしっかりしているし、窓も暖炉もない。床は壁以上に頑丈だった。

最後の望みを懸け、カーヴァーは専門業者を呼んで通風孔を調べさせた。厚さ四分の一インチの四角い金属製の板がドアに固定されていて、取り外すためのネジはない。たとえ外せたとしても、どんな小さな人間だろうと通り抜けられるわけがなかった。

「それでも」と、カーヴァーは言った。「もしも通風孔が取り外し可能なら、エドガー・アラン・ポーの小説さながらに、飼いならされた猿を犯行に用いたのかもしれない、と真剣に考えたくなる状況だ」

「合鍵を使ったという線もあるのでは――」

「それはないだろうな。合鍵はなかったと思う。そんなものがあれば、フェリング――ここではウォルターズと名乗っていたようだが――やつがどうにかして手に入れたはずだ。フェリングは相当に腕のいい男だ。合鍵とともに生きてきたと言っても過言ではない。合鍵を捜して地下室に入るのは不可能だと、やつは知っていたんだ。でなければ、わざわざ自分で作ろうとしたりはしないだろう。なんといっても、この道のプロだからな。闇の世界では、やつの右に出る鍵師はいない」

「ではあなたは、この鍵が使われたと思うんですか」タブがテーブルを指さした。

「思うどころか、断言するね」カーヴァーは静かに答えた。「ほら！」と言いながらドアを手前に開けたので、外側の鍵穴の周囲を明かりが照らし出した。「わずかに血痕がついているのがわかるか。鍵はこの血痕の残る外側で使われただけではない。内側でも使われている」

カーヴァーが再びドアを閉めると、そこにも同じように血痕がついていた。

「トラスミアが死んだあと内側から鍵が開けられ、再び外から掛けられたんだ」

「でも、どうやってテーブルの上に戻されたんでしょう」タブは当惑して訊いた。

カーヴァーは首を振った。

「昔、ある医学生が、アダムにも赤ん坊だった時期があったのか、と教授に質問されてこう答えた。『神のみぞ知る』――君の問いに対する私の答えも同じだ！　ほかの箱を調べるのは明日にしよう、タブ」

カーヴァーが先に立って地下室を出て合鍵でドアを閉め、その鍵をポケットに入れた。

「何がなんだか、僕にはさっぱりわかりませんよ」と、タブは言った。

見慣れないピンを発見したのは、そのときだった。

第七章

タブが立っている場所に光が差し込み、何か細い物がきらりときらめいた。反射的に足を止め、タブはそれを拾い上げた。

「それは何だ」カーヴァーが興味を示した。

「ピンのようですね」

どこにでもあるような、銀色に光る長さ一インチ半くらいのピンだ。サイズは特殊だが、分厚い書類を留める機会の多い銀行員だったら、普通に使っていてもおかしくない。真っすぐではなく、わずかに曲がっている以外、特に変わった点はなかった。タブは、ぽかんとそのピンを見つめた。

「貸してくれ」カーヴァーは白手袋をはめた手でピンをつかみ、明かりの下へ行った。「重要なものではなさそうだが、とりあえず保管しておこう」と言い、鍵を入れておいたマッチ箱に大事にしまった。「さてと、タブ」髭の伸びかけたくたびれ顔が並んで屋敷内から明るい太陽の下に出たところで、カーヴァーが気を取り直したように言った。「君は一世一代の特ダネをつかんだわけだが、われわれが発見した手がかりについては、公表を控えてくれよ」

「何も発見してはいないと思いますけど。例のピンが手がかりにでもならないかぎりね」

「ピンのことも他言無用だ」カーヴァーは重々しい口ぶりで念を押した。

フラットに帰ると居間の明かりが煌々《こうこう》と灯っていて、レックスが外出着のままソファで眠っていた。

「三時まで起きて待っていたんだ」と、レックスはあくびをした。「ウォルターズか誰だかわからないが、犯人は逮捕されたのかい？」

「十分前にカーヴァーと別れた時点では、まだだった」と、タブは答えた。「警察はブラウンという男を疑っている。彼の手袋が廊下で見つかったんだ」

「ブラウンって、中国から来た男か？……それにしても、恐ろしい光景だったよな」自分が経験したあのおぞましい瞬間があらためて恐怖としてよみがえったようで、押し殺した声で言った。「本当に、なんてひどい！　一晩中忘れようと努めたけれど、あのむごたらしい記憶が頭から離れなくて、おかしくなりそうだ」

「一つ、いい知らせがあるぞ、レックス」寝る支度をしながら、タブが言った。「伯父さんの遺言書が見つかった。非公式だけどね」

「遺言書が見つかったって？」レックスは、気のなさそうな反応をした。「今は、とても遺言書どころじゃない気分だよ。誰が遺産を相続するんだ――犬か猫の保護施設かい？」

「太りぎみの若き建築家さ」タブはにんまりした。「この小さなフラットでの共同生活も、とうとう終わりのようだ。君が金持ちになったら会いに行くよ、ベイブ。僕のことを覚えていてくれれば、だけどな」

レックスが苛立った様子でタブを制した。

「金のことなんて、今はどうでもいい――僕が気になっているのは、そんなことじゃないんだ」

四時間眠ってタブが目覚めたとき、レックスの姿はなかった。

通りに出ると、殺人事件を特集した新聞の日曜版が売られていた。

会社に着いたときにはまだ編集長は出勤していなかったが、ウォルターズとブラウンを捜索するよう記者たちに徹底させるため、事件のあらましを書いたものを提出した。

〈メイフィールド〉へ行ってみるとカーヴァーは来ておらず、見張りに立っていた巡査部長はタブを中へ入れてくれなかった。独り者のカーヴァーは、下宿住まいだった。髭を剃っている最中に突然訪ねてきたタブを見て、驚いた顔をした。

「いや、フェリングの情報はないし、さらに見込みの薄いブラウンに至っては、完全に姿を消してしまった。なぜブラウンが見つかる見込みが薄いかと言うと、誰も正体を知らないからだ。それに比べたら、ウォルターズの捜索のほうがよほど簡単なんだが、それでもまだ発見できていない」カーヴァーは顔を拭きながら言った。「それが不思議なんだ。ウォルターズの行きつけの場所や顔なじみはつかんでいるのに、みんな、やつを見ていないと言う。タクシー会社に問い合わせたら、フェリングをセントラル駅で降ろしたという運転手が見つかった。帽子を買いに行く途中だったらしい」

その朝、カーヴァーは実際に駅に足を運んではいなかった。たとえ行っていたとしても、あとでタブを驚かせることになったニュースはつかめなかっただろう。

「それで、新たな推理は思いつきましたか、カーヴァー」

カーヴァーは窓の外に目をやり、考え込むように高い鼻をつまんだ。

長身で痩せているカーヴァーは、皺だらけの細い顔をしていた。落ち着いたその表情はひどく物憂げで、どこか申し訳なさそうな静かな口調は、外見とぴったりに思える。

「いくつか仮説はある。どれも確かではないがな」

「通風孔を通して銃弾が発射された可能性はないでしょうか」

カーヴァーは何度か頷いてから答えた。

「君と別れたあと、私も同じことを考えついて確かめに戻ったんだが、小さな口径の拳銃を穴に押しつけて発射したなら絶対についているはずの焼け焦げがなかった。それに、重要な事実がわかった。医師がトラスミアの遺体から取り出した弾は、あの穴を通る大きさではなかったんだ」カーヴァーは首を振った。「ブラウンか、ウォルターズか、あるいは別の第三者か、とにかく犯人は、やはり地下室の中で殺したのだ」

タブは独自に訊き込みを始めた。まずは料理人からだ。郊外に住む彼女の小さな自宅を訪ねたときには、すでに警察の聴取を受けたあとだった。おとなしい、いかにもお母さんといった雰囲気のごく平凡な女性で、たいした情報は持っていなかった。

「きのうはお休みをいただいていました。旦那様は田舎へ出かけるとおっしゃいましたが、本当は違ったと思います。前からそうおっしゃっていたのですが、ウォルターズさんから、まともに受け取るなと言われたんです。実は私、旦那様にお目にかかったことがないんですよ」この言葉にタブは目を丸くした。「ご指示は、すべてウォルターズさんを通して伝えられましたから。お屋敷の中へは一度しか入ったことがありません。掃除婦が来なかった日があって、ウォルターズさんのお手伝いをして居間を片づけたんです。あの朝のことはよく覚えています。小さな黒い蓋を見つけたものでね——蓋と呼んでいいのかわからないんですけど——ご覧になりたければ、お見せしましょうか。何に使うものかしら、ってずっと不思議に思っていたんですよ」

「蓋、ですか」と、タブは言った。「どんな蓋です?」

「小さなピルケースの蓋のようなものです、三ペンス硬貨くらいの大きさの。私が拾って、何でしょうね、ってウォルターズさんに訊いたら、知らないと言われました。テーブルのそばの床に落ちていたんですけど、主人にも訊いてみようと思って持ち帰ったんです」

料理人はいったん部屋を出て、「蓋」を手に戻ってきた。よく見ると、タイピストがキーのカバーに使うセルロイドのキャップだった。

「トラスミアさんはタイピストを雇っていましたか」

「いいえ」料理人は首を振った。「私の知るかぎり、タイピストはいませんでした。会ったことがありませんもの。といっても、さっきも申し上げたとおり、お屋敷に足を踏み入れたのは一度だけですけどね。廊下でつながってはいますけど、キッチンは居間から離れたところにあって、キッチンから出ないよう、旦那様からきつく命じられていましたから」

タブは小さなキャップを親指と人差し指でつまんだ。間違いない、タイピストが使うキャップだ。だが、トラスミアにタイピストはいなかった。レックスへの手紙は、いつも手書きだった。

「昼間、トラスミアさんの手紙をタイプしに来た人間がいなかったのは確かですか」

「はい、もしいれば、ウォルターズさんから聞いているはずです。ウォルターズさんが前にこぼしてましたもの、誰も訪ねてこないから退屈で仕方がないって。ウォルターズさんは若い女の人が大好きなので、そんな人が来ていたら、きっと私に話したと思います。ウォルターズさんは見つかったんですか。あの人が犯人のわけありませんよ」

まだ見つかっていない、とタブは答えた。

「グリーン夫妻をご存じですか」帰ろうとしたとき、タブはトラスミアの遺言書に署名していた証人のことを思い出して尋ねた。

「いいえ、知っているというほどでは……。奥さんは私の前に料理人を務めていた方で、初日に一度お会いしただけですから。ご主人もそうです。とてもいいご夫妻でした。旦那様の仕打ちはひどいと思います」

「ご夫妻は今、どちらに?」

「存じ上げません。オーストラリアに渡ったという話は聞きましたけど。お二人とも、中年ですがお元気な方たちで、ご主人はよく、生まれ故郷のオーストラリアの話をなさっていて、いつか帰って向こうに住むんだ、とおっしゃってたようですよ」

「グリーンさんか奥さんのどちらかが、トラスミアさんに恨みを抱いていたということはありませんか」

料理人は口ごもった。

「泥棒呼ばわりされたんですから、怒っても当然です。特に、貴重な銀食器と金時計がなくなったといって旦那様に荷物を調べられたときの屈辱に、ご主人はかなり腹を立てていたようです」

これは新情報だった。食べ物をくすねた話は聞いていたが、ほかにもなくなった物があったとは。それ以上、料理人が持っている情報はほとんどなかったが、グリーンが執事のような役割を果たしていたことは聞き出せた。

「その頃、ウォルターズはいたのですか」と、タブは尋ねた。

「ええ、旦那様の従者をしていました。グリーンさんがいなくなってから、執事の役目もするようになったんです」

タブは最新の記事を書くため、その足で会社へ戻ったが、どうせ無駄になるのはわかっていた。日が暮れる頃には、さらに新たな情報が入ってくるに違いない。

大きなスイングドアを押し開けて編集室に入ると、デスクに編集長の姿があった。「一面を飾る事件ってのは、いつも重なるんだ」編集長は、苦虫を嚙み潰したような顔でぼやいた。「もう一つ、いいネタが入ってな――」

「そっちには別の記者を回してください。今回の事件は、僕だけじゃなく五、六人で掛かりきりになりそうです。で、そのビッグなネタというのは何なんですか」タブは皮肉っぽく訊いた。

「女優が宝石をなくしたんだ。まあ、それほどセンセーショナルなネタってわけじゃない」と言いながら、編集長は事件の概要を書き留めた二枚の紙を引っぱり出した。「この件は心配要らん。誰かつかまりしだい、そっちに任せるよ」

「その女優というのは？」

「ウルスラ・アードファーンだ」編集長の答えに、驚きのあまり、タブの口が大きく開いた。

第八章

「ウルスラ・アードファーンですって！　彼女は、数行の宣伝記事のためにわざと宝石を置き忘れるような人じゃない。どこでなくしたんですか」

「それが、不思議な話でな」編集長は椅子の背にもたれ、頭の後ろで両手を組んだ。「土曜日の午前中、マチネの舞台に向かう途中で郵便局に寄って切手を買ったとき、宝石箱をカウンターに置いた。そして、気がついたときにはなくなっていたと言うんだ。あまりにも突然の、しかも短時間の出来事で自分でも信じられず、郵便局員に言いだすことさえしなかったそうだ。何かの思い違いで、実は最初から宝石箱を持っていなかったのかもしれないと考えたらしくてね。セントラル・ホテルのスイートルームに戻って部屋中を捜したが、開演時間が迫ってきたので、急いで劇場へ向かった——要するに、今朝まで警察に届けなかったというわけだ」

「当然です」タブはきっぱりと言った。「彼女は大騒ぎされるのが嫌いですからね。警察の手に委ねる前に、なくなった説明がつかないか自分の力でなんとか突き止めようとする人です」

「お前さんは、彼女と顔見知りなんだろう？」

「議員から死刑囚まで、新聞記者なら誰とでも顔見知りだという程度のことですよ」と、タブは答えた。「でも、よかったらこの件を担当させてください。夕方まで、トラスミア事件に関してはすることがありませんから。彼女はセントラル・ホテルに滞在しているんですね」

編集長は頷いた。

「うまくやる必要があるぞ。彼女がマスコミ嫌いだというお前さんの話が本当なら、なおさらな。マスコミ嫌いの女優の写真を、ぜひともこのオフィスに飾りたいもんだ」

〈セントラル・ホテル〉で、タブは何もない壁を背に立っていた。

「アードファーン様は、どなたともお会いになりません」と、フロント係が言った。彼女が部屋にいるかどうかもわからないと言う。

「名刺を届けてもらえませんか」

誰の名刺も届けることはしない、とフロント係が断固として拒否するので、タブは直接、上司のもとへ行った。幸い、ホテルの支配人とはよく知る仲だったのだが、今回ばかりは、クリスピも協力を渋った。

「アードファーンさんは、うちの上客なんだよ、ホランド。だから、怒らせるようなことはしたくない。これは極秘なんだが、実はホテルにはいないんだ」

「どこにいるんだい？」

「今朝、自分の車で田舎の別荘へ向かった。毎週日曜日は、別荘に一泊するんだ。記者には会いたがらないはずだよ。今朝わざわざ私のところへ来て、自分についての質問には一切答えないようスタッフに念を押してくれ、って言っていたくらいだから」

「別荘はどこなんだ――頼む、教えてくれよ、クリスピ」と、タブは頼み込んだ。「でないと、次にこのホテルで盗難があったとき一面に書きたてるぜ」

「それじゃあ脅しじゃないか」クリスピが小声で抗議した。「どうしても言えないんだよ、ホランド。ハートフォードの電話帳が手に入れば、もしかしたら――」

さっそく社の資料室で電話帳を見つけ、ページをめくった。「ウルスラ・アードファーン」の名前の横に「ストーン・コテージ、ブリスヴィル・ヴィレッジ近郊」と書かれていた。

ロンドンから四十五マイルほどの距離で、途中、いつの日か推理小説のエンディングの舞台になりそうな建設中の建物の前を通り過ぎた。タブはバイクを飛ばし、一時間ちょっとで別荘に到着した。きれいに刈られた生け垣にバイクを立てかけ、高い庭木戸を開けて〈ストーン・コテージ〉を囲む小さな美しい庭に入っていった。その名のとおりの石壁は、紫の花をつけたツタで覆われている。

白い服に身を包んだ人影が木陰でくつろいでいるのが見えた。木戸の鍵がカチリと開く音に、その人影はガーデンチェアに沈めていた体をはっと起こした。

「こんなことなさるなんて、感心しませんわね、タブさん」ウルスラ・アードファーンは非難するように言った。「誰にも居場所を教えないように、クリスピにはちゃんとお願いしておいたのに」

「クリスピから聞いたんじゃありません。電話帳で見つけたんです」タブは快活に応えた。

陽ざしが優しくウルスラを包み、舞台の上で明るいスポットライトを浴びているときより、こういう場所にいる彼女のほうが、タブにはより美しく感じられた。

ウルスラは思っていたより細く、若いのに妙に傷ついた印象を漂わせていた。いつかどこかで、苦しい目に遭ったことがあるのかもしれない、とタブは思った。だが、艶やかな肌からは過去の痛みを推し量ることはできなかったし、青く澄んだ瞳にも、悲しみや後悔の念は浮かんでいなかった。

「私の宝石の件でいらしたんでしょうね。一つ条件を守っていただけるなら、何でもご質問にお答えしますわ」

「どういう条件です?」タブは微笑んだ。

「まず、あの椅子を持ってきてください」ウルスラは芝生の先を指さした。「どうぞおかけになって」

タブがそれに従うと、彼女は話しだした。「条件というのは、こうです。記事には、宝石を盗まれたときのことを私は覚えていないけれど、取り戻せたら相応の謝礼をする、とだけ書いていただきたいのです。それと、人が思っているほど高価な品ではないので、盗難保険には入っていないことも付け加えてください」

「おっしゃることはすべて記事にしましょう」と、タブは言った。「私は正直な人間ですから、お約束したことは必ず守ります」

「でしたら、あなたにだけお話ししますね。本当は、あの宝石が出てこなかったらどんなにいいかと思っているんです」

タブは驚いてウルスラを見た。

「格好をつけているだけだと思ってらっしゃるんじゃありません?」ウルスラは探るような目をタブに向けた。「どうやら、思っていらっしゃらないようね。昨夜のような高価な宝石を身に着ける役をすることは、もうないと思いますから」

「なぜ、もっと早く警察に届け出なかったのですか」

「理由なんてありません」答えになっていないが、断固とした口ぶりだった。「私の不注意について、どう思っていただいてもかまいません。私の人間性だとか、誰かをかばっているとか、盗まれたと言って実はどこかに隠しているとか、大騒ぎされたくないと思っているとか、どうお考えになっても結構です。つまり……」と、微笑んだ。「なんでもお好きなように書いていただいていいということです」

「そばに誰が立っていたか覚えていませんか――」

ウルスラが手を挙げてタブを制した。

「切手を十枚買ったことしか覚えていません」

「宝石は、どのくらいの価値があったんですか」と、タブは食い下がった。

ウルスラは肩をすくめた。

「それはお答えできません」

「いわくつきの代物なんですか」

彼女が笑った。

「しつこいんですのね、タブさん」目は笑っていたが、顔は冷静だった。「せっかく『安らぎの住み家』を訪ねていらしたんですから、ささやかなわが家をご案内しますわ」

庭を案内して裏の小さな松林を抜けるあいだ、二人はずっとお喋りに興じた。部屋が片付いているか確認してくると言って一度引っ込んでから、ウルスラは広く快適な居間へタブを招き入れた。高価な家具こそないものの、趣味のよい落ち着いた、とても居心地のいい部屋だった。

タブが来たのは午後二時で、重い腰をしぶしぶ上げたときには五時になっていた。その間《かん》二人は本や人々についての話題で盛り上がり、ウルスラが殺人事件の話を持ち出さないこともあり、癒される彼女の存在のおかげで、〈メイフィールド〉で起きた陰惨な事件が遥か彼方の出来事に思えた。タブのほうも、ウルスラの隠れ家の美しい薄紫色の雰囲気とはそぐわない殺人の話題を持ち出すのは差し控えた。

「この記事は何なんだ」タブが渡した二つのファイルを受け取った編集長が、苛立った声を出した。

「文学的観点からすれば一級品でしょう」

「ニュースという観点ではゴミだ。新情報といえば、彼女がブラウニングの詩が好きだということくらいで、きっとそれだってもう警察が知ってるだろうさ！」

編集長は文句を言いながらも原稿を受け取って青鉛筆で容赦なく削り始め、その間にタブは、トラスミア事件の記事をまとめにかかった。

予想はしていたが、やはり新事実はほとんど出てきていなかった。ウォルターズもウェリントン・ブラウンという男もまだ見つかっておらず、トラスミアの人生を振り返るしか手がなかった。これまで折に触れ、レックスから聞きかじった情報だ。

大金持ちになったレックスとは、朝から一度も顔を合わせていなかった。その晩帰宅すると、レックスはすでにベッドで眠っていたので、起こすのはやめた。死ぬほど疲れていたのもあるが、ウルスラの話をするより、さっさと横になりたかったのだ。実のところ、誰ともウルスラのことを話したくない気分だった。

「その辺をぶらついていたんだ」翌朝、昨日の行動を尋ねると、レックスはそう説明した。「なんだか眠れなくて早起きしたんだけど、君の寝床を覗いたらぐっすり眠っていたからさ。『メガフォン』の君の記事を読んだよ――そういえば、ミス・アードファーンの宝石が盗まれたのを知ってるかい？」

「よく知っているよ」と、タブは言った。「実は、昨日彼女に会ったんだ」

とたんにレックスが興味を示した。

「どこで？」と、勢い込んで訊いた。「どんな女性だった？――つまり、普段の彼女は、ってことだよ。やっぱり美人かい？――目は何色なんだ？」

タブは椅子を後ろに引き、テーブルの向かいのレックスを見て顔をしかめた。

「君の好奇心は度が過ぎてるぞ」と、たしなめるように言った。「レックス、君が彼女にそれほどまでに関心を抱いているとは思わなかったよ」

レックスは目を合わせなかった。

「彼女はとても美しいと思う」と、しつこく繰り返す。「一日一緒に過ごせたら、この首を差し出してもいい」

「やれやれ！　君は彼女に恋をしているんだな！」

レックスの童顔が真っ赤になった。

「何言ってるんだ」と、大きな声を出した。「確かに、とても好きだよ。何十回も舞台を見に行ってる。一度も口をきいたことはないけどね。彼女は完璧な女性だと思う。美人だし、聞いたことがないほど美しい声をしている。いつか絶対、彼女と知り合いになるんだ」

レックスの秘めた思いの告白は、どういうわけかタブの心を乱した。

「なあ、ベイブ」声を和らげて話しかける。「あの人は、恋愛とか結婚の対象になる相手では――」

そこで突然、あることを思いついた。

「そうか、ベイブ、君は今や大金持ちなんだよな！　なんてこった！」

レックスはまた顔を赤らめ、タブは口笛を吹いた。

「君が彼女を好きだという気持ちは、真剣なのか」

「僕は、彼女を崇拝している」レックスは低い声で言った。「結婚すると聞いてすっかり狼狽して、君に確かめに行ってもらったんだ」

タブは大声で明るく笑った。

「それで僕は、あんなばかみたいな使いに行かされたんだな?」タブの目が愉快げに輝いた。「ずる賢いやつだな! 優秀な事件記者が、帽子を手に劇場の薄暗い廊下に立って、大女優の楽屋へ入れてくださいと頭を下げなければならなかったのは、君の傷ついた心を癒すためだったというわけだ」一瞬、タブは真顔になった。「彼女への君の愛着が、あまり激しくないといいんだが」と、静かに切りだす。「そもそも、ウルスラ・アードファーンは結婚を考えていないようで、君が相続する莫大な遺産をもってしても、気を惹くのは難しいと思う。それに――」タブは言いよどんだ。

「何だよ」レックスは苛立ちを隠さなかった。「ほかにどんな障害があるっていうんだ」

「僕が口を出すことではないかもしれないし、父親のようなアドバイスをする立場じゃないのもわかっているんだが――」

「どうせ、女優は妻に向かないって言うんだろ。みんな、そういうくだらないことを言うんだ。ジェシー伯父さんに話したときだって――」

「伯父さんに話したのか、君が――ウルスラ・アードファーンを好きだってことを?」タブは驚いて尋ねた。

「そんなこと、言うわけがないじゃないか」と、レックスは小ばかにしたように言った。「遠回しにほのめかしただけさ。そうしたら、ジェシー伯父さんは激怒した。そして、僕が相続するはずの財産をすべて取り上げると言ったんだ。女優という職業をさんざんけなしてたよ」

タブは、自分でも困惑して黙っていた。レックスがウルスラにぞっこんだからといって、自分に何の関係があるのだ？　だが、どういうわけか、レックスの情熱が自分にとっては屈辱のような気になるのだった。ばかげている。なんて幼稚なんだ、と思い、つい含み笑いをした。

「笑える話だと思ってるんだな」レックスは不機嫌な声で言い、むっとして立ち上がった。

「忠告しようとした自分を笑ったのさ」と、タブはありのままを口にした。

第九章

カーヴァーから電話があったとき、タブは自分の部屋にいた。

「お偉いさんと話した。君を助手に推薦したよ。初めは新聞記者が内部情報を嗅ぎまわるなんて、と難色を示したが、なんとか説き伏せた。これから屋敷に向かうから、迎えに行く。土曜日に調べなかった箱の中身を確認したいんだ」

タブは複雑な思いだった。積極的に警察に協力するということは、彼の記事が苦境に立たされるのを意味する。手に入れた情報をそのまま書くことは許されず、やんわりとオブラートに包んで伝えるしかない。外側の立場にいれば、誓いを破ることなど気にせずに自由に事件の真相に迫ることができる。上司に相談する時間はなかった——この場で決断しなくてはならない。

「わかりました」と、タブは言った。「つまらない記事しか書けないことにもなりかねませんが、いちかばちかやってみましょう」

ダウティー街《ストリート》に出たタブは、カーヴァーが乗りつけた私用車を見て驚いた。警察本部がいかにしみったれかを知っているだけに、素直に驚きを口にした。

「これはトラスミアの車だ。ここ一年ガレージに停めっぱなしだったのを、ランダーが使ってもいいと言ってくれた。ガソリン代も払ってくれるそうだ」

「さすがはベイブだ」タブは助手席のシートに沈み込んだ。「僕にはそんなこと一言も言いませんでしたがね」

屋敷が近くなった辺りで、カーヴァーが沈黙を破った。

「あとで君に見せたい物がある。部下が一晩かけて郵便局でトラスミアの通信記録を調べたんだ。ここ一、二年、かなり利用していたようだ。まだ調べていない箱から見つかると思う。だが、重要なのはそれじゃない。昨日は電報係の大半が休みだったものだから今朝になってようやくわかったんだが、ウォルターズが姿を消す十分くらい前にメイフィールドに電報が届いたんだ」

居間に入ってドアを閉めると、カーヴァーはポケットから電報を取り出した。ロンドン中央郵便局から出されたもので、次のような内容が書かれていた。

一九一三年七月十七日を思い出せ。ニューカッスル警察が三時にそちらへ行く。

差出人の名はなかった。

「今朝、過去の新聞のファイルでその日付に関する記事を探してみた。一九一三年七月十七日、フェリングはニューカッスルで七年の刑を言い渡されている。その際、裁判官は、同様の罪を再び犯したら終身刑に処す、と宣言したんだ」

「すると、その電報はウォルターズの友人が打ったということでしょうか」

カーヴァーは頷いた。

「正確には、ウォルターズがいなくなる五分前に配達された。つまり、三時五分前だ。配達をした青年に会って話を聞いたら、ウォルターズ本人に手渡したそうだ」

「それなら、ウォルターズが消えた説明がつきますね」

「ああ、たぶんな。だからといって、やつが殺していないとは言いきれん。殺害直後に電報が届いて、逃亡を決意したとも考えられる。殺人犯だとすれば、急いで逃げた説明はさらに簡単だ。警察が来たら遺体が発見されてしまい、やつにとっては致命的だからな」

「ウェリントン・ブラウンが家の中に入るのを見た人はいるんですか」と、タブは尋ねた。考えてみれば、もっと早く訊いておくべき質問だった。

「いや、いない。何時に現れたのかを証言できるのは、ウォルターズだけだ」

カーヴァーは電報を折りたたんでしまい込み、通路へつながる書斎兼ダイニングからドアの鍵を開けて階段を下りた。明かりをつけるのに二、三度足を止めただけで、真っすぐ地下室へ向かった。一つ一つ箱を下ろし、中身を空けて注意深く調べる。

どれも札束や証券が詰め込まれていた。銀行券、大蔵省証券、脂で汚れた中国政府銀行の紙幣、ギリシャのドラクマやイタリアのリラもある。そういう紙幣ばかりが入った箱があるかと思えば、中国北部の変わった名の町からトラスミア宛に届いた手紙の束が詰まっている箱もあった。どの箱にも緑色のインクで番号が振られていたが、彼らが捜査している事件を紐解くヒントになりそうなものはなかった。

最後に出てきた手紙の箱は、わりと最近のものだった。ほとんどが、トラスミアが取引のあったさまざまな企業宛に出したものをタイプで打ったコピーだ。二人はそれらの手紙を丹念にチェックした。「ここにある手紙はどこでタイプされたのだろう」と、カーヴァーが言った。「それに、いつタイプしたんだ。トラスミアに秘書はいなかったようだが……」

そのときまで、タブはタイプライターのキー・カバーを見つけたことをすっかり忘れていた。すぐにカーヴァーにそのことを伝えた。

「ただ、トラスミアは毎晩六時半に出かけて、八時半まで留守にしたそうなんです」と、タブは言った。「おそらく、タイプ会社にでも行っていたんでしょう――ロンドンには、勤務時間後専門の会社がいくつかありますからね」

「あり得るな」と、カーヴァーも同意した。「ここには何もなさそうだ。重要そうな書類は、もう翻訳者に渡してある――一八八九年の売買勘定まで訳してもらう必要はないだろう」そう言って書類を注意深く箱に戻した。「この箱はそればっかりだ」

ドアの右手にある低い棚を背に立ち、棚のスチールを指先でぼんやり触っていたタブは、スチール板の下に何かがあるのに気がついた。覗き込んでみると、指に触れたのは引き出しを吊るすレールだった。奥に押し込まれていたため、二人が立っている位置からは見えなかったのだ。

カーヴァーが屈んで引き出しを引っ張り出した。

「おい、これは何だ?」

まず取り出したのは、小さな中国製の箱だった。淡い緑の漆が塗られた美しい小箱だ。開けてみると中は空だった。

「何も入っていない――骨董品でも保管してあったのかもしれんな」

次に引き出しから取り出したのは小さな茶色の宝石箱だった。広い棚の上に置き、蓋を開けた。

蓋の裏布のサテン生地にピンで留められたハート型のルビーのブローチを見る前から、タブにはそれが何かわかっていた。

「ウルスラ・アードファーンの宝石です」二人は顔を見合わせた。

「土曜の午前中に盗まれた宝石か」信じられないといった顔つきでカーヴァーが訊いた。

タブが頷くと、カーヴァーはエメラルドの十字架《クロス》を手に取り、ひっくり返して表を見てから箱に戻した。

「今朝の朝刊で読んだだけだが、私の記憶が間違っていなければ、土曜日の午前中、ウルスラ・アードファーンは郵便局へ切手を買いに行った。そのとき宝石箱を脇に置き、気がつくとそれがなくなっていた。何かの思い違いかと、ホテルへ帰って部屋を探し、警察に通報したのは日曜の朝だった、ということだったな」

「僕もそう聞いています」カーヴァー同様、啞然としてタブは応えた。

「そして、アードファーン女史が宝石をなくした三、四時間後にトラスミアがこの部屋で殺害された。その時点で宝石はここにあったということになる。トラスミアが殺されたあと、犯人以外にこの部屋に出入りした人間はいないはずだからな。つまり、二時間のうちに宝石が盗まれてジェシー・トラスミアのもとへ運ばれ、彼の金庫室にしまわれた——なぜだ?」カーヴァーはタブを見た。

タブは黙って見つめ返すことしかできなかった。カーヴァーは頭を掻き、じれったそうに首の後ろを揉んだあと、顎をさすりながら言った。「ほかの状況なら、トラスミアは故買屋だと言えるかもしれないんだが。きわめて稀だが、盗品を買い取ってその利益で荒稼ぎをし、宝石を担保に女優はもちろん、有力者に金を貸す輩が存在するのは確かだ。アードファーン女史が通報しなかったのも、借金の担保としてトラスミアに預けたのだとすれば説明がつく」

「彼女はトラスミアを知らないと断言できます。僕はたまたま――その――彼女とは知り合いでして」タブは口早に言った。

再びカーヴァーの顔が当惑したように歪んだ。長い顔がさらに伸び、口角の下がった口がますます憂うつそうな弧を描いた。

「だとすると、担保の線はないか。あとは、トラスミアが盗品を買い取るような男だったかどうかだが……」カーヴァーは棚を埋め尽くす黒い箱を見まわして首を振った。「そっちの線も薄いな。トラスミアほどの大金持ちが、そんなリスクを冒すとは考えにくい。ここにある現金以外にも財産があるんだ。コソ泥のけちな犯罪のために力を貸すとは思えん」

カーヴァーはテーブルに腰を載せ、両手をポケットに入れて顎を胸にうずめるようにして考え込んだ。

「まいったな」しばらくしてようやく口を開いた。「はっきり言ってお手上げだ。これがアードファーン女史の宝石だというのは確かなんだな」

「彼女の宝石箱に間違いありません。警察本部に行けば、盗まれた宝石の詳細が記録されているでしょう」

「だったら、その謎についてはすぐに解明されるな」

カーヴァーは十五分ほど電話で話しながらメモを取っていたが、受話器を置くとタブに向き直った。

「あの箱の中の品を詳しく鑑定しなければなんとも言えないが、アードファーン女史の宝石と見てまず間違いないだろう。彼女は警察に詳しいリストを提出しているんだが、すべてを覚えているわけではないらしい。とにかく、そのリストをチェックしてみよう」

それほど時間をかけずに、宝石がウルスラ・アードファーンのものだと判明した。

「タブ、彼女に話を訊きに行ってくれないか」と、カーヴァーは言った。「空の箱を持っていってくれ——宝石の線をもう少し追ったほうがよさそうだ——宝石箱に見覚えがあるかどうか、本人に訊いてほしい」

第十章

ウルスラはタブが〈セントラル・ホテル〉に到着する数分前に戻ってきたばかりで、マスコミ禁止令は解いたのか、すぐに面会してくれた。

タブの手からそっと宝石箱を受け取ると、ウルスラの顔から表情が消えた。

「ええ、私のです」と言って蓋を開けた。「宝石はどこです?」と、すかさず尋ねる。

「警察が保管しています」

「警察?」

「これは、土曜日の午後殺されたジェシー・トラスミア老人の金庫室で見つかったのです」と、タブは言った。「どうして彼のもとにあったのか、見当はつきますか」

「わかりません」ウルスラはきっぱりと答えた。「トラスミアさんという方を存じ上げませんもの」

タブは殺人事件の経緯をウルスラに説明したが、すでに新聞で読んでいたようで、タブが犯人捜査に協力していることを打ち明けるまで、その話題を避けたいようなそぶりを見せていた。

「これをどこで見つけたんですか」と、ウルスラが尋ねた。

「トラスミアの地下の金庫室です。不思議なことに、保管されていた箱をすべて調べて書類もチェックしましたが、重要なものは見つかりませんでした。この宝石箱を発見したのは偶然だったんです。

棚の下の奥のほうに押し込まれた小さな引き出しに入っていました」

「書類をすべてチェックした……」ウルスラは機械的に繰り返した。「どんな書類だったんですか——それって——たくさんあったんですの？」

「かなりありました」と言いながら、明らかに話題が変わったのに彼女が自分から話を戻したことに、タブは驚きを感じていた。「古い請求書や勘定書、手紙の写しなどです。たいして重要なものはありませんでしたよ。なぜ訊くんです？」

「以前、知り合いにトラスミアさんに関心のある女性がいたんです」と、ウルスラは答えた。「彼女の家族に関係する書類を、トラスミアさんがたくさん持っていると聞いたことがあったので。その方の名前は思い出せないんですけど、公演で一緒になった女優さんでした」

「ビジネスに関するもの以外はありませんでしたね」と、タブは言った。

タブは、その場の空気に敏感になっていた。部屋に入ったとき、彼に会ってウルスラが緊張している気がしたのだ。盗難の話は気が進まないとしても、緊張する理由はないはずなのに、話しているあいだ彼女はずっと硬い表情のままだった。それが今、急に安堵した様子になった。顔に表れたというより、全体の雰囲気から、タブにはそれが感じ取れた。ただの思い過ごしかもしれないが、これまでそういう思い過ごしをしたことは一度もなかった。

「警察はいつ、私の美しい宝石を返してくれるのかしら」陽気とさえ言える口調で、ウルスラが訊いた。

「公判が終わるまでは警察で保管することになると思います。検死陪審をするはずですからね」

「あら、そう」ウルスラはがっかりしたようだった。するとここで、再び自分から殺人事件の話を持ち出した。「とても恐ろしくて不可解な事件ですわね」と、しんみりした声で言った。「どうお考えですの、ホランドさん。新聞には、トラスミアさん以外にドアに鍵を掛けた人物はあり得ないのに、自殺でないことも間違いない、とありましたけど。それに、警察が捜しているブラウンというのは何者なんですか」

「中国から来た山師です。昔、トラスミア老人の秘書のようなことをしていたらしいですよ」

「秘書？」ウルスラは反射的に訊き返した。「その人が――どうしてわかるんですか」

「ブラウン本人から聞いたんです。事件の前日、ブラウンと会いましてね。トラスミアは彼を邪険に扱い、金を払って何年も遠ざけていたようです」

ウルスラは唇を噛んで考え込んだ。

「どうして戻ってきたのかしら」半分独り言のように呟いた。「小遣いで不自由なく暮らせたかもしれないのに。充分なお金をもらっていたんでしょう？」と訊いたあとで、思い直したように言った。

「ご用件はこれで全部ですか、ホランドさん」

「宝石を確認していただくために警察署へ呼ばれるかもしれません」と、タブは言った。「そうなれば、宝石箱がなぜトラスミアのもとにあったのか訊かれるでしょう」

ウルスラは何も言わず、タブは奇妙な居心地の悪さを感じながら部屋をあとにした。

訊き込みの結果をカーヴァーに報告しに行くと、精力的な彼は、地下室を這いまわっていた。タブの足音を聞きつけ、四つん這いのまま振り返った。

「土曜日は雨だったかな、それとも晴れていたか？」と、尋ねる。

「いい天気でした」

「だとしたら、これは血痕だな」カーヴァーが床を指したので、タブも傍らに膝をついた。コンクリートの端に、微かに半月型の染みがある。「それは踵《かかと》の跡だ。ゴムの踵のな」と、カーヴァーが言った。「つまり、老人が殺されたあとで何者かが地下室に入り、おそらく遺体の様子を見に近寄ったときに踵の一部に血がついたのだろう。ゴムの踵なら音がしないから、トラスミアに気づかれずに部屋へ近づけたことも説明がつく。ほかに血痕はないようだ」

「でも、やはり合鍵の謎に突き当たりますよね」

「合鍵はなかった。それは間違いない」カーヴァーは立ち上がって膝の埃をはたいた。「その点については複数の製造業者と徹底的に検証した。業者はたいてい自分のところがいちばん腕がいいと主張しライバル会社のことは悪く言うものだが、一様に、例の鍵を作った会社は信頼できると太鼓判を押した。そしてその会社の社長は、あの鍵は最も信用する職人に作らせたもので、合鍵は絶対に存在しないと言うんだ。それればかりか、図面さえ残されていない。実は、鍵を初めて使う直前、この場で職人が錠に手を加えたのだそうだ。明日、その職人に会うことになっているが、電話で話したかぎり、合鍵の可能性は捨ててよさそうだ」

「でも、ウォルターズが作っていたじゃありませんか――」

「ウォルターズはまだ作業の途中だった。それに、やつがいくら賢いと言ったって、このドアを開ける鍵は完成させられなかっただろうよ。やはり、使われたのはあの血染めの鍵だ。しかもそれは、トラスミアが細い銀の鎖で首に掛けて持ち歩いていたものに違いない。遺体を調べたら、衣服の中から鎖の切れ端が見つかった。そして、ドアの両側には血痕がついている。それがこの事件のなにより特異な点だ。殺人のあと、ドアの内側と外側の両方から鍵が掛けられた。トラスミアが死んだあと、犯人はいったん鍵を閉めて自分もこの部屋にいたんだ。絶対に不可能かどうか判明しないうちは、最後に内側から鍵を掛けてテーブルに置き、犯人はどこか秘密の出入り口から出ていったのだと思いたいところなんだが、今のところそんな出入り口はどこにも見当たらない」

「屋根は調べましたか」

「全部調べたよ――屋根、壁、床、ドア。関係あるかどうかわからんが、ドアと床のあいだに八分の一インチくらいの隙間があった。鍵が床の上で見つかったのなら謎は解けるんだが……。犯人がその隙間から押し込んで、部屋の真ん中に向かって指で弾いたと考えればいいからな。手短に状況をまとめると、こういうことだ」カーヴァーは一つ一つ指先に触れながら確認した。「トラスミアは地下室で殺害され、ドアには鍵が掛かっていた。犯人は、トラスミアを脅していたブラウンか、彼から金を盗み取ろうとしていたウォルターズだ。密室となった地下室の中で鍵が見つかった。特に注目すべきは、トラスミアが背後から撃たれていることだ」

「なぜ、それが重要なんですか」

「殺されたとき、トラスミアが恐怖を感じていなかったことを示しているからだ。彼は、撃たれるとも襲われるとも思っていなかったってことだ。状況確認に戻るぞ。これがまた不可解なんだが、殺人事件のあったまさにその日に盗まれた人気女優の宝石箱が、地下室で発見された。こんな事件を、私は検死陪審に持っていかなければならないんだ。どうにも分が悪いと言わざるを得んな」

だが、検死陪審は「分が悪い」とは思わなかったようで、一週間後、犯人不詳のまま故殺の評決を下した。ただし、補足として警察の無能さに対する不満が述べられていた。

評決が言い渡された日、ウルスラ・アードファーンは公演中に二度倒れ、気を失ったままホテルに運ばれた。

第十一章

殺人事件のせいで心ない噂話の的となり、いちばん迷惑しているはずの近隣の住民たちが、実は最もこの状況を楽しんでいた。人間の性《さが》とも言えるだろうが、安らぎや幸福より、トラブルや不幸のほうが新聞は売れるのである。読者にしてみれば、どこにでもいる隣人が期せずして莫大な富を相続したというニュースは、自分と比べるだけに、なによりセンセーショナルなものだった。だから一般市民が傍観者というより間接的にでも参加者のような気になって、奇妙であればあるほど気持ちを掻き立てられて妙な高揚感を覚えるのも仕方のないことだった。

主婦たちは恐怖に震え、子供たちの耳に入らないよう必要以上に神経を遣いながらも、隣家で起きた犯罪の内部事情を噂する料理人の話に熱心に耳を傾け、できるだけ詳しく話すようせがんだ。そして男たちは恐怖や憤りをあらわにし、もっと治安のいい場所に引っ越そうかと思う、などと口では言うのだが、結局その先何年も、訪ねてくる客に部屋の窓から残忍な凶行の現場となった屋敷を指し示してみせるのだ。

〈メイフィールド〉の向かいには、ジョン・ファーガソン・ストットの家があった。彼は亡きジェシー・トラスミアの隣人というだけでなく、甥レックスの雇い主でもあった。おかげで、関係者のように語る権利を得たも同然だった。が、それがかえってストットを、余計なことは喋るまい、という気持ちにさせたのだった。

「恐ろしい犯罪が起きた通りに住んでいるというだけで、充分に気分が悪いんだ。そのうえこの件に巻き込まれるようなことになったら、たまったもんじゃない」

ストットは太った禿げ頭の小男で、度の強い老眼用のモノクルを掛けていた。

「エリーヌの話では――」ふくよかな体つきの妻が口を開きかけた。

ストットはずんぐりした手を上げてその言葉を遮り、目を閉じた。

「使用人の噂話か？　なあ、この事件に関わるのはよそう。私の名前が新聞に載っては困る。じきにこの家にも記者たちが押しかけてくるぞ！　警察もだ。犬の許可証をめぐっていろいろあったからな。警官には二度と会いたくない」

ストットは真面目くさって窓辺に座り、暗くなりつつある通りを睨みつけた。〈メイフィールド〉の窓の一つを明かりがよぎり、消えたかと思うとまた現れた。警察が捜索しているのだ。ストットは興味を引かれた。明日、〈トビーズ〉の常連たちに話して聞かせられる。「警察はまだトラスミアの家を捜索しているぞ。ゆうべ見たんだ――彼の家は、うちの向かいだからな」と。

ほどなく明かりはすべて消え、ストットは妻に向き直った。

「エリーヌは何と言ったんだ。ここへ呼んでみろ」

エリーヌというのは、住み込みの家政婦をしている娘だった。どこにでもいるありふれた家政婦が、ここへきて突然、重要人物となったわけだ。

「旦那様、この話をするのは本当に恐ろしいんです」と、エリーヌは言った。「こんな事件に巻き込まれるなんて、これっぽっちも思っていませんでした。もし証人として法廷に呼ばれるようなことに

「法廷に召喚されたりはしないさ」と、ストットは断言した。「ここだけの話だ。いいな、エリーヌ」

エリーヌは頷いたが、公の場に立たないと知っても、決してうれしそうには見えなかった。

「ここ二週間、虫歯が痛くて仕方がなくて――」

「抜いてもらえばいいじゃないか」と、ストットが言った。歯痛に苦しむ人間に対して、たいてい男は抜歯を助言する。「虫歯には思いきった処置がいちばんだ。悪いことは言わない、抜いてしまいなさい――それで？」

「十一時半頃痛くなって、二時に治まったんです。それでやっと目覚ましをセットできたんですもの」

「わかった、わかった」ストットはつっけんどんに言った。エリーヌの災難に対する興味はすでに失っていた。「それで、メイフィールドで何を見たんだ」

「いつも、痛みが治まるまで窓際に座っているんです」と言うエリーヌに、ストットは、そんな場所に座って何をやっているんだ、と言いそうになるのをこらえた。「ご存じのとおり、窓からは通りが見渡せます。最初の晩、小さな自動車が家の前に停まるのが見えました。女性が降りてきて――」

「女性？」

「たぶん……女の人だったと思います。でもその人、車から降りて門を開けると、車で庭に入っていったんです。おかしいな、と思いました。だって、トラスミアさんのお宅にはガレージがありませんし、一緒に住んでいるご家族はいないはずですからね」

「車はどこへ行ったんだい？」

「庭に乗り入れただけです。駐車スペースはいくらでもあります――庭というより、ただの敷地ですもの。家のそばに停めてライトを消したんだと思います。それから、階段を上って玄関ドアを開けました。その晩は廊下の明かりがついていて、ドアを閉める前に女の人が鍵を抜くのが見えました。家の中に入って数分もしないうちに、今度は自転車に乗った男の人がやってきて、自転車から跳び下りて縁石のところに立てかけました。印象に残ったのは、その変わった歩き方です。足を少しひきずるような感じでした。葉巻を吸っていましたね」

「男のほうは、どこへ行ったんだ」

「葉巻を吸いながら門に寄りかかってました。しばらくすると葉巻を捨てて新しいのに火をつけたので、そのときに顔が見えました――それが、中国人だったんです！」

「なんということだ！」話を聞きながら、ことさら怪しげなイメージを頭に浮かべた。堂々たるストットの邸宅〈メイプル・マナー〉のすぐ近くで、葉巻に火をつけている中国人……。

「警官が通りかかる直前、自転車に乗っていなくなったんですけど、警官が通り過ぎると戻ってきて、また門に寄りかかっていました。そのうちに玄関ドアが開いたと思ったら、こっそり隠れるように自転車にまたがって反対方向へ走っていったんです――つまり、来たときと逆の方向です。例の女性が出てきて門を開けたときには、もう姿は見えなくなってました。女性は車を通りに出してからいったん降りて門を閉めると、すぐに走り去りました。そしたら、さっきの中国人が、気が狂ったようにペダルを漕いであとを追いかけていったんです。車に追いつこうとでもしているような勢いでした」

「それは奇妙な！　一度きりだったのか」

「毎晩同じことがありました――金曜の夜が最後です」エリーヌは芝居がかった調子で言った。「車の女……中国人……何もかも一緒でした。ただ、日曜の晩は中国人が二人来て、一人が庭へ入っていったきりしばらく出てきませんでした。もう一人も中国人だと思います。変わった歩き方でしたもの。でも、自転車じゃありませんでした。車でやってきて、通りの向こう端に停めたんです」

「興味深い！」ストットは、髭のないつるりとした顔を撫でた。

ひととおり話し終えてもなお、エリーヌは情報通であることをひけらかしたいらしかった。

「警察は一日中あの家から物を持ち出していました」と、報告する。「箱やトランクなんかです。パイン・ロッジの家政婦の話では、今日引き上げるそうですよ。殺人事件以来、ずっと見張りをつけていたんですけどね」

「実に興味深くて驚くべき話だ」ストットは言った。「だが、われわれには関係のないことだと思う。もういい、エリーヌ。その歯は、やはり抜いてもらおう。子供みたいなことを言っていてはいかん。だいたい、アメリカの歯科医の技術は今では高いレベルを誇っていて――」

エリーヌはかしこまって不安そうにストットの講釈を聞き、自室に上がると痛む奥歯に痛み止めを詰めたのだった。

ストットが枕に頭を載せるやいなや、いきなり寝室のドアがノックされた。

「何だ」礼儀正しい強盗が部屋に入ろうとしている場合を考え、毅然とした声を出した。

「旦那様、エリーヌです……彼らが来てます！」

ストットは身震いし、頭から毛布をかぶりたい気持ちをどうにか抑えて、いかにも眠っていたかのような声を装い、しぶしぶベッドから起き出してガウンを羽織った。ストット夫人はといえば、身動き一つしなかった。自分でもいつも言っているが、彼女は眠るためにベッドに入るのであって、眠ったら最後、朝まで目覚めることはない。

「どうした、エリーヌ――こんな夜中にわざわざ起こしに来るとは、何があったんだ」ストットは苛立たしげに尋ねた。

「彼らが――中国人がいるんです。一人が窓から入っていくのを見ました」エリーヌは、せっかく詰めた痛み止めも効かなくなるほど歯をガチガチいわせていた。

「棒を持ってくるから、ちょっと待っていろ」

ストットは、いつもベッドの脇に重い杖を掛けていた。ダイニングの窓の内側という安全な場所より向こうへ行くつもりはなかったが、棒を手にしたことでようやく自信が持て、気持ちが落ち着いた。

エリーヌがそっと窓のブラインドを上げて固定する。音をたてないようにサッシを開けると、まったく遮られるものなく〈メイフィールド〉が視界に入った。

「あそこに一人います！」と、エリーヌがささやいた。

暗がりの中に立っている人影が、ストットにもはっきり見えた。三十分近く、二人は黙って様子をうかがった。警察に通報することも考えたが、やめておいた。普通の強盗なら迷わずそうしただろう。だが、相手は排他的で執念深いことで知られる中国人だ。裏切り者を半殺しの目に遭わせたという話も聞いたことがある。

見張りを開始して三十分経った頃、屋敷の玄関が開いてもう一人が出てきた。そして二人連れだって道を歩いていき、やがて見えなくなった。

「まったく驚きだな！」ストットの正直な感想だった。「呼びに来てくれてよかったよ、エリーヌ。おかげで見逃さずに済んだ。だが、このことは口外無用だぞ――誰にも言うんじゃない。中国人というのは残虐な連中だ。たくさんの鋭くとがった釘と一緒にお前を樽に詰めて、急坂を突き落とすなんてことだって考えつくかもしれん。まるで私が――そう――靴紐を結ぼうと思うのと同じくらい、連中にとってはいとも簡単なことなのだ」

こうしてストットの屋敷〈メイプル・マナー〉ではこの異様な出来事が秘密にされ、イエー・リンが、自分の書いた美しい漢字が並ぶ薄い紙をトラスミアが折りたたんで保管していた、漆塗りの小箱を捜しに死の館に侵入した件は、誰にも知られることはなかったのである。

第十二章

「ウルスラ・アードファーンが、引退して田舎で暮らすつもりらしい」

ある晩、新聞社から帰宅したタブが報告すると、レックスは興味のなさそうな声を出した。

「ほう？」

言ったのはそれだけだった。どうやらタブ同様、ウルスラの話をするのは気が進まないようだった。

その日は、レックスがダウティー街《ストリート》のフラットで過ごす最後の夜だった。まだショックから立ち直っていないレックスは、気分転換のため医師から海外旅行を勧められていた。休暇が終わったらダウティー街に戻ってくる、とレックスは言ったのだが、タブが譲らなかったのだ。

「君はもう大金持ちなんだぜ、ベイブ」と、真剣な顔で言った。「金持ちには、それなりの責任が伴うんだ。僕らのささやかな同居関係《メナージュ》を解消する理由を挙げたらきりがない。なにより、僕の立場から言わせてもらうと、百万長者と暮らすことで士気が下がるのが怖いんだ。今や君には、社会で取るべき立場も、なすべき義務もある。ダウティー街の小さなフラットで共同生活なんかしていてはいけないんだ。かといって、メイフィールドに住むつもりはないんだよな」

レックスは身震いした。

「当然だよ」と、言葉に力を込める。「あの屋敷は閉めて、何年かそのままにしておくつもりだ。そのうちに事件の記憶が忘れ去られて、買い手がつくかもしれないからね。僕はこのフラットがとても居心地いいんだけどな、タブ」

「君より僕の居心地のほうが大事だ」と、タブは落ち着き払って応えた。「どう考えても、僕のためにならないと思う。追い出されたと考えてくれていいよ」

レックスは、ニッと笑った。

翌日の午後、ナポリに発つレックスを、タブは港まで見送りに行った。出航のベルが鳴るまで、ウルスラの話題は出なかった。

「ミス・アードファーンに紹介してくれるという約束を忘れていないからな、タブ」と言って、不愉快なことを思い出したのかレックスは顔をしかめた。「彼女が事件に巻き込まれていないことを願うよ。いったいなぜ、彼女の宝石箱がジェシー伯父さんの地下室にあったんだと思う？　そういえば、あの忌まわしい地下室の鍵は、万が一警察が使いたくなったときのために僕のトランクに入れてあるよ。別の鍵を手に入れたようだから、もう必要ないだろうけどね」

ウルスラの宝石箱についての同じ質問を、レックスはこれまで数えきれないほど繰り返していた。だからタブは、その問いに真剣に答えようとはしなかった。

埠頭に立って大型船が川を下っていくのを見送りながら、親密な関係が終わりを告げたことに、タブは内心ほっとしていた。レックスは好きだったし、向こうもタブを気に入って、大志はあるが収入の少ない若者にありがちな浮き沈みをともに分かち合ってきた。どちらかといえばタブのほうが裕福なことが多かったので、絶えず財力以上の暮らしをしたがる人間が足を取られがちな沼地からレックスを助けたことも一度や二度ではなかった。そして今、レックスは穏やかな海にいる。気難しい伯父や現実的な雇い主の庇護から永遠に離れ、もう郵便配達員のノックに肝を冷やすことも、届いた郵便物の半分以上が支払い不能な請求書だと知って眉を寄せることもないのだ。

検死陪審から一カ月近く経ち、タブが耳にしたのは、ウルスラが体調を崩し、田舎の、おそらくは〈ストーン・コテージ〉にいるということだけだった。見舞いに行くことも考えたが、思い直した。代わりに、彼が強い印象を受けたウルスラについて丹念に調べ上げた。

ウルスラ・アードファーンの身の上は興味深いものだった。初めて舞台に立ったのは地方巡業の劇団での小さな役だったが、ウルスラはそれを見事に演じきった。すると、いきなり〈アシニーアム劇場〉と契約し、『トスカ』の準主役に大抜擢された――主役は名女優として知られるメアリー・ファレッリだった。演劇評論家はこぞってウルスラの淑やかさに心を奪われ、その演技力を絶賛した。ぜひ、もっと大きな役を演じる彼女を見てみたい、きっと素晴らしい作品になることだろう、と。この舞台の仕掛け人が誰なのか取り沙汰する評論家もいたが、はっきりしたことはわからなかった。そして三カ月にわたる『トスカ』公演が終わると、今度は主役として『トレメンダス・ジョーンズ』の舞台に立ち、一年間のロングランをこなした。公演は来る日も来る日も成功を収め、大女優ウルスラ誕生のきっかけとなったのだった。彼女が引退したという短い発表をまともに信じる者はほとんどいなかった。だが、引退は本当だった。ウルスラ・アードファーンが舞台に立つことは、もうなかったのである。

レックスが旅立った日、タブがあれこれ考え込んでいるのを見透かすかのように、ウルスラから手紙が来た。手紙は新聞社に届いていた。

ホランドさんへ——差し支えなければ、ストーン・コテージへおいでいただけないでしょうか。『特ダネ』をご提供することをお約束します。といっても、私の名前を出していただきたくないので、大きなニュースにはならないかもしれませんが。

タブは、できればすぐにでも〈ストーン・コテージ〉へ飛んでいきたかった。翌朝六時に起き、いらいらしながら時間が過ぎるのを待った。あまり早く行くのは失礼だと思ったからだ。よく晴れた六月の暖かな日だった。柔らかな西風が気持ちよく頬を撫でる。回復期の患者を抱える医師が大喜びしそうな天気だ。

ウルスラは初めて訪ねたときと同じ場所に横たわっていたが、今日は体を起こさず、細く白い手をタブに差し出した。タブがあまりにも大事そうにその手を取ったので、ウルスラが思わず笑った。顔色が悪く、やつれていて、わずかに年を取ったように見える。

「大丈夫、折れたりしませんわ。どうぞおかけになって、タブさん」

「『タブ』と呼ばれるほうが『ホランド』よりずっと好きです」と、タブは言った。「ここはすてきな場所ですね。僕らはみんな、どうして都会で汗だくになっているんでしょう」

「都会ではお金を稼げるからですわ」ウルスラは素っ気なく答えた。「ホランドさん、お願いがあるんですけど、聞いてくださいます?」

たとえ、逆立ちをしてほしい、とか、服で足を拭きたいから寝そべってくれ、と言われたとしても喜んで従います、と喉まで出かかった言葉をのみ込んで、「ええ、もちろんです」と、タブは答えた。

「私の宝石を売っていただけないでしょうか——気の毒なトラスミアさんの地下室で見つかった、あの宝石です」

「宝石を売るですって?」タブは驚いて訊いた。「なぜです? ひょっとして――」と言いかけて、はっと口をつぐんだ。

「私はそれほど貧しくありません」ウルスラは静かに言った。「働かなくても食べていけるくらいの蓄えはあります――おかげさまで最後の公演は大成功を収めて、収益だって――」と、そこで言葉を切って、言い直した。「とにかく、私は貧乏ではありません」

「だったら、どうして宝石を売るんですか。別の宝石を買いたいとか?」タブはその場の思いつきを、つい口にした。

ウルスラは首を横に振った。その瞳に笑みが差した。

「いいえ、私が考えているのは、こういうことです。その宝石を相応の額で売ったら、あなたが最適だと思う慈善団体に全額寄付していただきたいのです」

タブが驚きのあまり声を出せないでいると、ウルスラが続けた。

「私は、慈善団体やその評判については詳しく知りません。時には、寄付金がすべて職員の給料に回されることもあると聞いています。あなたなら、その辺りのことをよくご存じでしょう」

「本気ですか」ようやく口がきけるようになったタブが訊いた。

「ええ、本気です」ウルスラは真面目な顔で頷いた。「たぶん、あの宝石は一万二千から二万ポンドにはなると思うんです。確かではありませんけど。あれは私の宝石です」と、ややむきになったように言うのを聞いて、むきになる必要などないのに、とタブは思った。「ですから、私の好きなようにしていいはずですわ。私はあの宝石を売って、そのお金を寄付したいのです」

「しかし……ねえ、アードファーンさん――」と、タブが切りだそうとすると、「ねえ、ホランドさん！」と、ウルスラが彼の言い方を真似て遮った。「私を助けてくださるおつもりなら、どうか言うとおりにしてください」

「あなたの望みはかなえてさしあげます。ただ、寄付するには多すぎる金額ですよ」

「私が取っておくには、もっと多すぎる金額なんです」ウルスラは小さな声で言った。「もう一つお願いがあります――寄付するのが私だということは伏せていただきたいのです。上流婦人でも引退した商人でも、なんとでもお好きなように書いてくださってかまいません。ただし、女優はだめです。もちろん、私の名前は一切わからないようにしてください。やっていただけますか」

タブは頷いた。

「宝石はこのコテージにあります」と、ウルスラは言った。「ホテルに置いてあったのを、昨日、特別に頼んで持ってきてもらったんです。さあ、大事な用は済みましたから、中へ入ってランチにしましょう」

ウルスラと腕を組んで歩くのは、なんともいえず貴重な体験だった。体をもたせかけられ、タブの胸は高鳴った。彼女を抱きかかえて、あの甘い香りの漂う家の中へ運んでいきたい衝動に駆られた。眠っている赤ん坊を抱く看護婦のように、そっと、そして厳かに……。そんな気持ちを知ったら、彼女はどう思うだろうか。そう考えたら顔が火照った。

ウルスラは真っすぐ家には行かずに、低木の茂みに隠れた窪んだ土地へタブを案内した。タブは思わず足を止めて感嘆のまなざしを向けた。そこは、小さな橋と盆栽が見事に配置された中国風の庭園だった。たくさんのクロッソソマの花が咲き誇り、ほのかで優美な香りが鼻をくすぐる。

「私を抱きかかえて運ぶことを考えていたでしょう」だしぬけにウルスラが言った。

タブは真っ赤になった。

「でも、礼儀作法としては嫌いじゃありませんわ。タブさん、赤ちゃんはお好き?」

「大好きです」気恥ずかしい話題から話が逸れたので、ほっとしながら答えた。

「私もです——子供の頃、何人も見ました。赤ちゃんは素晴らしいわ。赤ちゃんって、命の源に近いように思えるんです。神の香りを持ってきてくれるみたい」

タブは感じ入って黙っていた。が、少し戸惑ってもいた。彼女はどこで「何人も」の赤ん坊を見たのだろう。看護婦でもしていたのだろうか。効果を狙って話したわけではないと思う……前にも一人、女優にインタビューをしたことがあって、そのとき彼女はオイディウスとヘリックを引用し、驚くほどすらすらとビザンティン帝国について話してみせた。あとで友人が教えてくれたのだが、その女優は非凡な記憶力の持ち主で、できるだけいい記事を書いてもらおうと、タブが来る前にその手の本を読みまくったのだそうだ。結果、彼女の狙いどおりの記事になったのだった。

いや、ウルスラは彼女とは違う。抱きかかえる話題にウルスラが触れたとき、タブは本当にそうできればどんなにいいだろうと思った。

食事をしながら、話は個人的なことに移っていった。

「お友達は多いんですか」と、ウルスラが尋ねた。

「一人だけです」と、タブは微笑んだ。「でも、今じゃ大金持ちになってしまって、友達と呼んでいいかどうか……。レックスのほうから絶交されないともかぎりませんが」

「レックス?」

「レックス・ランダーです。そういえば彼、あなたに紹介してほしがっているんですよ。熱烈なファンでしてね」タブは男らしい立派な行いをしているような気になり、自分は利己的ではない、潔い人間なのだ、と自己満足を覚えた。

「その方、どなたなんですか」

「トラスミア老人の甥です」

「ああ、そうでしたね」と言ってから、ウルスラは顔を赤らめた。「あなたが前におっしゃってましたわ」

タブは思い返してみたが、レックスのことをウルスラに話した覚えはなかった。

「それで、その方はお金持ちなんですの？　まあ、それはそうですよね。トラスミアさんのたった一人の甥御さんですもの」

「新聞で読んだんですか」

「いいえ、たぶん誰かから聞いたのだと思います。殺人事件や検死陪審の記事は一切読んでいません。このところ、ひどく具合が悪かったものですから。きっと、相当な大金持ちですわね。伯父さんに似てらっしゃるんですか」

タブはにっこりした。

「あんなに正反対な人間はいませんよ。レックスは――どちらかというと太りぎみでしてね」タブは正直に言った。「それに無精者なんです。でも、トラスミアさんはとても痩せていて、年齢のわりにはかなり精力的な人でした。僕はいつ、レックスの話をしましたっけ」

ウルスラは首を振った。

「いつ、どこでお聞きしたか思い出せません。私に考えさせないでください、ホランドさん。レックスさんは今どちらに?」

「イタリアです。昨日、船で発ちました」と言うと、とたんにウルスラのレックスへの関心は薄れてしまったようだった。

「僕は、トラスミアに関する真実が知りたいんです。彼は興味深い人生を送ったに違いありません。中国での生活を偲《しの》ばせるものが、漆塗りの小箱以外、家のどこからも見つからないなんて不思議じゃありませんか。しかも小箱は空だったんですからね。それにしても、中国人って興味をそそられますよね」

「そうですか?」ウルスラがちらっとタブを見た。「私が興味を引かれるとすれば、彼らの親切心です」

「中国人と知り合いなんですね。中国に住んでいたことがあるんですか」

ウルスラは頭を左右に振った。

「一人、二人存じ上げているだけです」そこで言葉を切り、それ以上話すべきかどうか考えているようだった。「私が奉公《サービス》で初めてロンドンに来たとき――」

タブは呆然とウルスラを見た。

「ちょっと待ってください、よくわからないんですが――『奉公《サービス》』って、どういう意味ですか。まさか家事サービスのことじゃないでしょう?……料理人かなにかだったなんてことはありませんよね」

冗談のつもりで訊いたのだが、驚いたことにウルスラは頷いた。

「家政婦見習いのようなことをしていました。ジャガイモの皮をむいたり、お皿を洗ったり……」と、落ち着いた口調で言った。「当時、私はまだ十三でした。でも、キップリング（ラドヤード・キップリング。『ジャングル・ブック』などを代表作に持つイギリスの小説家）の言葉じゃありませんが、それはまた別な話です。学校へ通うようになる前のことですが、その頃、息子さんが重い病気を患っている中国人と知り合いました。私が住み込みで働いていたお宅の下宿人です。大家さんはあまり思いやりのある人ではなくて、その子は中国人だから、東洋の妙な病気にかかっていて、それが自分にうつるのではないかと思っていたんです。それで、私が男の子の看病をしました。看病と呼べるほどのことはできませんでしたけど」ウルスラはすまなそうな言い方をした。タブには、それがただの謙遜ではなく、看護技術が未熟だったことを本当に申し訳なく思っているのだとわかった。「中華料理店《チャイニーズレストラン》のウエイターだったお父様は、当時はひどく貧しかったのですが、心から感謝してくれました。とても素晴らしい人ですわ――それ以来、お付き合いを続けています」

「お子さんはどうなったんですか」

「元気になりました――お父様が変わったお薬を飲ませていましたわ。腸チフスだったのではないかと思うんです。あの病気は、看病する以外に治す方法はありません。息子さんは今、中国にいます――大物になっていらっしゃるんですよ」

「さっきの『別の話』というのを聞きたいですね」と、タブは言った。「キップリングの『別の話』にはがっかりしているんですよ。だって、結局語らずじまいですからね。たぶん、構想はあったけれど、あらためて書くのが面倒になったんでしょう」

「私の『別の話』は秘密です」ウルスラは微笑んだ。「いつか……もしかしたら……でも、今はだめ。ちなみに、この小さな中国庭園を造ってくださったのは、その子のお父様なんです」

タブは列車で来ていて、駅までは徒歩でかなりの距離があった。発車時間ぎりぎりまで滞在していたので、午後一本しかない急行に乗るには急がなければならなかった。正面の門からゆっくりと（何度も振り返って涼しげな白い姿をちらちら見ながらでは、速く歩けるわけがなかった）一〇〇ヤード進んだところで、埃っぽい身なりの男がこちらに向かって歩いてくるのが見えた。ぎこちない歩き方、だぶだぶの衣服、大きな山高帽に気を取られ、初めは男の顔立ちに目が行かなかったのだが、その顔を見たタブは心底驚いた。男は、中国人だったのだ。手に平たい包みを持っている。

中国人の男は、通りを渡って近づいてきた。何も言わずに注意深く薄い包み紙を開き、中に入っている手紙を見せた。手紙の宛先には「ストーン・コテージ、ウルスラ・アードファーン様」とあり、包み紙に、使いの者への指示だと思われる漢字がぎっしり書かれていた。

「教えて」男がぶっきらぼうに言った。どうやら英語があまり話せないようだ。

「左側のあの家だよ」と、タブは指さした。「あんた、どこから来たんだい？」

「わかった」と言って男は手紙を包み直し、足早に離れていった。

その後ろ姿を見送りながら、タブは首をひねった。ほんの三十分前に中国人の話をしたばかりなのに、なんと奇妙な偶然だろう。

そこからは走って駅を目指し、今にも出発しようとしていた列車にどうにか飛び乗った。

いつも不機嫌で非情な編集長は、タブが書いた記事に不満を爆発させた。

「彼女の名前を出さなかったら、ニュース価値が半分以下になるじゃないか。それに、この記事が関心を引いたら、『ヘラルド』紙あたりが宝石の持ち主を探り出して、もっと面白い記事にしてしまうぞ！　彼女を説得できないのか」

タブはかぶりを振った。

「まったく、なんてご立派な思いつきだ——彼女、修道院にでも入るつもりなのか」

「そんなことは言っていませんでした」タブは苛立たしげに言った。「いいですか——記事はもうできているんです。あとは載せるか載せないかですよ、ジャック。いいネタなのにあなたが気に入らないと言うなら、主筆のところへ持っていくまでです」

この脅しが、いつも議論を終了させた。タブは『メガフォン』紙のスタッフの中でも重要な存在であり、彼の言葉には影響力があるのだった。

第十三章

ストットは封建君主のような厳しい面と、世間に対して愛想よく接する面を兼ね備え、仲間たちからは一目置かれていた。ストットの会社の近くに、ビジネスマンでにぎわうカフェがあった——会社の重役、銀行支店長、出納係の係長といった重要な地位にいる人々が常連の店だ。カフェのオーナーが設定したランチの値段はなかなかのもので、富や名声のある人間なら払える範囲だが、収入に限界のあるサラリーマンでは、この〈トビーズ〉の豪華なランチにはちょっと手が出ない。だが、「個人経営」の看板をオフィスに掲げ、磨き上げられたリムジンで出勤する人種と美味しい肉に舌鼓を打つのは、それ相応の価値があった。

〈トビーズ〉のドアの前を物欲しそうに通り過ぎてもっと安い店に入っていく人々のことを、ストットは「庶民《ホイ・ポロイ》」と呼んだ。確かイタリア語だと、彼は思っていた。〈トビーズ〉は、ほとんどクラブのような位置づけだった。たまに、何も知らない客が試しに美食を味わってみようと入ってくることがあったが、たいてい仲間内の噂話が聞こえない店の隅に追いやられるのだった。

このところストットは、みんなに話を傾聴してもらえる立場にいた。たまたま来店した庶民を常連から遠ざけるのは、彼の大事な内緒話を聞かれないようにするためでもあった。

「わからないんだがね、ストット」話を聞いていた一人が言った。「どうして警察に通報しなかったんだい？」

　ストットは意味ありげに微笑んだ。

「確かに、警察はあの場にいるべきだった。それはそうと、言うまでもないと思うが、この話は極秘で頼むよ。お喋りの家政婦が話してまわるのではないかと気が気じゃないんだ。ああいう噂好きの娘たちは信用できんからな。実はあのとき、警察に通報するのではなく、自分で中国人を捕らえようかと思っていたんだ。実際にそうすればよかったんだが、家政婦が一人になるのをひどく怖がってね」

「あのあと、やつらはまた来たのかい？」別の聞き手が尋ねた。

「いいや。女もだ――毎晩、メイフィールドに車で来ていた女の話を覚えているだろう」

「警察に知らせたほうがいいと思うんだが」最初に口を開いた男が言った。「君の使用人はきっと喋るよ。君の言うとおり、信用してはいかんのだ！　そうしたら警察は、なぜ通報しなかったのか知りたがるだろう」

「そんなの知ったことか」ストットは独善的に言った。「忙しくさせてやるほうが警察のためだ。検死陪審が下した結論に私はまったく驚かんね。殺された男というのは――」

　ストットは事件の概要を生き生きと語った。

「とにかく、この事件に巻き込まれるのはごめんだ――中国人の犯罪者にかかわるのは危険だからな」

　勘定を払ってカフェを出たとたん何者かに腕をつかまれ、振り向くと、長身の憂うつそうな長い顔をした男が立っていた。

「失礼ですが、ストットさんですか」

「そうだが、君はいったい――」

「私はカーヴァーといいます。中央警察署の警部ですが、殺人の前後にメイフィールドの外でご覧になったことをお聞かせいただけますか」

ストットの顔から血の気が引いた。

「家政婦が喋ったんだな」と、腹立たしげに言う。「絶対に黙っていられないだろうと思っていたんだ」

「家政婦のことは知りません」カーヴァーは残念そうに言った。「ここ三日間、トビーズに座っていて、いろいろと耳にしたのです。どうも、あなたが話題の中心になってお話しされていたようですが、違いますか」

「私は何も喋らんぞ」ストットの頑《かたく》な態度に、カーヴァーはため息をついた。「私があなたなら、性急な決断はしませんね」と、彼は言った。「なぜずっと黙っていたのかを検察官に説明するのは、かなり難しいことです……あなたが疑われてもおかしくない。おわかりでしょう、ストットさん」

ストットは愕然とした。

「疑われる……私が……冗談じゃない！　カーヴァー警部、私のオフィスまで一緒に来てくれ……疑われるだと！　こんなふうに巻き込まれるのを恐れていたんだ！　エリーヌのやつ、今夜にもクビにしてやる！」

その晩、仕事帰りに署に立ち寄り、タブはカーヴァーからその話を聞いた。

「最初に家政婦に話を聞いた時点で、あの間抜けが勇気を出して警察に通報してくれていれば、そいつらを捕まえられたんだ。もう、あの家を見張っても無駄だろう。それにしても、女は何者なんだろうな。そいつがどうにもわからん。毎晩トラスミアの庭に車を停めて、四角い黒鞄を持って屋敷に入っていった女というのは、いったい誰なんだ」

タブは答えなかった。彼には、その女性の正体がわかっていた。ウルスラ・アードファーンだ。パズルのピースが一つ一つはまり始めた。朝方、人けのない通りでパンクしたタイヤを調べていたウルスラに会ったときのことを思い出した。彼女は普段着姿で、車の中には四角い黒のケースが置いてあった。しかし――。

ウルスラが中国人と共謀し、真夜中にこっそり〈メイフィールド〉に出入りする手引きしていた？そんなこと、あるわけがない。

「……われわれがいなくなったあとで、やつらが屋敷に忍び込んだ理由はわからない」カーヴァーが話を続けていた。「考えられるとすれば、価値のあるものをこちらが見過ごしたのを期待した、といったところかな」

「メイフィールドには……今は何もないんですか」

「家具と、差し押さえた中から返却したものが一つ、二つあるだけだ。例えば緑色の漆の箱とかな。それも、屋敷には昨日戻したばかりだ。ランダーは家具や身の回り品をすべてオークションで売るつもりで、出発前に代理人に任せていったらしい。中国人の件は興味をそそられるが、ストットと家政婦の見間違いという可能性もゼロではない。二人とも恐怖におののいていたわけだし、マッチの明かりで映し出された顔が中国人かヨーロッパ人かを見分けるのは、この私だって難しいからな」

タブはカーヴァーのオフィスへ入り、十一時近くまで座って話し込んでいた。すると突然、電話の音で会話が中断された。

「警部にお電話がつながっています」と、デスクの巡査部長が声をかけた直後、受話器から興奮したストットの声が聞こえてきた。

「やつらがいる！　たった今、家の中に入っていった！　女がドアを開けて……やつらが入っていった！」

「どちら様ですか。ストットさん？――メイフィールドに入っていったってことですか」カーヴァーが口早に訊いた。

「そうだ！　この目で見た。女の車がドアの外に停まっている」

「急いでナンバーを見に行ってください」カーヴァーが鋭い口調で言った。「警官を見つけて知らせるんです。もし見つからなければ、女をなんとか引き留めておいてください」

ストットが文句を言っているようだったが、すでにカーヴァーは帽子に飛びついていた。

最初に見つけたタクシーに乗ったカーヴァーとタブは猛スピードで街を走り抜け、〈メイフィールド〉のある静かな通りへ曲がった。それと同時に、通りの先の角を車のテールランプが曲がって消えた。

ストットが歩道に立ち、無言だが半狂乱の身振りで、車がいた場所を指し示していた。

「行ってしまった」ストットは虚ろな声で言った。「……警官を見つけられなかった。やつらは行ってしまったよ！」

「そのようですね」と、カーヴァーが言った。「車のナンバーはわかりましたか」

ストットは首を振り、喉を詰まらせるような音を出した。そして、おもむろに口を開いた。

「黒い紙で隠してあった」

「誰だったんです？」

「中国人と女だった」

「どうして二人を止めなかったんですか」カーヴァーが噛みついた。

「中国人と女だった」ストットはむなしく繰り返した。

「どんな女でした？」

「そんな近くまで行くもんか」と、臆面もなく言う。「ここに警官がいるべきだったんだ……もっと人数を増やさなくては……大失態だぞ。投書せねば——」

カーヴァーは、ストットを脅し文句で黙らせた。そしてタブとともにコンクリートの庭を走り抜け、ドアの鍵を開けて玄関の明かりをすべてつけた。カーヴァーの見るかぎり、玄関周辺に荒らされた様子はなかった。地下室の鍵は掛かっており、いじられてはいないようだ。だが、ダイニングは違った。暖炉が赤いレンガと黄色い目地で囲まれたぽっかりと深い空洞になり、中のストーブが電気ヒーターに替わっている。カーヴァーは空洞部分とその上の広い煙突内部を念入りに調べた。そしてすぐに、自分の捜索が完璧ではなかったことを思い知ることになった。レンガの一つが取り外されていたのだ。レンガは金属の蓋が開いた状態でテーブルの上に置かれていて、カーヴァーはそれをじっくり検分した。

「私の責任だ。一見、レンガだと思うだろう？　周囲の目地がセメントで美しく囲われているように見える。ところが、これはセメントではなく金属だ。おそらく、この屋敷内で唯一の隠れ引き出しだな。建築業者からもっと詳しく話を聞くべきだった」

中には小さな輪ゴムしか入っていなかった。テーブルの上にも輪ゴムがあった。

「そこに入っていた何か重要なものが持ち出されたんだ。たぶん書類の束だろう、それも二つ。輪ゴムが二つ残っているのがその証拠だ。何だったにしろ、もう持ち去られてしまった」

カーヴァーは部屋を見まわした。

「緑色の漆の箱もなくなっている。ここにあったはずなんだ。私が自分で炉棚に置いたんだから」

地下室に続くドアを開け、そこに入った者がいなかったのを確認してひとまず胸を撫で下ろした。

「鑑識に見てもらったほうがいいな」カーヴァーはぶすりと言った。

どうやら、ストットに噛みついたカーヴァーの判断は間違いだったようだ。恐怖におののきながらも、ストットは侵入者が屋敷内にいるあいだに通りを渡り、本当に警官を見つけようと歯痛のエリーヌを使いに出したのだった。エリーヌが見つけた警官がもう少し早く着いていればよかったのだが、警官はカーヴァーがストットと話しているところへようやく駆けつけた。

「私は通りを渡っただけじゃない」と、ストットは言った。「庭の中に入ったんだ。やつらは私の姿を見たのだろう。ダイニングの明かりがいきなり消えて、二人は階段を駆け下りてきた」

「そして、あなたのそばを通っていったんですね」

「それは違う」ストットはきっぱり否定した。「やつらが門を出てくる前に、私は通りの反対側に戻った。誰もそばを通り過ぎてはおらん」

「どんな女でした?」カーヴァーはもう一度訊いた。

「若かった気がするが、顔は見ておらん。黒い服を着て、ヴェールをかぶっていたようだった。男のほうは小柄で、女の肩くらいしか身長がなかった」

「ここまでか」その場をあとにしながら、カーヴァーは憂うつそうに言った。「ストットにウサギほどの勇気があったなら、やつらを捕まえられたんだが……。ずいぶん静かだな、タブ——何を考えている?」

「ちょっと思うところがあって」タブは正直に言った。「いろいろと考えているんですよ」

「何を考えているんだ」カーヴァーが不機嫌な声で訊いた。

「トラスミア老人が、想像以上の悪人だったのではないかということです」と、タブは静かに言った。

第十四章

早朝、タブは〈ストーン・コテージ〉を訪ねたが無駄足だった。管理人らしき女性にウルスラはロンドンに戻ったと告げられ、〈セントラル・ホテル〉でやっと会うことができた。

仕事でもそれ以外でも、これほど気の進まない訊き込みをするのは初めてだった。いつもならタブは、明確な視点を持って取材に取り組む。判断に迷うことも、信念が揺らぐこともない。だから、優柔不断で的確な判断を下せない人たちが理解できなかった。ところがどんなに頑張っても、ウルスラに対する混沌とした感情をうまく整理する方法が見つからないのだった。ただ、一つだけはっきりしている点があった。彼女への関心は、人から影響を受けたものではない、ということだ――自分が決してレックスの味方でないのは、内心わかっていた。

ペンを握り締め、ウルスラへの自分の気持ちを冷静に分析して書いてみようとするのだが、目の前の紙は真っ白なまま一行も埋まらなかった。

居間に通された瞬間、タブはウルスラが訪問の目的を知っているように感じた。

「どうしても私に会いたかったんですのね」前置きもなくそう言ったので、タブは頷いた。

「どういうご用でしょう」

タブが夢を見ているのでなければ、ウルスラの声には微かに愛撫するような甘い響きがこもっていた。いや、それはばかげた妄想だ。きっと「思いやり」と言ったほうが合っているだろう。

「昨夜、何者かが中国人と二人でメイフィールドに忍び込み、警察が到着する直前逃げていきました」タブはおずおずと切りだした。「それだけじゃありません。同じ人物が午後十一時から午前二時まで、毎晩のようにトラスミアを訪ねていたんです。その習慣はかなりの期間にわたって続いていました」


ウルスラは頷いた。

「トラスミアさんを知らない、と前に申し上げましたね」と、静かに言う。「あれはたった一つ、私があなたについた嘘です。トラスミアさんのことはよく存じ上げています。でも、彼との付き合いを認めるわけにはいかない理由があるのです。そう、嘘は一つではないわ——二つです」そう言って二本の指を立てた。

「もう一つは、なくなった宝石箱の件ですね」タブがかすれ声で言った。

「ええ」と、ウルスラは答えた。

「本当は、なくしてなどいなかったんですよね」

ウルスラが肯定するしぐさを見せた。

「ええ、そうです、なくしてはいません。どこにあるか、ずっと知っていました。でも私——パニックになってしまって、そのうえ、とっさに判断しなければなりませんでしたから。後悔はしていません」

少し間があいた。

「警察は知っているんですか」と、ウルスラが尋ねた。

「あなたのことをですか。いいえ。いずれ突き止めるとは思いますが——僕は言いません」

「おかけになって」ウルスラとても冷静だった。てっきり説明してくれるつもりで、単純な説明なのでリラックスしているのかと思ったのだが、後悔していないという言葉どおり、理由を説明する気はないようだった。

「今は、すべての理由をお話しすることはできません。私はあまりにも……何て言ったらいいかしら。ひどく緊張状態にあるんです。この言葉がぴったりかどうかもわからないんですけど……。でも、弁明ならちゃんとできます。ただ、あえてお話しするのはやめておきますわ。一つ打ち明ければ、何かもお話ししなければならなくなりますから。もちろん、殺人事件については何も知りません——まさか、私が殺したなんて思っていらっしゃいませんよね」

タブはかぶりを振った。

「日曜の朝、ストーン・コテージに車で向かったときまで、事件のことは知りませんでした。たまたま途中で新聞を買って、記事を読んで決断したんです。その足で警察署へ行って、宝石箱をなくした話をしました。地下室にあるのは知っていたので、なんとかつじつまの合う説明をひねり出さなければなりませんでした」

「どういう経緯で宝石が地下室に行くことになったんですか」言いかけたときから、タブにはそれが不毛な質問であることがわかっていた。

「それは『別の話』に入ることです」ウルスラは力なく微笑んだ。「私を信じてくださいますか」

タブがすぐさま顔を上げ、二人の視線が合った。

「僕が信じるかどうかが大事なことなんですか」と、静かに訊く。

「私にとっては、とても大事なことです」同じように静かな口調でウルスラが答えた。

先に視線を落としたのは、タブのほうだった。

すると、ウルスラが声のトーンを明るくして言った。

「助けていただきたいんです、タブさん。今の話の件ではありません――それとは別のことです」

「今話していた件ならお手伝いできるんですが」

「そうでしょうね」即座にウルスラが言った。「でも、失礼に聞こえるかもしれませんが、その件に関してはお手伝いにはおよびません。もう一つのほうは、もっと個人的なことです。お友達の話をなさったのを覚えていらっしゃいますか」

「レックスですか」タブは驚いて尋ねた。

ウルスラは頷いた。

「その方、ナポリへいらっしゃったんですよね。船上からお手紙をいただきました」

タブは微笑んだ。

「レックスらしいな。何て書いてありました？　写真が欲しいとか？」

「それ以上のことです」ウルスラは消え入るような声で言った。「手紙の内容を人に話すなんてひどいと思われそうですが、助けていただくにはそうする以外ありません。実は、ランダーさんは私にプロポーズをなさったんです」

タブは呆気に取られて彼女を見た。

「レックスが？」信じられない、という声だ。

ウルスラは頷いた。

「お手紙はお見せしません。さすがに、それは適切でないと思うので。でもレックスさんは、『メガフォン』紙の私事広告欄に返事を載せるよう言ってきました。ロンドンに電報で知らせてくれる代理人がいるから、と。ですから、ひょっとしてその代理人というのは――」ウルスラが言いよどんだ。

「僕が、その代理人だと？　いいえ、その件についてはまったく知りません」

ウルスラはため息をついた。

「よかった」と、唐突な言葉を漏らす。「つまり……間接的にでも、あなたが傷つくことはないんですね」

「広告欄に載せるおつもりなんですか」

「もう載せました。原稿があります」タブは、ウルスラがライティング・テーブルから取ってきた紙に目を通した。

「レックスへ。あなたのご期待に添うのは無理です。それ以外の答えはあり得ません。U」

「こういうお手紙をいただくのは、時々あることです。普通なら、返事をしたりはしません。もしも……あなたのお友達だと知らなかったら、わざわざ広告に返事を載せはしなかったでしょう――ええ、絶対にしません」ウルスラはゆっくりと頷きながら言った。「トラスミアさんの甥御さんは、私の拒絶にお怒りでしょうね」

「かわいそうなレックス」タブの口調は穏やかだった。「今朝、彼から電報をもらったんですが、航海を楽しんでいると言っていました」

タブは帽子を手に取った。

「『別の話』についてですが、もし話したくなったなら、時期が来たときに教えてください。ただし、警察があなたにたどり着く可能性が高いことを忘れないでくださいね。そうなった場合には助けになれるかもしれません。今のところ、僕は警察の単なる好意的な立会人にすぎませんから」

にっこりして差し出したタブの手を、ウルスラは両手で握った。

「この十二年というもの、私は悪夢の中で生きてきました。私の虚栄心がつくりだした悪夢です。今、ようやく目覚めた気がします。警察が私にたどり着いたら——きっとそうなるだろうと思って引退を決めたのですが——」

「それが理由だったんですか」タブは驚きの声を上げた。

「二つある理由のうちの一つです。警察が私にたどり着いたら、ほっとするのではないかとも思うんです。私の中には、イブの要素があるみたい」——どこか悲しげな笑みを浮かべた——「つらい可能性に自分をさらすような」

立ち上がってドアに向かいながら、タブは最後の質問をした。

「箱の中には何が入っていたんですか。暖炉の中に隠されていたレンガのように見える箱です」

「書類です。中国語で書かれた書類だということしか知りません。何に関する書類なのかは、まだわからないんです」

「それは……殺人事件の手がかりになるものなんでしょうか」

首を振ったウルスラの様子に、タブは納得した。

彼女に向かって無言で微笑んだ。ウルスラに対して抱いていた、自分でもよくわからなかった感情が、今や明確になった。タブは、このほっそりとして聖母のような顔をした、四月の太陽のように気まぐれな女性を愛しているのだ。レックスのことも、ウルスラの返事によって彼が被る心の痛みも、このときは頭になかった。

ウェリントン・ブラウンの人物像については、十分なものが存在しなかった。中国からの船の上で撮影されたグループでのスナップ写真に顔が写っていたが、ピントが甘く、ぼんやりしていた。この写真とタブの証言をもとに似顔絵が作成され、警察によって配布された。全紙に似顔絵が掲載され、国じゅうの素人探偵が、ジェシー・トラスミアが殺された地下室の外で発見された手袋の持ち主である髭の男を捜していた。

一方、ウォルターズことウォルター・フェリングのほうは、厳しい状況に追い込まれていた。刑務所に入ったことがあるため、正面から見た顔も横顔も写真が記録に残っていて直ちに手配され、ウォルターズは、昼も夜も暑さで汗だくになるごみごみした一角の安アパートにこもって、捜索状況を見守っていた。満室のアパートの最上階にある部屋の中で、死への恐れに苛《さいな》まれながら日を追うごとにやつれていった。

手配写真がたくさん出まわってはいたが、たとえ眼力の鋭い警官でも、はたしてウォルターズに気づいたかどうかは疑問だ。顎髭がかなり伸び、ふくよかだった頬は緊張と恐怖で痩せこけ、すっかり人相が変わっていたからだ。ウォルターズは法というものをよく知っていた。殺人事件の裁判では、どんなに些細なことだろうと証拠として認められやすい。彼の行動は何もかも有罪に結びつけられてしまい、裁判官は有力な証拠と認定するに違いない。そして徹底した冷酷な非情さで、彼を有罪と決めつける根拠を並べたてるのだ。

夜間、特に雨の夜には隠れ家を這い出して外に出ることもあったが、いつもそこらじゅうを警官が見まわっているような気がした。パニックに陥り、再び眠れぬ夜を過ごしに隠れ家へ戻るのだが、階段の軋む音にいちいちビクビクし、下の階から聞こえるくぐもった声に肝を冷やして、そのたびに慌ててドアへ飛びつくのだった。

ウォルターズは、逃亡先として唯一安全なロンドンに舞い戻っていた。田舎では目立ちすぎてすぐに捕まってしまう。顔が知られた地域や、殺人容疑となればかばってくれないかもしれない知り合いを避け、失業中の技師を装ってリード街《ストリート》の喧噪の中に身を隠していた。

そこで手に入るすべての新聞に目を通していたが、どの新聞も殺人事件の記事でいっぱいだった。ウェリントン・ブラウンは、事件にどう関係しているのだろう。ブラウンの登場にウォルターズは戸惑っていた。中国から訪ねてきた男のことはよく覚えている。つまり、彼も逃亡者ということだ。そう思うと、いくらか気持ちが楽になった。自分にかけられた疑いが少しは晴れるような気がしたのだ。

ある晩、外の空気を吸いに出たとき、すれ違った中国人がイェー・リンだと気づいた。〈ゴールデン・ルーフ〉の経営者であるイェー・リンはめったに西洋の服を着ない、街でも有名な中国人で、ウォルターズも知っていた。〈メイフィールド〉にも何度か来たことがある。そのときは西洋の服を身に着けていたし、トラスミアが極東と関係が深いのは周知の事実だったから、驚きはしなかった。すれ違いざま、街灯の明かりがウォルターズの顔を照らしたので相手に見られたと思ったのだが、イェー・リンは何の反応も示さず、ウォルターズは、彼が物思いにふけっていたのだと思おうとした。それでも急いで隠れ家に取って返し、物音がするたびに身をすくませたのだった。

実はイェー・リンが気づいていたと知ったら、ウォルターズはその夜、一睡もできなかったことだろう。イェー・リンは、リード街の中でもいかがわしい区域に向かっていた。彼の姿を見て子供たちはばかにしたようにはやしたて、戸口に立つだらしない女たちは声高に冷やかしたが、イェー・リンは平然と通り過ぎた。狭い路地に素早く曲がると薄暗い店の前で足を止め、通用口をノックした。すぐにドアが開き、彼は真っ暗な中へ入っていった。声を引きつらせて質問した声に、イェー・リンも同じ言語で答えた。それから、ぐらぐらする階段を案内なしに上がって奥の部屋へ行った。

室内は四つのキャンドルの明かりで照らされていた。安っぽい壁紙の模様は古くなって色あせ、ただ一つ置かれている広いソファベッドには皺《しわ》だらけの中国人の老人が座り、膝のあいだに象牙を挟んで彫刻に没頭していた。

二人は真顔のまま挨拶を交わし、老人は事務的に礼儀を示した。

「ヨー・レン・フォー」イェー・リンが話しかけた。「やつは無事か」

ヨー・レン・フォーは頷いた。

「元気にしています。午後ずっと寝ていて、さっき三本パイプを吸ったところです。あなたが送ってよこしたウイスキーも飲みました」

「彼に会いたい」と言って、イェー・リンはソファベッドに現金を置いた。

老人は金を手に取ると体を伸ばし、象牙を注意深く膝から下ろして、イェー・リンを上階へ続く別の階段に案内した。イェー・リンが足を踏み入れた部屋の中では、何も飾られていないマントルピースの上で小さな石油ランプが燃えており、変色したマットレスに男が横たわっていた。身に着けているのはシャツとズボンだけで、裸足だった。マットレスの傍らにあるトレイに、パイプ、半分空になったグラス、時計が置かれている。

部屋に入ってきた訪問者を見上げたウェリントン・ブラウンの目に、微かに興味の色が浮かんだ。

「老《ラオ》イェー・リン……あんたも吸いに来たのか」

ブラウンは広東語と英語が奇妙に入り交じった言葉を話した。イェー・リンが広東語の呼びかけに応え、「私は吸わないよ、仙人《シェン》」と言うと、ブラウンは含み笑いを漏らした。

「仙人《シェン》だと？――『職なし』ってことだろう、え？……ものは言いようだな……今、何時だ」

「もう夜更けだ」という返事に、ブラウンはうなだれた。

「ジェシーに会うのは明日にするか……」と、眠たげに呟く。「大事な話が……山ほどあるんだ……」

イェー・リンは屈み込み、細い指でブラウンの手首を探った。脈は弱いが安定している。

「いいぞ」象牙を彫っていた老人を振り向いて言った。「毎朝、部屋の空気を入れ替えてくれ。ほかの吸引者は入れるな。いいな、ヨー・レン・フォー。こいつをここから出すんじゃないぞ」

「今朝、外出したがりました」と、ヨー・レン・フォーが言った。

「こいつは長期間ここにいることになるさ。私はこの男をよく知っている。黒竜江沿いにいたときには、三カ月も家に引きこもっていた。常に吸えるパイプを一本用意しておくんだ。わかったな」

イェー・リンは足音をたてずに階段を下り、夜の闇に踏み出した。

ゆっくりと〈ゴールデン・ルーフ〉の通用口に戻る途中、一度だけ振り返ったのだが、その一度で充分だった。狭い路地の入り口でぶらぶらしながらこちらを見張っている男が見えたのだ。イェー・リンが見ているのに気づき、ぼんやりと暗い人影は道の反対側を歩きだした。イェー・リンは素早く通用口から中へ入り、郵便物の差し込み口の蓋を持ち上げて外をうかがった。男は、道の反対側で立ち止まっていた。メインストリートのネオンサインの明かりが背後を照らしていたが、顔は暗くてわからなかった。

「警察ではないな」と、イェー・リンは呟き、男が暗がりに向かって歩きだしたのを見て発育不全の使用人を呼んだ。

「帽子をかぶっているあの男を尾行しろ。通りの反対側にいるだろう。やかましい女たちの家のほうへ歩いている男だ」

十五分後、見失ったと言って使用人が戻ってきたが、イェー・リンは驚かなかった。だがあれは、絶対に警察でも新聞記者でもない。それだけは確信していた。

第十五章

通常の仕事の一環として、タブは二つの理由から〈ゴールデン・ルーフ〉のオーナーと接触を試みた。一つは、間接的にレストランに関わるちょっとしたスキャンダルについて（タブの調査対象の女性が、重要な日時に〈ゴールデン・ルーフ〉で食事をしたのだった）、もう一つは、食べ物の栄養価を扱う、特ダネのないときの記事のためだ。

会ってみると、オーナーの中国人は極端に無口で、物足りない人物だった。

レストラン・ビジネスに傾倒して成功した中国人ということ以外、タブは知らなかった。それで、試しに編集長のジャックに訊いてみることにした。ジャックに訊いてもわからなければ、イェー・リンはまったく興味を掻き立てない男ということだ。しょっちゅう人からものを尋ねられるジャックにとっては、馬小屋の藁《わら》と同じくらいどうということのない情報かもしれない。ジャックは、まさに「生き字引」だった。新聞社には、時にこういう人種がいるものだ。ジャックはあらゆる人のことを知っていて、妻が誰なのかも、結婚に至った経緯も把握していた。さらには、星が瞬く理由や涙の化学成分まで知っていた。古典の引用文を一行言えば、出典やその続きを即座に教えてくれる。重要とされる大地震の日付はすべて記憶しているし、十七世紀にインドで全盛を極めたムガル帝国の皇帝に関しては大家と言ってよかった。普仏戦争中の一八七〇年八月十七日、ルゾンヴィルの戦いでフランスのフロサール将軍率いる第二軍がどこに陣取ったかも、ペルシャ戦争でのテルモピュライの戦いにおける軍事情勢もすらすら説明できた……日付まで正確にだ。『メガフォン』紙の生きる資料室を論破しようと挑みに行く記者たちもいたが、成功した者はいなかった。

「イェー・リンか？　ああ……風変わりなやつさ。教養のある中国人でな……息子は、中国人の水準からすると相当抜きんでた学者だ。そのうちいい記事になるかもしれん。イェー・リンがストーフォードに建築中の家は――ハートフォードへ行く途中にあるんだが――いつか中国大使になって戻ってくる息子のために、その地位に見合うような立派な家を持たせようとして造っているらしい。ストットにそう言ったんだそうだ。ストットは知ってるだろう？　知ったかぶりの、ろくでもない建築家だ。自分は誰よりも賢いと思っている変わり者の小男さ。基礎工事を請け負っているんだ。私道の真ん中辺りに二本の巨大な柱を立てて、中国の寺院風にすると言っていた。〈楽しき思い出〉と〈感謝の心〉という名の柱だそうだ。ストットは、ずいぶん異教徒的だから司教に目をつけられなければいいが、と思ったらしい。そうだ、タブ、見に行ってみたらどうだ。まだ出来上がってはいないんだ。イェー・リンは一介の中国人労働者にすぎん。建築組合の幹部がそのことで確認しに行ったら、自分の先祖は道教信者しか入れない労働組合を組織していたと言ったそうだ。道教というのは――」

「編集長の弁舌の激流に足を突っ込むのは、ご免こうむりますよ」と、タブは穏やかに言った。「ところで、どういうわけでストットに会ったんですか」

「組合が同じでな。仲間を悪く言うのは私の流儀じゃないんだが――君も組合に入っていたか」

タブは首を振った。

「入ったほうがいい。君も少しは権威に敬意を払うべきだ。今言ったとおり、ストットの悪口は言いたくないんだが、誰からも好かれる男というわけではないな。その寺のような家を見に行ってみろよ、タブ。いいネタになるかもしれんぞ」

そのあと初めて仕事の手が空いた日、タブはバイクでストーフォードへ出かけた。ウルスラに会えるかもしれないという期待を抱いていなかったと言ったら嘘になる——彼女の家はストーフォード・ヒルから七マイルしか離れていないし、ウルスラが田舎の家にいるはずだと思うのには根拠があった。手紙にはっきりと、用事ができたときにはタブに迎えをよこすと書かれていたのだ。

問題の建物は、遠くからでもすぐにわかった。

タブは前にもこれを目にしていた——丘の頂上に立っているので見逃しようがない。壁は半分完成し、変わった基礎の上に重厚な木材が杭垣のように立てられている。二本の記念柱のうち一本は、すでに広い私道の片側にそびえ立っていた。幅は家の半分ほどもあり、高さは五十フィートくらいで、先端には石でできた小さな龍が載っていた。

これは〈感謝の心〉の柱だろうか、それとも〈楽しき思い出〉のほうだろうか、とタブはぼんやりと思った。

直径は優に五フィートはあるだろう。すぐそばに中身の入った型枠があり、中国人の作業員が表面をこすってならしていた。

タブは、イェー・リンの新宅と道路を隔てる低い垣根の切れ目から入り込み、青い仕事着姿の男たちの作業を興味深く眺めた。

その仕事ぶりは目を見張るものだった。レンガやモルタルを運ぶにも、庭を切り開く（庭の形はほぼ出来上がっていた）にも、テラスを壁で囲うにも、作業員たちは疲れを見せずきびきびと動き、それぞれの仕事に没頭していた。一度たりとも、鋤《すき》やつるはしを持つ手を止めて新政権が誕生するかどうか話し合ったり、誰それが目の周りにあざをつくった理由を噂し合ったりすることはなかった。

誰もタブに気づいていないようだ。さらに奥まで行ってみたが、咎《とが》める者はいなかった。作業員の一団が広い道に砂利を敷いてローラーでならしていて、一人が何か言ったのをきっかけに、ほかの男たちのあいだに東洋人がよくやるクスクス笑いが広がった。どんな冗談を言ったのだろう、とタブは思った。

道路に戻ってみると垣根の切れ目のところに車が停まっており、タブの心臓は跳び上がった。中にウルスラが乗っていたのだ。

「いかがでした？」と、ウルスラが訊いた。

「素晴らしいものになりそうですね――中国人のお隣さんができるのを、どう思われますか。ああ、そうだった――中国人に好意を持っていらっしゃるんでしたよね」

「ええ」ウルスラはぶっきらぼうに言った。「隣人としてイェー・リンより望ましくない人はいくらでもいます」

「彼をご存じなんですか」

知り合いであることをウルスラは否定するだろうか。それとも、この質問をはぐらかすか……。

「よく知っています」と、彼女は落ち着いた声で答えた。「イェー・リンは、ゴールデン・ルーフの経営者です。私はあのお店でよく食事をするんです。あなたもご存じなんですの？」

「ほんの少し」タブは未完成の家を振り向いた。「彼は裕福なようですね」

「どうかしら。こういう家を建てるのに実際どれくらいお金が必要なのかはわからないでしょう。人件費は安いですし、とてもシンプルな建物のようですしね」

そして、ウルスラは手を振って走り去っていった。せめてランチくらい誘ってくれてもいいではないか、とタブはむっとした。

一週間が過ぎた。ウルスラに再会できる気配も口実も見いだせず不機嫌なタブには、冴えない一週間だった。

身を潜めているウォルターズには、いくらか気持ちの休まる一週間となった。殺人事件の記事がめったに新聞に載らなくなり、外国へ行く定期船のスチュワードの仕事を世話してくれる人物も見つかったからだ。

アヘンで頭が朦朧とした男は、ヨー・レン・フォーの館のマットレスの上で体を丸め、一週間うつらうつらと眠って過ごした。

だがカーヴァー警部にとっては、ことのほか忙しい一週間だった。といっても、その捜査状況が新聞に載ることはなかったが。

タブは自宅で夜を過ごさなくなっていた。恋煩いのレックスがいなくなってからというもの、フラットはやけにがらんとした感じがした。レックスからは、だいぶ元気になったという内容の電報が届いた。文面は明るく、ウルスラにプロポーズを断られた件でそれほど落ち込んではいないのかもしれない。

週末を迎える頃には退屈きわまりない生活になり、さらに悪いことに、社交界でもタブの興味を引いて取材したくなるようなことは一つも起こらなかった。カーヴァー警部が事件に関する公式説明で

「第二の動き」と呼んだ驚くべき出来事が起きたのは、タブがそんな退屈な気分でいたときだった。

タブの住むフラットは、もともと一軒の邸宅の一室だった。構造はほとんど変えずに、各戸独立型のフラットに造り替えられたのだ。四つあるフラットのドアが踊り場にそれぞれついていたが、建物に入るには玄関ドアを通る仕組みだった。大家は工夫を凝らし、各フラットの鍵は別々なのに、通りに面した玄関ドアはどの鍵でも開けられるようにした。だから、ほかの住人がたまたまそのときに階段や通路にいなければ、誰にも見られずに出入りできるのだった。

土曜の晩、建物内には自分しかいなくなるのがタブにはわかっていた。ほかの三人の住人は、週末はきまって郊外で過ごすからだ。最上階は中年のミュージシャン、その下は文学作品を書いている若い夫婦、タブの部屋を挟んで一階には、職業不詳だが、おそらく広告会社と関わりがあると思われる男性が住んでいた。階下の男はほとんど家に帰ってこないので、一度しか見かけたことがなかった。

その夜、タブが所属するクラブで年に一度開かれるディナー・パーティーがあり、彼は正装して早くから出かけ、少しは気持ちの晴れる時間を過ごして、帰ってきたのは十二時半になった。一見、留守中に何かあった感じはしなかったのだが、よく見ると出かける前に消したはずの居間の明かりが灯っていた。

最初は不注意で消し忘れたのだろうと思ったが、そのうち、出かけるときに明かりを消し、居間のドアを閉めたことをはっきりと思い出した。それなのに、居間のドアばかりか、レックスが寝泊まりしていた部屋のドアも開いていたのだ。

第十六章

タブは苦笑いした。これまで空き巣による事件を山ほど扱ってきた自分が、まさか真夜中の冒険者のターゲットになろうとは思いもしなかった。レックスの部屋に入って明かりをつけると、何者かが留守中に急いで部屋を物色したのは一目瞭然だった。レックスが寝ていたベッドの下に、彼が置いていった私物の入った薄型のトランクが二つあったのだが、そのうちの一つが引っぱり出されてベッドの上に開けっ放しで放置されていた。キッチンにある道具箱から取ったに違いないタブの鑿《のみ》で無理やりこじ開けられたようだ。鍵はもぎ取られ、中身がベッドの上に散乱している。もう一つのトランクには手がつけられていなかった。トランクの中身を知らないので、空き巣が探し物に成功したかどうかはわからなかった。が、きっと犯人は落胆したのではないかと思った。というのも、大量の下着のほかには、くたびれた本が数冊と、製図器と、伯父のトラスミアからの手紙の束だけで、特に貴重なものはなかったからだ。

自分の部屋も点検したが、そちらは荒らされた様子がなかった。その後、ほかの部屋も念入りにチェックした。だがどの部屋も謎の訪問者の痕跡はなく、タブはカーヴァーに電話をかけて、幸い本人を捕まえることができた。

「空き巣だって? そいつはまた、因果な巡り合わせだな」と、カーヴァーは嘆かわしげに言った。

「すぐにそっちへ行く」

　カーヴァーは十分で到着した。

「もしこれが昼間の犯行だったら、簡単に説明できるんですが」と、タブは言った。「玄関ドアは九時まで開いていて、九時近くに出入りした住人が鍵を掛けることになっているんです。ドアの鍵を開けておくのは階段の上り下りの手間をできるだけ省くためなんですが、僕が帰宅したとき、ドアは閉まっていました」

「どうやって部屋の中に入り込んだのだろう」と首をひねるカーヴァーにタブは、踊り場に窓があり、身軽で器用な泥棒ならその細い窓枠に足を掛けてキッチンの窓に届くかもしれない、と説明した。

「犯人はそのルートで侵入したのではないな」キッチンを調べたあとでカーヴァーは言った。「うん、間違いない。堂々と入り口を開けて入ったんだ。ランダーのトランクに盗まれそうなものが入っていたかどうか知らないか」

　タブは首を横に振った。

「なかったと思います。レックスは、旅に出る前に伯父さんの屋敷から引き出した現金以外、高価なものは持っていませんでしたから」

　カーヴァーはレックスの部屋へ戻り、トランクの中身を一つ一つ丹念に確認した。

「狙いはトランクの底にあったものだな。たぶんこの箱に入っていたんだろう」

　カーヴァーは蓋がスライド式になった小さな木箱をつかんだ。

「そして、これが蓋だ」と言って、ベッドにあった蓋を手に取った。「ランダーと連絡は取れるか」

「一両日中にナポリに着くはずですから、そうしたら電報を打ちます。でも、わざわざ泥棒が盗みに入るようなものはなかったと思いますけどね」

二人は居間に戻り、カーヴァーは長いことテーブルの脇に立って、テーブルクロスの上を小刻みに叩きながら顔をしかめて考え事をしていた。

「私の考えがわかるかい?」唐突にカーヴァーが訊いた。

「だいたいのところは」

「私が今、何を考えているかわかるか」

「報告しなくてもいいような些細なことで僕に面倒をかけられたと思っているんでしょう」

カーヴァーはかぶりを振って、ゆっくりと慎重に話しだした。

「私が考えているのは、こういうことだ。このフラットに押し入った犯人は、トラスミア殺害犯と同一人物だ! なぜそういう結論に至ったか詳細に説明してくれと言われたら、ご期待には添えんがね。直感的に確信したときには、思考回路を検証しても無駄だと、私は常々思っている。人間はみな、生まれつき野生動物と同じように敏感で強い直感力を授かっていたのだ。ところが理性の発達とともにその力が弱まり、現代の人間は、ほんのわずかな直感力しか持っていない。だが——」カーヴァーは熱心に説明した。「人類だって、直感の原石を磨けば、競馬場に行って続けざまに勝ち馬を当てられるようになるのも不可能ではないんだ」

「冗談ですよね」と、タブは驚いて言ったが、カーヴァーは大真面目だった。

「誰でも時には閃きを得ることがある。いわゆる『勘』というやつだ。だが、それを大事にしようとしない。理屈によって打ち消し、論理で抑え込んでしまう。そして今、私の直感は、ランダーのトランクを開けた人物がトラスミアを殺したのだ、と言っている。君から電話をもらったとき、妙な予感がしたんだ」と、彼は続けた——「君かほかの誰かが、トラスミアの事件を解明する糸口をくれるのではないか、という予感だ」

「だとしたら、がっかりすると思いますよ」タブは気の毒そうに言った。「カーヴァー、あなたは考えすぎだ！」

「みんな考えすぎさ」いつもの陰気な調子に戻って、カーヴァーが言った。

翌朝タブが着替えていると、下の階の住人が訪ねてきた。めったに見かけない隣人がいきなり現れたのでタブは内心驚いた。赤ら顔の、スポーティーな身なりをした紳士だった。

「ゆうべ怒鳴ってしまって、申し訳なかったと思いまして」と、すまなそうに言う。「前の晩からずっと寝ずに旅をして帰宅したので、上の階であんな音をたてられて、ついかっとしてしまったんです。箱かなにかを落としたんですか」

「正確には、落としたのは僕ではありません」と、タブは微笑んだ。「実は、あなたの聞いたのは、空き巣の物音だったんです」

「空き巣ですって？」階下の住人は目を丸くした。「騒がしい音で目覚めたんです。ベッドから出て上に向かって怒鳴ったんですが、てっきりあなただと思ってました」

「何時頃でしたか」

「十時から十時半のあいだです。ちょうど暗くなり始めた頃でした」

「きっと犯人は、トランクをベッドに載せようとして落としたんだな」と、タブは考え込みながら言った。「犯人の姿は見なかったんでしょうね」

「私が怒鳴ったあと、十五分くらいして出ていく音が聞こえました。思わずかっとしてしまったのが恥ずかしくなったので、謝ろうと思ってドアを開けたんです」

「顔は見なかったんですか」

住人は首を振った。

「私が廊下に出たと同時に、素早く玄関ドアを閉めましたから。見えたのはドアに掛かった手だけです。黒い手袋をはめていました。当然あなただと思っていて、たとえ喪に服していたとしても若者が黒手袋とは奇妙だな、と感じました。てっきり、あなたが私のことを怒っているのだろうと思って、それ以上深くは考えませんでした」

この話を、タブはきちんとカーヴァーに報告した。

土曜の出来事はそれで終わりだった。翌日曜日には、もっとうれしい驚きが待っていた。すっかり夜も更けた頃、タブが電気スタンドの明かりで本を読んでいると、玄関ドアとつながっているベルがいきなり鳴った。それはつまり、玄関ドアが閉まっているということだった。ウェリントン・ブラウンが訪ねてきた夜、そのドアは開いていた。無意識に二つの訪問を関連づけて思い浮かべたタブは、自分の勘はカーヴァーが期待するほど機能するだろうか、とふと考えた。本を置いて一階まで下り、ドアを開けたタブは驚きのあまりよろめきそうになった。訪問者は、なんとウルスラだったのだ。彼女の小型車が歩道の端に停まっていた。

「セントラル・ホテルへ行く途中なんです」と、ウルスラは説明した。「入ってもよろしいかしら」

車の後ろにスーツケースが二つ括りつけられているのを見て、いったいどこまで行く気なのだろう、とタブは訝《いぶか》った。

「どうぞお入りください」タブは急いで言った。「少し煙草くさいかもしれませんが」ブラインドを上げに行こうとしたタブをウルスラが止めた。

「どうかそのままにしてください。私はすっかり神経がまいっていて、どんな些細なことでも気を失ってしまいそうなんです。祖母たちの時代の慣習が廃れてしまったのが残念な気がします。気絶できたらどんなに楽だろう、と思うことがありますもの」口調は冗談めかしているものの、真顔だった。「またセントラル・ホテルに住むことにしたんです。贅沢をする余裕はありませんけど」

「何かあったんですか」

「ストーン・コテージは取りつかれているので」という驚きの答えが返ってきた。

「取りつかれている?」

ウルスラは頷き、一瞬その目に笑みが浮かんだが、すぐに消えた。

「幽霊にじゃありませんよ。人間です――黒い服を着た怪しい男の人。身の回りの世話をしてくれている女性が、夜、庭で目撃したんです。私も窓から姿を見て呼び止めようとしたことがあります。外の通りを歩いているのを見た人が、ほかに何人もいるのです。タブさん、正直に教えてください。私は警察に見張られているのでしょうか」

タブも同じことを考えていた。

「いえ、それはないと思います。カーヴァー警部は僕に何もかも話してくれているわけではないでしょうが、あなたにわずかでも疑いの目を向けたとは一言も言っていませんでした。黒い服を着ていたんですね」

「ええ」ウルスラは頷いた。「頭から足先まで真っ黒でした。手袋もです。なんだか芝居じみた感じの格好で――」

「黒い手袋ですって?」タブが割って入った。「ひょっとして、僕のフラットに押し入った空き巣かな」タブは前の晩に来た招かれざる訪問者のことを話した。

「奇妙ですね」と、ウルスラは言った。「だって、ゆうべ、その人は現れなかったんですもの。私、そんなに神経質なほうではないんですけど、誰かに見張られているかもしれないと思ったら、少し怖くなってしまって」

「その男はどういう手段でやってきたんですか。車か自転車か、それとも列車ですか?」

そこまではウルスラも知らなかった。

「あなたのほうからいらっしゃらなくてもよかったのに」と、タブは言った「言ってくだされば、僕がストーン・コテージに伺って寝ずの番をしたんですがね。空き巣に入られたあとですから、なおさらです。僕のフラットに押し入った犯人に会ってみたかった」

ウルスラは返事をしなかったが、ふと疑問を口にした。

「私、どうしてここに伺ったのかしら」自問しているかのように呟いてから笑った。

「ごめんなさいね、タブさん」タブが心惹かれる、どことなく冷やかすような口調で言った。「私ったら、重荷を全部あなたに押しつけていますね。謎に謎が重なってしまっているのは私のせいもありますけど、今回のことは、決して私が引き起こしたものではありません」ウルスラは指を唇に当てて考え込んだ。「月曜の朝ストーン・コテージに戻って、あとからあなたに来ていただくというのはどうでしょう。昼間はうちの家政婦が有能な守り役になってくれますから、暗くなってからおいでいただけますか――つまりその、お時間が許せばですけど」

いつだろうとあなたの望むとおりにします、と言いたかったが、そこは思い直した。

車までウルスラを送ったタブは、その週初めて感じる高揚感を胸に、部屋へ戻ったのだった。

第十七章

警察の張り込みについてカーヴァーに切りだすのは、神経を遣う行為だった。とりあえず、見張られているのではないかとウルスラが感づいていることは悟られたくない。考えた末にタブは、次にカーヴァーと顔を合わせたときに、ウルスラと会った事実を報告するにとどめた。そしてさりげなく、不審な男の話をした。

「もちろん、泥棒ではない」カーヴァーは即座に断言した。「泥棒なら、狙っている家の人間に自分の存在を知らせるようなヘマはしないからな。地元警察には通報したのか」

それは知らなかったが、おそらくしていないだろう、とタブは思った。

「ただの偶然かもしれない」カーヴァーが言った。「その黒服の男はトラスミア殺しと関係ないとは思うが、興味深いことには違いない。君は別荘へ行くんだよな。私が同行してもいいと思うか」

タブはジレンマに陥った。ここで躊躇したら警察に誤った印象を与えかねないし、受け入れれば、タブが期待しているせっかくの楽しい夕べが台無しになってしまう。保護者としての立場でウルスラと二人きりになるというまたとない機会なのに、カーヴァーに割り込まれるのは正直言ってありがたくない。

「アードファーンさんは喜ぶと思います」結局、タブはそう答えた。

「時間が取れたら一緒に行くよ」と、カーヴァーが言った。

タブは、カーヴァーが急用でロンドンを離れられなくなることを心から願った。

カーヴァーの提案を知らせる手紙をウルスラに送ると、歓迎するという返事が届いた。

よく考えてみれば、カーヴァーと一緒に行くのも案外悪くないかもしれない。状況しだいでは気難しくもなる人間と知り合うのは、ウルスラにとっていい機会ともいえる。どうやら彼女は、それほど友達が多くないようだ。そんなことを考えたタブは、ハートフォード行きの最終列車が出る間際、カーヴァーが駅に駆け込んできたのを見てほっとする気さえしたのだった。

到着したときにはすでに暗くなっていて、二人はあらかじめ話し合っていたとおり、〈ストーン・コテージ〉までの長い道のりを黙って歩いた。縦に並んで暗い道を進むあいだ、すれ違った者はいなかった。

ようやく〈ストーン・コテージ〉のある大通りに出て、タブとカーヴァーは細心の注意を払いながら歩を進めた。だが、人っ子一人見かけないまま、誰にも見られずに庭までたどり着いた。

ウルスラが玄関口で二人を迎えた。

「ブラインドは全部下ろしておきました。カーヴァー警部が来てくださってよかったですわ。家政婦が実家に帰らなければいけなくなってしまって――母親が体調を崩したそうなんです。代わりに守り役をお願いしてもよろしいでしょうか」と、カーヴァーに微笑みかけた。

「お安いご用です」カーヴァーはにこりともせずに答えた。「どこに住んでいるんですか、その家政婦の母親というのは」

「フェルバラです。マーガレットは、どうにか終電に間に合ったんですよ」

「彼女は、お母さんが病気だというのをどうやって知ったのでしょう」と、カーヴァーが尋ねた。「電報が来たのですか」

　ウルスラは頷いた。

「今日の夕方ですね？」

「そうですけど」ウルスラが驚いたように言った。「なぜ、そんなことを？」

「ロンドンとフェルバラ行きの列車に間に合うように電報を送ったのではないかと思いましてね。例の男を先週は見かけなかったんですか」

「戻ってきたのは今朝のことですから」ウルスラは不安そうに答えた。「マーガレットが、その——何者かに——追い払われたとおっしゃるんですか」

「わかりません。仕事柄、最悪のことを想定する癖がついていましてね。それが、たいがい当たるんですよ。いつも何時頃お休みになるんですか」

「この家にいるときは十時に就寝します」

「でしたら、十時に寝室へ上がって明かりをつけ、しばらくしたら消していただけますか。そのあと下りていらしてもかまいませんが、暗闇でじっとしていなければならないのを覚悟してください。どうしても話したいときには小声で頼みますよ」珍しくカーヴァーの顔が緩んだ。「朝になったらばかばかしく思えるかもしれませんが、万が一、黒服の男と遭遇するチャンスを逃したら、もっとばかげていますからね」

　ウルスラは二人に夕食を用意し、食後の片づけを男性陣も手伝ったあと、ウルスラの勧めでタブはパイプに煙草を詰めたが、カーヴァーは喫煙を辞退した。

いつの間にか会話は尻すぼみになり、三人とも黙ってテーブルに座って、それぞれ考え事をしていた。すると突然、ウルスラが口を開いた。

「カーヴァー警部、あなたに内々に打ち明けたいことがあります。こうしてお会いしていなかったら、そんなことをしようとは夢にも思いませんでした」

「内々の打ち明け話というのはストレスになるものです。だから、私ならしませんね。しかも、その内容を私が察知しているとなれば、なおさらです」

ウルスラが眉を上げた。

「ご存じなんですか」

カーヴァーは頷いた。

「あなたは毎晩、宝石を預けにトラスミア邸を訪れたが、真の目的は違っていた。あなたがあそこへ行ったのは」ゆっくりと、ウルスラの顔を見ずに言った。「トラスミアの秘書役を務めるためだった。ジェシー・トラスミアが出した手紙は、すべてあなたがタイプライターで打ったものだ。コルトーナ社製で製品ナンバーは二九七五四。キー・キャップが一つなくなっていて、『r』の文字が少し欠けている」

カーヴァーはウルスラの驚愕した様子を楽しむように見てから続けた。

「私がメイフィールドで不審者を捕まえそこなった夜、あそこへ行っていたのが、あなたとゴールデン・ルーフの経営者イェー・リンだったことは、話さないつもりだったのでしょう？　やはり、黙っているつもりだったんですね。では、トラスミアの秘書という特殊な仕事についてお聞かせいただきましょうか」

タブは言葉を失っていた。

ウルスラがトラスミア老人の秘書！　ロンドンでも指折りの大女優が、あの気難しい人間嫌いの秘書をしていたなんて、とても信じられない。だがウルスラの表情を見れば、カーヴァーの話が本当なのは疑いようがなかった。

「どうしてわかったのですか」ウルスラが喘ぐように訊いた。

カーヴァーの顔に再び笑みが浮かんだ。

「警察には非常に有能な人材がいるんですよ」と、皮肉っぽく言った。「新聞を読むだけでは想像できないでしょうが、有能な六十九インチの脳みそを持った人間がね。なあ、そうだよな、タブ」

「僕は、あなたが六十九インチの脳みその持ち主だなんて一度も言ったことはありませんよ」と、タブは言い返した。

「でも――」ウルスラが興奮気味の声で割って入った。「ほかのことは――ほかにも何かご存じなんですか。あの晩、なぜ私たちがあの屋敷に行ったのか、とか」

「トラスミアが秘密の書類を隠していた、暖炉内にある偽のレンガをイェー・リンに見せるためですよね。その場所にあなたに関する書類が入っていると思っていたが、期待外れだった。一つだけわからないことがあります――イェー・リンにとっても、期待外れだったのですか」

ウルスラは首を横に振った。

「やはり、そうか」カーヴァーは考え込んだ。「彼の目当てのものは、漆の小箱の中にあったに違いない。あの箱は二重底だったのではありませんか」

ウルスラはまた首を振った。

「いいえ——イェー・リンは小箱の中にあると思っていたのですが、彼の捜していた書類は偽のレンガの中に入っていたんです」

「あなたはメイフィールドの鍵をお持ちですね。それを渡していただきましょう。さもないと、まずい立場に立たされることになりますよ」

ウルスラは無言で部屋を出て戻ってくると、小さな鍵を手渡し、カーヴァーはその鍵にちらりと目をやってポケットに入れた。

「もし私が新聞記者だったら——ありがたいことにそうではありませんが——この事件を『三つの鍵の謎』と名づけますね。これで一つは解決しましたが、これはたいした謎ではありませんでした。鍵はあと二つある。三番目が最も難解な謎です」

「地下室のテーブルの上にあった鍵のことですか」

カーヴァーは頷いた。

「そうです」と言ったきり、彼は黙り込んだ。

雰囲気を察して、ウルスラはそれ以上訊かなかった。

タブは、あらためてカーヴァーを見直していた。

「あなたは、推理小説に登場する理想の名刑事にどんどん近づいてきていますよ！」と、真面目に言った。

カーヴァーはいつも下がり気味の口角を上げ、時計を見た。

「十時です、アードファーンさん」と、わざと厳めしさを装って言い、それを聞いてウルスラはドアに向かった。「あなたが部屋を出る前に明かりを消します。すべていつもどおりの手順で行わなければなりません。『黒服の男』がどこで見張っているかわかりませんから」

ウルスラは身震いした。

居間の明かりを消したのはタブだった。

「カーテンを閉めたほうがいいでしょう」カーヴァーは小声で言うと、重いベルベットのカーテンを引いた。

その晩は星月夜で、玄関口を十分な光が照らしていた。

「こいつは申し分ないな」窓下の腰掛けに陣取ったカーヴァーが言った。「タブ、どうしても煙草が吸いたいなら、あの門から見えないところで吸ってくれよ」

タブは舌打ちしてパイプを炉格子の上に置いた。

十分後、ウルスラが部屋に入ってきた。

「ここにいてもいいですか」と、声をひそめる。「ちゃんと寝室の明かりは消してきました」

それから一時間、声を殺して話をするうち、タブは眠気に襲われてきた。が、そのとき、カーヴァーのひそひそ声が途中で止まった。窓の外を覗くと、門のそばに黒い人影が見える。シルエットしかわからないが、かなり長身の男のようだ。だが、それも見間違いかもしれなかった。おそらく黒だと思われるつばの広い帽子をかぶっている以外は、よく見えなかったのだ。人影が門を開け足音を忍ばせて庭に入るのを、固唾《かたず》をのんで見守った。

玄関まで半分ほどのところまで来たとき、別の人影が現れた。どこからともなく、まるで地面から突然湧き出たかのように出現した人影は、つば広帽の男に後ずさりする間も与えずいきなり飛びかかった。部屋の中の三人は座ったまま呆然と見つめていたが、カーヴァーがはっと立ち上がって部屋を走り出たのに続き、タブもあとを追った。

玄関ドアを開けて外に飛び出したときには、二つの人影は消えていた。急いで門へ向かおうとしたカーヴァーがよろめいた。庭の小道に横たわった柔らかい塊につまずいたのだ。カーヴァーは振り向き、懐中電灯でその物体を照らした。それは人間だった。顔は見えない。

「何者だ」カーヴァーは男の体を仰向けにした。「こっちは——」

足元に倒れていたのは、なんとイェー・リンだった！

第十八章

イェー・リンは気を失っており、カーヴァーはもう一人の人影を捜した。門へ走ったが、通りには誰もいない。車道に走り出て、両方向とも遠くまで目を凝らすと、男が素早く生け垣の中に走り込むのが見えたので直ちに追いかけた。

家から一〇〇ヤード行ったところに細い道があり、男はその道に曲がった。カーヴァーが角に出たとき車のエンジン音がし、大型のツーリングカーが猛スピードで遠ざかっていくのがぼんやりと見えた。

家に戻ると、ウルスラの部屋でイェー・リンが椅子に座り、両手で頭を抱えていた。

「彼は二人目の男だ。つば広帽のほうじゃない」と、カーヴァーは言った。「さて、イェー・リン、君の行動を説明してもらおうか。気分はどうだ」

「ひどく目まいがします」イェー・リンが教養の高い話し方をするのに、タブは驚いた。非の打ちどころのない英語だ。

イェー・リンは、ウルスラを咎めるように見上げた。

「アードファーンさん、手紙にはこの方々が来られることは書かれていませんでしたね」

「手紙を書いたときには知らなかったのです」

「もう少し早く着いていれば、あの男の正体がつかめたのですが。カーヴァー警部、あなたがたの計画を私が台無しにしてしまったのではないでしょうね」イェー・リンは無表情な瞳をカーヴァーに向けた。

「そうか！　君も護衛のために来たんだな？」カーヴァーは気さくに言った。「確かに、われわれはお互いに邪魔をし合ったようだ。男を見たのか」

「見ませんでした」と言ったイェー・リンだったが、「でも、感じました」と、頭をさする。「殴ったのは相手の拳だったと思います。武器はなかったようです」

「顔は見なかったのか」カーヴァーがしつこく訊いた。

「いいえ、髭のようなものを生やしていましたし……。両手で相手をつかんだ感触はありました。どうも私は、自分の力を過信していたようです」申し訳なさそうにウルスラに言った。「これでも、まだ中国人学生が好奇の目で見られていた頃、ハーバードでスター選手だった時代もあったのですがね」

「ハーバードですって？」タブが驚きの声を上げた。「そいつはすごい！　僕はてっきり——」そのあとの言葉は濁したのだが、相手が補った。

「てっきり、ただの平凡な中国人だと思いましたか。そうかもしれません。いや、そうだといいと思います。確かに、こちらのアードファーンさんは、私がとても貧しかった頃をご存じです。同じ下宿に住んでいて、息子の命を救っていただきました。あのときのご恩は一生忘れません」

タブは、ウルスラがまだ少女の頃に看護をしたという幼い中国人の男の子の話を思い出した。とたんに、これまでぼんやりしていたさまざまなことが頭の中ではっきりしてきた。

「イェー・リン、今夜あなたがおいでになるとは思っていませんでしたが、もし困ったことがあったら知らせてくれ、とおっしゃってくださいましたよね」と、ウルスラが言った。「そんなこと、お気になさらなくてもよかったのに」

「すべては私が」イェー・リンはにこりともせずに言った。「一度口にしたことは必ず実行する人間だという証拠ですよ、アードファーンさん。この七年、私はあなたを見守ってきました。七年間、昼も夜もずっと、私か使用人が見張っていたのです。あそこへ行ったときだって――」そこで言葉をのみ込み、急に話を変えようとした。

「アードファーンさんがトラスミアの家へ行ったときだって、常に外で見張りをしていた。そう言おうとしたんだよな、イェー・リン」カーヴァーは笑みを浮かべた。「押し黙る必要はない。私はすべて知っているし、私が知っているのはアードファーンさんも承知だ」

「そのとおりです。劇場からホテル、ホテルからトラスミア家、そして仕事を終えたあとホテルに戻るまで、いつも私があとをつけていました」

タブとカーヴァーは目を合わせた。これでストット家の家政婦が目撃した、朝方の寒空の下、〈メイフィールド〉の外で煙草を吸いながら待っていた謎の中国人の説明がつく。それに、ウルスラの車がパンクし、タイミングよくタブが居合わせて手伝った朝、あの道にいたサイクリストにも合点がいく。

「全然知りませんでした」ウルスラは目を丸くし、やっとのことで声を出した。「本当なんですか、イェー・リン。ああ、なんてご親切な！」

その目に涙が宿っているのを見て、彼女にこれほど感謝されるのが、この不愛想な中国人ではなく自分だったらどんなにいいだろう、とタブは思った。

「親切というのは相対的な言葉です」と、イェー・リンが言った。椅子の上に両足を載せ巻き煙草を作ったイェー・リンは目で許可を求め、ウルスラが頷いたので、素早く指を弾いてまるで手品のようにマッチを取り出し、擦ったあとのマッチ棒を注意深く箱に戻した。「私にとって目の中に入れても痛くない、生きる希望である息子の命をあなたが救ってくださったのは親切と言えますか。物書きのホランドさんには東洋的な美辞麗句に聞こえるかもしれませんが、私には純粋な誠意以外の何物でもありません」

そして、唐突に自分の話を始めた。ウルスラも半分くらいしか知らない話だった。

「私は、特殊な立場にいました。金持ちとも言えるし貧乏人とも言える。シー・ソーとの契約をこの国の法律がどう解釈するかによります。シー・ソーというのは、あなたがたが『トラスミア』という名で知っている人物です。黒竜江近辺ではシー・ソーと呼ばれていました。私は何年も前にこの国へ渡り、現在経営しているレストランで働きました。ゴールデン・ルーフではなく、リード街《ストリート》の小さな店のことです。オーナーが中国賭博《とばく》で財産を失い、安く売り出したのを私が買い取りました。教養のある名門の子息が、この国でしがない中華料理店《チャイニーズレストラン》のウエイターをしているなんて、と不思議に思われるかもしれませんね」イェー・リンはユーモアを交えることなく、淡々とした口調で言った。「中国における教養は、政治目的で利用されると必ずしも喜ばしいものではなく、私は急いで国を離れました。しかし、それも昔の話です。満州人はいなくなり、権力を振るった西太后《シー・タイ・ホウ》も、側近の李鴻章《リー・フォン・ツアン》もすでに故人となりました。

ここでの生活が少しずつ上向くようになっていたある晩、トラスミアさんが現れました。最初は誰かわかりませんでした。私が知っていた彼はとても強健な体の持ち主で、雇い人に冷酷なことで知られていたのです。採掘した金を盗んだ作業員たちに隠し場所を吐かせようとして、焼き殺したという話まであります。あれこれと昔話をしたあと、レストラン事業で金儲けはできそうか、と訊かれたので、できます、と答えました。そこから事業提携の関係が始まり、トラスミアさんが亡くなった日まで続いたのです。ゴールデン・ルーフの売り上げの四分の三を毎週月曜日に彼に渡すのが、唯一の取り決めでした。ただしそれ以外に、トラスミアさんの口述を私が筆記した書類が一つだけありました。その書類には、トラスミアさんが死亡した場合、店のすべては私の所有とする、と書かれていて、私と彼の『印』が押されていたのです。その印を、彼は常にポケットに入れて持ち歩いていました」

「『印』というのは」カーヴァーが口を挟んだ。「中国の漢字が彫られた小さな象牙のスタンプのことだな。筆箱のような形の薄い象牙のケースに入れて持ち運ぶんだろう?」

イェー・リンは頷いた。

「トラスミアさんが亡くなる数日前まで、書類は私が保管していたのですが、写しを取りたいから貸してくれと言われて渡したのです。アードファーンさんはご存じかもしれませんが、驚くことにトラスミアさんは、北京官話をマスターしていると言っても過言ではないこの私よりも中国語の読み書きが堪能でした。その二、三日後に、彼は殺されてしまったのです。私が破産から逃れるためには、漆の小箱に入れてトラスミアさんが持っていったあの書類を見つけるしかありませんでした」

「しかし、君のレストランを取り上げるなんてことができるのか。トラスミアの相続人が君への譲渡を阻止できるような別の書類が存在するとか?」

イェー・リンはカーヴァーの顔を見据えた。

「書類など必要ありません」と、静かに言う。「われわれ中国人は特異な人種です。もし、ランダーさんがイタリアから帰国して、『イェー・リン、この店は伯父の資産だ。お前にはほんのわずかな分け前しかないんだからな』と言ったなら、私は『おっしゃるとおりです』と答えるしかありません。二人の署名はないにしても、あの合意書が発見されないかぎり私の権利を守ってくれる法はないのです」

イェー・リンの言うとおりだった。彼の話が的を射ているのは、タブにもよくわかった。人々の潜在意識の中で、劣っている人種だとか、下等な文明社会の人間と見られている男が、こんなにも社交儀礼をわきまえていることに、タブはただただ驚いていた。

「合意書は見つかったのかい?」

「はい、おかげさまで。私がトラスミアさんに渡した箱の中から取り出されて、別の場所に移されていたのですが、見つかりました――さしあたって興味を引かないほかの書類と一緒にありました。今夜ここへ来たのは――アードファーンさん、あなたからいただいた手紙のこともありますが、私自身、『黒服の男』と相対したかったからです。そう、あの男は何日も私を見張っていたのです。同じ人物に間違いないと思います」少し顔をしかめて頭のあざをさすった。「何度か目撃していますから」

カーヴァーは何やら素早くメモを取ってからメモ帳をしまい、イェー・リンを真っすぐに見つめた。

「イェー・リン、ジェシー・トラスミアを殺害した犯人は誰なんだ」

イェー・リンは首を左右に振った。

「わかりません。私も唖然としているのです。地下室に通じる秘密の通路があるに違いありません。そうでなければ、犯人が出入りできたはずがないのですから」

「もし秘密の通路があるとするなら」カーヴァーは厳しい顔で言った。「信じられないほど秘密裏につくられたことになる。邸宅と地下室の建築に携わった業者にも、建築現場にいた作業員にも知られていないんだ。いや、イェー・リン、やはりその考えには無理がある。犯人はブラウンかウォルターズのどちらかだ。やつらを逮捕すれば、どんな方法を使ったのかはっきりするはずだ」

「ブラウンは犯人ではありません」イェー・リンが穏やかな口調で言った。「事件のあった時刻、彼は私と一緒にいたのですから」

この言葉に全員が仰天した。ウルスラでさえ驚いているようだった。

「自分が何を言っているかわかってるのか」

「わかっています。できれば言いたくはなかったのですが」イェー・リンの顔に一瞬笑みが浮かんだ。「でも事実です。犯行時間が土曜の午後なら、私は確かにウェリントン・ブラウンと一緒でした。そのときは『飲んだくれ』とか『職なし』と呼んでいましたがね。どこでどういうふうに一緒にいたかをお話しするのもお恥ずかしいのですが、現在の彼の居場所を知っているかと尋ねられると、実はもっとバツが悪いのです。その質問には『いいえ』と答えなければならないからです」

「君が嘘をつく可能性もある」カーヴァーが冷静に言った。

「確かに」と、イェー・リンは落ち着いて答えた。「ですがカーヴァー警部、土曜の午後一時半からジェシー・トラスミアが殺された時間まで、本当にウェリントン・ブラウンは私の目の前にいたのです」

カーヴァーは鋭い視線を向けた。

「やつが君のところに来たとき、どんな服装をしていた？」

イェー・リンは肩をすくめた。

「惨めでした。いつも彼はみすぼらしい格好をしていましてね」

「手袋はしていたか」

「いいえ、していませんでした。その点には最初に気づきました。なぜならブラウンは――英語では何と言うのでしょう――あれでも身なりにうるさい人間なのです。ひどく暑い日でも手袋をはめているのを見たことがあります。そう、お粗末な伊達男というやつですよ！　まさにその言葉がぴったりです。落胆させてしまって申し訳ありません」

「落胆はしていないよ」カーヴァーは苦々しげに言った。「私と目指す目的とのあいだに新たな壁を加えてくれたというだけだ」

それからほどなく、イェー・リンは帰っていった。ロンドンから自転車で来ていた彼は、コテージに泊まるより、長い道のりをのんびりと自転車で戻るほうを選んだのだった。

ロンドンのホテルに戻るには遅すぎたので、三人はコテージでの夜を寝ずに過ごした。カーヴァーはいつ終わるとも知れないトランプの一人遊びに没頭し、タブとウルスラは、しだいに明らむ庭を散策しながら、およそ状況に似つかわしくない話題で話し込んだ。

すっかり明るくなると、カーヴァーは車が停まっていた場所へ行ってタイヤ痕を調べた。が、タイヤが新しいのと馬力のある車だったということくらいしかわからなかった。

「車の男は運転が下手だったか、よほど緊張していたかだな。道の途中で溝にはまりそうになって電柱にぶつかっている。おそらく泥除け《マッドガード》が相当傷ついたはずだ。電柱の傷に真新しいエナメル片がついていたから、車も新しいのかもしれん」

こうして、「黒服の男」の二度目の登場は終わった。
そして三度目の登場では、さらに劇的な展開を迎えるのだった。

第十九章

ある朝、ウェリントン・ブラウンはすっきりした気分で目覚めた。いつもは頭がぼんやりして口が乾ききった状態で起き、彼の人生を貧しいものにし、最終的には心身ともに破滅に追い込んだアヘンを求める欲望しか湧かないのに、その日はしっかりと目を開け、周囲を見まわして「くそったれ！」と、不快感をあらわにした。ブラウンは自分をよく知っていた。性癖も熟知していたし、アヘンの効用にも慣れていたので、薬が切れてきたのだとわかった。いつの日か、こうしてすっきり目覚めるどころか、そのまま目覚めなくなる日も来るかもしれない。

ベッドの上で起き上がり、顎髭を撫でながら、開いた窓から入ってくるそよ風を吸い込んだ。立ち上がってみると膝がおぼつかず、自嘲気味に笑った。そこへ、ヨー・レン・フォーがコップに入った水とボトル半分のウイスキーと、なにより肝心なパイプを載せたトレイを持って現れた。

ブラウンは無言でウイスキーを飲み込んだ。

「そのパイプは捨ててくれ」と言った声は、震えてはいたが、きっぱりとした口調だった。

「朝の一服は太陽を輝かせます」と、ヨー・レン・フォーが故事を引用した。

「朝の一服は夜空へと続く」ブラウンはことわざで返した。

「このままいらっしゃるなら、朝食をご用意させますが」ヨー・レン・フォーはしつこく勧めた。

「少し長居をしすぎた」と、ブラウンは言った。「西洋式で言うと、今日は何月何日だ」

「西洋式はわかりませんが、このあばら家にあと二、三時間でもいてくださるなら――」

「あばら家だろうが宮殿だろうが、居座るつもりはない。イェー・リンはどこだ」

「すぐに呼びに行かせます」老人は熱心に言った。

「放っておけ」気取ったしぐさで答え、ブラウンはポケットを探り始めた。驚いたことに、決して多くはないものの所持金は手つかずのままだった。

「いくらだ」と、ブラウンは尋ねた。

ヨー・レン・フォーは「タダです」という意味の頷きを見せた。

「慈善事業のアヘン窟なのか?」ブラウンは怪訝そうな顔をした。

「お代はイェー・リン様にいただいております」

それを聞いてブラウンが不機嫌な声を出した。

「トラスミアの爺さんが裏にいるな」と英語で言ったが、相手が理解していないようなので、ヨー・レン・フォーを押しのけてカーペットの敷かれていない階段を下り、通りに出た。体はだいぶ弱っていたが、心は軽やかだった。通りの角で迷った末に左に曲がった。そうしていなければ、その朝〈ゴールデン・ルーフ〉にイェー・リンを訪ねたカーヴァー警部と出くわしていたところだった。

ブラウンの一日の過ごし方は実に単純だった。公園へ行ってベンチに座り、六月の美しい陽ざしを浴びながら、暑さなどおかまいなしに何時間も眠気に襲われたり、物思いにふけったりした。

夕方近くになって空腹を感じ、公園内にある軽食スタンドに行った。食事を終えるとすぐ近くにベンチを見つけ、何もしない快適さを再び味わった。ブラウンは生まれもっての怠け者だった。この大変な時代には、それがなによりの長生きのコツかもしれない。

ブルーのベルベットのような空に星が瞬き始めた頃、身震いして目覚め、本能的に明かりを目指した。公園の中を突っ切る大きな通りを前屈みで歩いていたブラウンは、ゆっくりと歩いていた男を追い越した。男はちらっとブラウンを見るや、慌てて顔を逸らした。

「おい」ブラウンが挑みかかるように声をかけた。「お前を知ってるぞ。なんだって俺から逃げるんだ。俺を伝染病患者だとでも思ってるのか」

男は立ち止まって落ち着きなく左右を見まわした。

「人違いだ」と、ぶっきらぼうに言う。

「そいつは嘘だ」ブラウンが声を荒らげた。悪い癖が出たのだ。彼は、いつ誰とでも喧嘩ができる人間だった。「俺はお前を知っているし、会ったことだってある」ぼんやりした頭で、懸命に相手の名前を思い出す手がかりを探った。「中国じゃなかったか？　俺の名はブラウンだ——ウェリントン・ブラウン」

「そう、たぶん中国だな」相手は急に愛想よくなり、ブラウンの腕を取って通りから離れ、緑地へ連れ込んだ。

木立の下でいちゃついていたカップルが通り過ぎる二人を見かけ、ブラウンがこう言うのを耳にした。

「俺がやつの倉庫係だなんて言うなよ。違うからな。あいつの使用人なんかじゃない！　同等の立場なんだ、こんちくしょう。共同経営者なのに、あの詐欺師の爺《じじい》め……」

そうして「黒服の男」と中国から来た頭の朦朧とした年金受給者は、連れだって歩み去っていった。

同じ頃、ジェシー・トラスミアの運命に深く関わる人間が、今にも旅立とうとしていた。思いきって真っ昼間に外出し、勇気を振り絞って〈アラック号〉のパーサーと面接をした結果、南アフリカ行きの船の二等客室のスチュワードとなる契約を交わしたのだった。長い悪夢は終わった。ウォルターズは出航の前の晩に乗船することになった。警察に見つかる危険がそれだけ減るので、彼としては願ってもなかった。

広々としたドックに来るときも、ウォルターズは折に触れて〈メイフィールド〉でくすねてきた、かなりの額の現金を懐に入れていた。それにつけても、トラスミアのケチさ加減が今さらながら思い出される。

午後、先に荷物を船に送り、自分は身一つで、人通りの少ない通りを選びながら徒歩で港に向かった。それほど距離はなかったが、できるだけ危険は冒したくない。一カ月前は、人影にいちいち震え上がり、警官を目にしようものなら体がすくんで動けなくなるほどだったが、今や事件は忘れ去られ、センセーショナルな記事専門の新聞でさえ見出しを見なくなったので、無事に波止場を横断しタラップを上って、薄暗い定期船のデッキへたどり着ける自信はあった。

「チーフ・スチュワードに報告しろ」と、タラップのてっぺんにいる見張りに言われ、ウォルターズは行き方を訊いて、広い甲板昇降口からチーフ・スチュワードのオフィスがあるさらに広いデッキへ出ると、報告の順番待ちで並んでいる十人強の列に加わった。

待ち時間が延々と続きそうなら心配は要らなかったのだろうが、驚くほど早く順番が回ってきて、ウォルターズはチーフの船室に足を踏み入れ、敬礼して切りだした。

「乗船報告に参りました。スチュワードのジョン・ウィリアムズで――」と言いかけたところで、はたと止まった。

チーフのテーブルの向こうに、カーヴァー警部の姿があったのだ。

ウォルターズは慌てて回れ右をしたが、戸口に刑事が立っていた。

「わかりましたよ」手錠を掛けられてウォルターズは観念した。「でも、私はやってませんよ、警部さん。殺人については何も知りません。生まれたての赤ん坊と同じくらい真っ白です」

「お前に取り柄があるとすれば」カーヴァーはぶすっとして言った。「独創性だな」

手錠をはめられ両側から刑事二人に腕をつかまれた容疑者のあとについて歩きだしたカーヴァーのもとへ、タブが駆けつけた。船を下りるとき、タブが尋ねた。

「これで本当に逮捕したと思いますか、カーヴァー」

「誰をだ――ウォルターズか？　あの男は間違いなくウォルターズだ。私はやつをよく知っている」

「殺人犯をですよ」

「ああ、殺人犯のことか。いや、やつがホンボシだとは思わないが、やっていないのを証明するのは難しいだろう。ウォルターズを逮捕したことは発表してかまわんが、殺人容疑とは書かんほうがいい。もっと情報を集めるまで、立件は無理だからな。会社に戻ったあとで署に寄ってくれれば、もう少し話せる材料があると思う。ウォルターズの供述が取れればなおさらだ。なに、あいつはすぐに喋るさ」

カーヴァーの読みは正しかった。ウォルターズは弁明を記録に残そうと、すらすらと自供したのだった。

ウォルター・フェリングの供述

私の名前はウォルター・ジョン・フェリングです。ウォルターズやマッカーティーと名乗ったこともあります。窃盗と詐欺で三度留置され、一九一三年七月、ニューカッスルで五年の刑に服して、一九一七年に釈放されたあと一九年まで軍の料理人を務めました。軍を辞めてからトラスミアさんが従者を募集しているのを情報屋に聞いて、大金持ちで意地の悪い人だというんで、書類の偽造を仕事にしているコールビーという男に偽の信用照会状を作ってもらって応募したんです。トラスミアさんにいくら給料が欲しいかと訊かれたので、わざと通常より低い金額を言ったら、案の定すぐに採用されました。照会状の問い合わせもしなかったと思います。もししていたとしても、コールビーがうまく返事をしてくれたでしょうがね。

メイフィールドでは、ほかにもグリーン夫妻が働いていました。ご主人はオーストラリア人ですが、奥さんはカナダ生まれだと思います。グリーンさんは執事のような立場だったのですが、嫌な思いをしていたようです。旦那様をよく思ってはいなかったでしょうね。旦那様のほうは、明らかにグリーンさんを嫌っていました。私があそこでの仕事を続けていたのは、大金を持ち逃げしようと目論んでいたからです。あの家の変わった習慣から見て、難しいだろうというのは最初からわかっていましたが、どうにかいくつかの品を集めました――金時計とか、銀の燭台とか――そろそろずらかろうと思っていたところ、グリーンさんが義理の弟に食べ物を分け与えていたのを旦那様が嗅ぎつけて、その場でクビを言い渡したのです。そして、金時計がなくなっていることにも気づいてグリーン夫妻の荷物を調べました。グリーンさんには申し訳ありませんでしたが、もちろん本当のことを言うわけにはいきません。

グリーン夫妻がいなくなったので、私は従者と執事を兼務することになりました。すると、貴重品はすべて地下室に保管されているとわかったのです。行ったことはありませんが、旦那様の書斎から通路でつながっているのは知っていました。あるときドアが開いていて、覗き込んだら廊下が見えましたから。

いつかじっくり調べたかったのですが、なかなかチャンスが訪れませんでした。旦那様が亡くなる一、二週間前に、あと少しでチャンスがつかめそうだと思ったんですが……。旦那様が発作を起こして倒れた隙に、首に掛けている鍵の型を取るのに成功したのです。でも発作は長く続かず、旦那様が意識を取り戻す寸前に慌てて鍵を戻しました。ぎりぎりのタイミングで鍵についた石鹸を袖で拭き取れたのは幸いでした。気がついたとたん、真っ先に首に掛けた鎖に手をやりましたから。とりあえず必要な情報は得られたので、型に合う鍵の製作に着手しました。実際には見たことのない地下室についてお話しできるのは、これがすべてです。

私は毎晩十時に寝床に就き、旦那様は鍵を閉めて私を屋敷に入れないようにしたため、夜、屋敷内で何が起きているのか確かめることはできませんでした。旦那様に抗議して、ようやく私の部屋のガラスケースに鍵を保管してもらえるようにしたので、緊急時にはガラスを割ってその鍵を使い、屋敷の中へ入れるようになりました。それだって、ある晩、具合が悪くなったのに私が助けに行けなかった出来事が起きるまで、頑《かたく》なに拒否していたくらいです。

ともあれ、私を閉じ込めていたドアを開けるのに比べたら、小さなガラスケースを開けて鍵を取り出すのはたやすいことでしたから、何度かその鍵を使いました。初めて使ったとき、階下のダイニングから声が聞こえて、こんな夜更けに誰が訪ねてきたのだろうと不思議に思いました。廊下に明かりが灯っていたので姿を見られるといけないと思い、下の階には行かなかったのですが、別の夜、女性の声が聞こえて、明かりが消えていたので下りてみると、若い女性がテーブルに置いたタイプライターの前に座り、旦那様が手を後ろで組んで部屋を行ったり来たりしながら口述するのをタイプで打っているのを目撃しました。なんとも美しい女性で、どういうわけか見覚えがある気がしました。あとで写真入りの新聞を見て初めてその女性の正体がわかり、まさか有名女優のウルスラ・アードファーンだったとは、と信じられない思いでした。翌晩、再び母屋に入り込んだときには二人の話し声が聞こえ、旦那様が彼女を「ウルスラ」と呼んだので間違いないと確信しました。彼女は毎晩、劇場から直接来ていたようで、午前二時頃までいさせられることもありました。

ある晩、彼女がやってきてすぐに、私は足音をたてないよう靴下だけになってそっと二階へ下り、盗み聞きをしました。すると、旦那様が厳しい口調で「ウルスラ、ピンはどこだ」と言うのが聞こえ、アードファーンさんが「どこかそのへんにあるはずです」と答えて、旦那様はしばらくぶつぶつと唸っていましたが、やがて「ああ、ここにあった」と言ったのです。

あの家には、盗めそうなものが思っていたよりたくさんありました（ここでウォルターズは、自分がまんまと盗んだ貴重品の数や種類を詳しく並べ挙げた）。旦那様はよく一人でテーブルに陶器の小皿と筆を置いて座っていました。何かを描いていたのでしょうが、絵を見たことはありません。夜、何度か覗いたときに、作業をしていたのを目にしただけです。キャンバスは使わず、いつも紙に黒いインクで描いていました。とても薄い紙だと思います。窓がほんの少し開いていたら、飛んでしまったことがありましたから。

ドア上部にある明かり採りのガラス窓を私が常に磨いておいたので、その窓を通して階段の上から部屋の中が覗けたんです。旦那様が一定の場所に座っていてくれれば、簡単に見えました。

お屋敷を出た日の午前中、私は作りかけの鍵の製作に取り組んでいましたが、旦那様が私の部屋に来ることは絶対にないので安心して作業できました。ただし、念のため部屋に鍵は掛けておきました。昼食をご用意したときに私が玄関で追い返したブラウンの話が出て、私がしたことは正しかった、ブラウンはこの国の警察に追われる身なのに、なぜ危険を冒してまで戻ってきたのだろう、と首をかしげていました。なんでも、アヘン中毒の飲んだくれだとかで、どうしようもないやつだと言っていました。昼食後は私を部屋から追い出し、おそらく地下室に行ったのだと思います。土曜の午後はいつもそうでしたから。

三時十分前くらいだったでしょうか、鍵を作っていた私がキッチンからコーヒーを持って部屋に戻ってきたところへ玄関の呼び鈴が鳴り、応対に出ると、メッセンジャーボーイが私宛の電報を持って立っていました。あのお屋敷に私への電報が届いたことなどなかったので驚きました。そこには、八年前にニューカッスルで有罪宣告を受けたときのことを思い出せ、三時に警察が行く、と書かれていたのです。

私は慌てました。部屋には盗んだ品がたくさんありましたし、今度有罪になったら、相当長い服役になるのはわかっていました。それで急いで部屋へ戻り、荷物をかき集めて三時少し前にお屋敷を出たのです。玄関ドアを開けたとき、レックス・ランダーさんが門のところに立っているのが見えました。働き始めて一カ月くらいの頃、少しのあいだお屋敷に滞在なさっていたことがあるので、ランダーさんとは顔見知りでした。いつも私には親切にしてくださって、とても紳士的な方です。

でも伯父上である旦那様は、ランダーさんを好きではなかったようです。一度私に、レックスは浪費家の怠け者だ、と言ったことがあります。門にいるランダーさんを見て、心臓が跳ね上がりました。きっと何か変だと感づかれると思ったのです。伯父さんが病気なのかと尋ねられ、それでわれに返って、急な用事を言いつかったのだ、ととっさにごまかして通りへ飛び出し、幸いタクシーを捕まえられたのでセントラル駅まで行ってもらいました。でもロンドンは出ずに、以前住んだことのあるリード街《ストリート》の隠れ家に身を潜め、それ以来ずっとそこにいました。あの日の昼食以降、旦那様とは会っていません。電報が届いたときも、旦那様は確かめに出てきませんでしたから。セールスマンやらなにやら、訪ねてくる人間はちょくちょくいて、重要な用件か旦那様宛の手紙や電報が来たのでもないかぎり、いちいち報告はしないのです。地下室にも、そこにつながる通路にも入ったことはありませんし、ましてやリボルバーなんて一度も所持していません。

私は強要されたのではなく自主的にカーヴァー警部の質問に答えてこの供述をしたのであり、誘導尋問の類いも一切ありませんでした。

第二十章

「これが供述だ」と、カーヴァーが言った。「中身は一行も使わずに、供述が取れたという事実だけを記事に書いてくれ。で、どう思う?」

「かなり正直に供述しているように思えます」と答えたタブに、カーヴァーも頷いた。

「私もそう思う。ウォルターズことフェリングは無実だろう、と最初から疑ってはいなかった。アードファーン女史に関する供述はやや曖昧だがな。特にトラスミアが話していたというピンの件がはっきりしない」

「もしかして、僕たちが廊下で見つけたピンだと思っているんですか」はっとしてタブが訊いた。

カーヴァーは声を出さずに笑った。

「そうも思ったが、違うな。トラスミアが口にしたピンというのは、きっと箱に入っていた宝石の一つだ。中身が揃っているのを確認するために目録を作っていたんだろう」

タブは少しのあいだ黙り込んだ。

「つまり、宝石は本当はトラスミアのもので、アードファーンさんはそれを借りて毎晩返しに行っていたということですか」タブは低い声で訊いた。

「それ以外に説明できんだろう。それなら秘書の件も納得がいく。トラスミアはいろいろな事業に携わっていたから、ウルスラ・アードファーンの公演に出資していたとしてもおかしくない。抜け目のないトラスミアのことだ、彼女の演技に目をつけたんだな。それを利用して金儲けをしていたのかも――」

「でも、どうして大女優の彼女が真夜中に秘書を務めることに同意しなければならないんですか。あなたの推理どおりなら大金を稼げるはずなのに、あんな老人の奴隷のような立場に甘んじていた理由がわかりません」

カーヴァーはタブをじっと見つめた。

「それは、トラスミアがアードファーン女史の秘密を握っていたからさ――人に知られたくない何かをな」と、穏やかな口調で言う。「別に彼女に不名誉な秘密があると言ってるわけじゃない」タブの顔が曇ったのを察知して、言葉を選びながら続けた。「いつかきっと本人が話してくれるだろう。現段階では、その秘密は重要ではない」

カーヴァーは自分のデスクから立ち上がり――二人は彼のオフィスで話していたのだった――体を伸ばした。

「以上をもちまして本日のお楽しみは終了です」と、彼は言った。「万が一ご満足いただけなかったお客様には出口でお代をお返しいたします」

カーヴァーでも冗談を言うことがあるのだ。

「私はまだ帰らずに、ここで二時間ほど仕事をする。誰にも邪魔されたくないんだ。ありがたいことに、電話は故障中でな。署と電話交換局のあいだのどこかの電線に木が倒れたらしい。いいか、タブ、ウォルターズの逮捕についてはくれぐれも簡単な記事にとどめてくれよ。容疑も供述内容もなしだ。

供述したという事実だけにしてくれ」

幸い、編集長のジャックの姿はすでになかった。もし会社に残っていたなら、その晩タブが書いた中途半端な内容の記事に激怒したに違いない。

タブは奇妙な胸の痛みを抱えて十一時半に帰宅した。ウルスラの秘密とは何だろう？　どんな謎があるというのだ。なぜ彼女の謎が、トラスミア老人が殺された忌まわしい謎と関わりを持たなければならないのだろうか。

ドアを開けたとき、入り口が閉まったあと全室が共同で使う郵便受けに電報が入っているのを見つけた。それはタブ宛の電報で、封筒を破って薄っぺらな中身を取り出してみると、ナポリでレックスが出したものだった。

「エジプトに行く。かなり元気になった。一カ月以内に戻る」

タブは笑みを漏らし、「かなり元気になった」という言葉が、殺人事件のショックだけでなく、ウルスラに振られたショックからも立ち直ったことを意味しているのを願った。フラットのドアの前で立ち止まって鍵を探していると、物音がしたような気がした。上階のどこかから聞こえのかもしれない、と特に気にせずに鍵を差し込んだとき、彼の居間の窓に一瞬、光が走ったのが目に入った。ドアを開けると同時に光が消えた感じだった。

目の錯覚だろうと思ったが、空き巣に入られたことを思い出し、そっと後ろ手にドアを閉めた。少しためらったのち、閉まっていた居間のドアを思いきって押し開けた。最初に気づいたのは、出かけるときに上げていったブラインドがすべて下ろされていることだった。荒い息遣いが聞こえる。

「そこにいるのは誰だ」と言いながら、明かりのスイッチに手を伸ばした。

レバーに指が届く直前、何かに殴られた。痛みは感じなかったが、ひどい衝撃でひざまずき、思考も動きも停止してしまった。暗闇の中で何者かがタブを押しのけた。フラットの入り口のドアが大きな音をたてて閉まり、続いて階段を駆け下りる足音、そして玄関のドアが閉まる音がした。

タブはひざまずいて手をついたまま、気力で体を支えていた。生温かい血が額からゆっくりと流れ落ちて目の端に入り、続いて襲ってきた痛みでようやくわれに返った。よろよろと立ち上がって明かりをつける。

タブを殴った凶器は椅子だったらしく、ドアの近くにひっくり返っていた。おそるおそる額に触れ、鏡を捜した。傷は思ったより浅く、たいしたケガではなかった。どうやら椅子が壁に当たって力が弱まったようだ。その証拠に、脚の一本が折れ、壁に長い引っ掻き傷がついていた。ほとんど無意識のうちに顔を洗い、額に応急手当てをしてから居間に戻って、最初に思ったより室内が実はひどい状況なのを確認した。机の引き出しはすべてひっくり返され、個人的な書類を入れて鍵を掛けていた引き出しが無理やり壊され中身が床や机に散乱している。壁際の小さな整理簞笥《だんす》も荒らされて床にぶちまけられていた。

寝室も同様の状態だった。洋服簞笥以外はあらゆる引き出しが引っ掻きまわされて、すべての箱が開けられている。

レックスの部屋で手がつけられていたのは、先日の空き巣が触れていなかった二つ目のトランクだけだった。ベッドの上に開いたまま放置されていて、中身はぐちゃぐちゃだった。

タブがうっかり置いて出かけた時計と鎖は手つかずのままだ。金庫はこじ開けられて現金が外に出ていたが、一セントもなくなってはいなかった。そしてタブは、奇妙なことに気づいた。何人もいる独身の叔母たちに頼まれて一年前に撮った写真を入れたアルバムを引き出しに入れてあったのだが、そのアルバムが取り出され、写真が一枚残らずちぎられていたのだ。ほかの書類に交じって写真の残骸が見つかった。侵入者の悪意が顕著にあらわれた被害はそれだけだった。犯人は、いったい何を探していたのだろうか。タブは困惑した頭をひねり、狙われるようなものがあったかどうかを思い出そうとした。泥棒がわざわざ盗みに入るようなものを、レックスは持っていただろうか。

電話に手を伸ばし、カーヴァーにかけようとして、警察署の電話が故障中だと言っていたのを思い出した。

時計の鐘が真夜中を告げる頃、カーヴァーが帰宅の準備をしているところへ、へとへとになったタブが取り乱した格好で現れた。

「やあ」カーヴァーが声をかけた。「喧嘩でもしたのか」

「喧嘩をしたのは別のやつですよ」と、タブは答えた。「カーヴァー、僕は家具を売りつけた店を訴えます。椅子はマホガニーだと言っていたのに、ただのマツだったんですからね」

「まあ座れ」と、カーヴァーが勧めた。「君は少々混乱しているようだ」そしてすぐさま訊いた。「まさか、また泥棒に入られたんじゃないだろうな」

タブが頷いた。

「さらに悪いことに、鉢合わせしてしまいました」と顔を歪め、フラットでの一部始終を報告した。

「これから行って被害状況を確認しよう。たいして役には立たんだろうがな」カーヴァーはゆっくりと言った。「そうか、犯人は君の写真を破ったのか。それは興味深いな」

「僕に恨みがあるってことでしょうね。だからね、カーヴァー、僕が怒らせたかもしれない人物をずっと考えているんですよ。ハリー・ボルターは服役中だし、ロー・ソーキは、僕の記憶が正しければ獄中で信仰に目覚めて、貧しい人々に布教活動をしているはずだ。僕を殺してやると脅した人間は、その二人しかいません」

「どちらでもないな」カーヴァーはきっぱりと言った。「もう一度話してくれ、タブ。君がドアを開けた瞬間から、一通り点検し終えるまでの状況をすべてだ。まず、フラットに入ったとき、ドアは閉めたのか」

「ええ」タブは驚いた顔をした。

「それから居間に行って椅子で殴られたわけだな。明かりはついていなかったのか」

「真っ暗でした」

「フラットの外の踊り場にも明かりはついていなかったのか」カーヴァーが熱心に訊いた。

「ついていませんでした」

「そして犯人は君のそばを通り過ぎて逃げ去った。殴り倒されても、それは覚えているんだな?」

「犯人が走り去ったのを覚えていますし、ドアが勢いよく閉まる音も聞きました」タブは考えながら答えた。

カーヴァーは吸い取り紙に、自分にしかわからない速記のような奇妙なメモを取っていた。

「なあタブ、よく考えてから答えてくれ。ランダーのトランクに、伯父に関する書類かなにか、間接的にでもトラスミアに関係するものは入っていなかったか。犯人は目的があって侵入したのだと思うんだ。君の部屋をあさったのは、あとから考えついたことだろう。その証拠に、君が帰宅したとき犯人は君の部屋にいた——つまり、あの部屋の物色は最後に回したということだ」

タブは懸命に、レックスとその持ち物を思い出してみた。

「だめです、何も思いつきません」

カーヴァーは頷き、「わかった」と言って立ち上がった。「じゃあ、君の部屋の被害状況を見に行くとするか。事件が起きたのは、いつだ?」

「三十分ほど前です。もう少し前かもしれません」タブは時計を見上げた。「そうだな、一時間近く前ですね。あなたに電話しようとしたんですが——」

「電話は故障中だ。いつだってそうだ」運命論者のカーヴァーが言った。「肝心なときにはいつも故障している。どうも、電話が故障したときは人員を倍増させたほうがよさそうだな」

警察署の外に出た二人の前にカーヴァーが呼んだタクシーが乗りつけたのと同時に、別のタクシーが猛スピードで現れて歩道に乗り上げて停まり、車内から男が転がり出てきた。やけにラフな服装で、上着の下からシャツの代わりにパジャマが覗いている。どうやらストットは慌てて服を着たようだ。こんなそそっかしい格好で外出したのは生まれて初めてだった。

カーヴァーの腕に倒れ込み、陸に打ち上げられた魚のように口をパクパクさせている。やっとのことで、甲高い声を絞り出した。

「やつらが戻ってきた! やつらが、また来ているんだ!」

第二十一章

ジョン・ストットは、トラスミア事件との関連で自分の名前が出たことで、社会的立場を損なうどころか、むしろ高めた結果になったことに満足していた。確かに、長いこと事件に関心を寄せていない新聞はストットが果たした役割も驚くべき発見も眼中にないようだったが、そんなものよりもっと大事な世論、ことに毎日〈トビーズ〉に集って高価なランチを食べながら語らい、そういう話題に多大な関心を寄せる人々のあいだでは、それまで個人的な友人やその使用人をはじめ、二十人前後のビジネスマンとその妻、妻の実家、実家の使用人とその家族だけが共有していた情報を、ストットが警察に提供したことが褒めそやされていたのだった。

「私の知るかぎり、事件は迷宮入りのようだ」ある日、〈トビーズ〉でストットは言った。「警察の捜査はお粗末きわまりない。警視総監からもその部下からも感謝の言葉一つないしな」

実のところストットは、感謝の言葉など期待してはいなかった。それどころか、長期の禁固刑になるのではないかと恐れ、玄関の呼び鈴が鳴るたびに、警察が令状を持って逮捕に来たのでは、と震え上がっていたのだ。自分を苦境に陥れたとして、家政婦のエリーヌを日に二度は解雇したり雇い直したりしていた。とにかく、司法から厳しいお咎めや有罪判決を受けることを心配していたストットは、感謝されようなどとは考えてもいなかった。

「カーヴァー警部に言ったんだ」と、ストットは言った。「カーヴァーというのは、まさに今の警察を代表するような想像力のない愚鈍な刑事なんだが――彼にこう言ってやったのさ。『私からこれ以上情報を引き出そうとしても無駄だ。そんなことをしても失望するだけだ』とね」

「カーヴァーは何と言ったんだね」熱心に耳を傾けていた一人が尋ねた。

ストットは幅広の肩をすくめた。

「カーヴァーが何を言えると思う?」ストットが謎かけのように問い返すと、とっさに答えられる者はいなかった。

「私の意見だがね」ストットはもったいぶって言った。「この事件を扱っているのがビジネスマンなら、今頃はとっくに犯人を捕まえて死刑にしているだろうさ!」

長いテーブル席を囲んでいたビジネスマンたちは、みな同意見だった。彼らは、砂糖を売って金を儲けたりマージンで資金を得たりする人間は、たとえ曖昧模糊とした事柄であっても、あらゆる問題に対処する能力を必然的に備えているという共通の信念を持っていた。行政が過ちを犯すたびに、きまって彼らは嘆かわしげに首を振り、もし同じ状況をビジネスマンが扱ったらどうなるか仮説を立て合うのだった。そして満場一致で、政府と各省庁はビジネスマンの必要条件の水準に達していない、という結論に行き着くのだ。

「警察は、せっかくのチャンスをみすみす逃したのだ」ストットは言った。「中国人と女が屋敷内に侵入して、私がやつらを引き留めていたとき――まあ、私が引き留めていたも同然だったのだよ――警察が迅速に駆けつけていれば、連中を逮捕できたんだ。それなのに、もう一息のところで逃亡を許してしまった。言いたくはないが、警察も入り込んでいるんじゃないかと思いたくなるね!」

「屋敷の中にか」間の抜けた男が訊いた。

「違う」ストットは、ぴしゃりと言った。「筋書きの中にだ！　とにかく、私はこの件から完全に手を洗わせてもらうよ」

実際ストットは、日に二回手を洗う習慣があった。昼食前と夕食後だ。そしてその晩は、落ち着き払った妻に対して、トラスミア事件だけでなくエリーヌの歯の件からも手を洗う、と宣言し、それが功を奏して、翌朝、エリーヌは痛む歯を抜いてもらうことをしぶしぶ承知した。

麻酔をかけられた影響で自分の秘密をペラペラ喋ってしまうことはないのか、しつこく確かめたあとでようやく納得したのだった。

ストットは十一時に寝室に上がり、風呂に入ってパジャマに着替えた。暑い晩だった――息が詰まるような暑さで、とても寝つけそうになかった。寝室のフランス窓を開け、小さなバルコニーに出て、スペースの半分を占めている籐椅子に座って風に当たった。妻はいつものように眠るためにベッドに行き、すでにその目的を果たしていた。しばらく誰もいない通りを静かに見つめていたが、やがて階下からシガーケースを持ってきた。

三十分ほど葉巻を楽しみながら、劇場から帰ってきたマンダー夫妻や、したたかに酔って帰宅した三軒先のトラミンがタクシー運転手と運賃で揉めているところや、〈フレミントン〉に住むパーサー老人の車が自宅に停まるのを眺めていた。そろそろ飽きてきて、葉巻も吸い終わりそうになった頃、通りの反対側の歩道を二人の男がこちらの方向へゆっくりと歩いてくるのが目に入った。人相まではわからなかった。興味を失って目を逸らそうとした矢先、二人は〈メイフィールド〉の門の中へ入っていった。

たちまち、ストットの警戒心が高まった。警官かもしれない――が、大声が聞こえてきた。

「言っとくがな、ウェリントン・ブラウンは、良き友にも悪しき敵にもなるんだぞ！」

ストットはもう少しで気を失いそうだった。ウェリントン・ブラウンだと！　似顔絵が新聞に載っていた、警察が捜している男だ！

もう一人が何か言ったが、その声はバルコニーまで届かなかった。

「俺は脅してるわけじゃない」ウェリントン・ブラウンの耳障りな声が言った。

二人は〈メイフィールド〉の玄関先の階段を上がって視界から消えた。

ストットは膝をガクガクさせながら立ち上がった。すぐに電話に駆け寄る。カーヴァーの番号は知っていた。警察に対するちょっとした不満を言うために何度かかけていたからだ。だが、カーヴァーの電話は故障中だった。返事はありません、と交換手の女性が言った。

警察の任務に協力するのは嫌で仕方がなかったはずなのに、ストットは寝室へ駆け戻ってパジャマの上からズボンをはき、震える指でボタンをはめた。ブーツを履く暇はなかったので寝室用のスリッパを引きずるように通りを歩きながらタクシーを探し、〈メイフィールド〉に侵入した謎の男たちが自分を殺そうと追ってくるのではないかと何度も振り返った。

かなりの時間歩いてようやくタクシーが捕まり、ストットは車内に転げ込んだ。

「中央署へ」喘ぐように言う。「早く！　十分で着いたら倍の料金を払う」

的外れなことを言っているのは自分でもわかっていた。遅いタクシーでも、この距離なら五分で着くはずだ。ストットは慌てて指示を間違えたのだった。

「やつらが戻ってきた」ストットはわなわなと震えながらカーヴァーの腕の中へ崩れ落ちた。

第二十二章

「どこに戻ってきたって？」カーヴァーがすかさず尋ねた。

「メイフィールドだ」ストットは、ごくりと喉を鳴らした。「男が二人いた！」

「二人の男がメイフィールドに入っていったんだな。いつのことだ」

「どのくらい前かわからない。とにかく見たんだ。一人はブラウンだ」

「ウェリントン・ブラウンか？　確かなのか」

「本人が話しているのを聞いた」ストットは興奮した声で言った。「裁判で宣誓したっていい。バルコニーで友人にもらった葉巻を吸っていて――モリソン・ゴールド社のモリソンという銘柄は知っているだろう――」

だがカーヴァーは急いで署内に駆け戻ったあとで、それからすぐに出てきた。

タブをタクシーに押し込み、運転手に行き先を指示した。

「鍵を取りに戻る必要があったんだ。それに――」カーヴァーが上着のポケットから何かを取り出し、タブはオートマチックの拳銃の弾倉がカチリとはまる音を聞いた。「あの男の妄想でなければ、今夜動きがありそうだぞ、タブ」

カーヴァーはタクシーの後部ガラスから後ろを確認した。もう一台のタクシーが、距離を置いてついてきている。

「手の空いているやつを全員連れてきた。ストットの座るスペースがあったかな。まあ、あいつは歩かせたっていいが」と、冷ややかに言った。

闇に包まれた〈メイフィールド〉の門の前でタクシーは停まった。まずカーヴァーが飛び出し、コンクリートの庭を突っ切って玄関前の階段を駆け上がり、すぐあとにタブが従った。懐中電灯で鍵穴を照らし、ドアを勢いよく開けたところへ二台目のタクシーが門のそばで停まり、五、六人の警察官がまちまちの身なりで降り立った。

玄関は真っ暗だったが、すぐに明かりをつけ、カーヴァーは居間へ走っていった。地下室へ続くドアが開いている。

「ほう！」カーヴァーが思案ありげな声を出した。

いったん戻って警官たちに指示を出してから、タブを連れて石段を下り、廊下を進んだ。地下室のドアには鍵が掛かっていて、部屋に明かりはついていなかった。カーヴァーはポケットから合鍵を取り出し――ウォルターズが辛抱強く作った鍵だ――錠を勢いよく開けた。親指でスイッチに触れたとたん、一気に地下室が明るく照らされた。

戸口で立ち止まって室内に目をやる。ウェリントン・ブラウンが、部屋の中央にうつ伏せに倒れていた。体の下から血が流れている。しかも驚くことに、テーブルの真ん中に地下室の鍵が載っているではないか！

カーヴァーは、その鍵を手に取った。間違いない。古い血痕がついている。無表情でタブを見た。

「これをどう思う、タブ」と、押し殺した声で訊く。

タブはそれには答えず、戸口を入ったところでじっと足元に視線を注いでいた。足のあいだに落ちていたものを見て言葉を失っていたのだ。屈んで拾い上げ、手のひらに載せた。

「またピンか！」カーヴァーが考え込んだ。「しかも、今度はドアの内側だ！」

屋敷内を徹底的に捜索したが、もう一人の男の姿はなかった。アーチ形の天井にまだ拳銃の硝煙が漂っていたので、警察が到着する直前に逃げたに違いない。

医師がやってきて遺体が搬送されると、タブは先ほどから考えていたことを口にした。

「カーヴァー、僕がばかでした」と、ぽつりと言った。「こうなることは防げたんです。僕が思い出してさえいれば……」

「何だって？」考え事をしていたカーヴァーが、われに返って訊いた。表情から見て、愉快な内容ではなかったようだ。

「あの鍵はレックスのトランクに入っていたんです。レックスが旅立つ前、トランクに鍵を入れた、とちらっと言っていたのを今思い出しました」

カーヴァーは頷いた。

「私もそうじゃないかと思っていた。テーブルの上の鍵を見たとき、二人とも同じ答えに行き着いたようだな。君のフラットに入った泥棒の件は、これで決まりだ。鍵を盗みに最初に侵入したときには下の階の住人の邪魔が入って、見つけられないまま逃げ出した。今夜、どうしても必要になってもう一度入り込み、鍵を手に入れた。そして——」そこで肩をすくめた。「鍵はどうやってテーブルの上に置かれたのだろうか。ドアには外から錠が掛かっていたのに、それを開ける鍵は室内にあった——それにまた新たなピンも……」後半は独り言のようだった。「二つ目のピンだ」

カーヴァーは立ち上がって体を伸ばすと、トラスミア老人の居間を行ったり来たりし始めた。「遺体以外、武器もない——そして新たなピンか」ぶつぶつと呟きながら考え込んだ。「とにかく、ウォルターズは容疑者から除外だな。この二件目の殺人が起きたからには、やつを疑う根拠がなくなった。むろん、自白した窃盗で逮捕はできるが——それだけだ。タブ、私は地下室へ行ってくる。一つ二つ確かめたいことがあるから、一人にしてくれ」

カーヴァーは三十分ほど席を外し、ずきずき頭が痛み始めていたタブは、戻ってきた彼を見てほっとした。

カーヴァーは何も言わずに、玄関の外に座っている警官のもとへ行った。

「私が一緒でないかぎり、誰も屋敷内に入れてはいかん」

そのあとでタブを車に乗せてダウティー街《ストリート》のフラットへ向かい、強盗の被害状況をチェックした。だが、荒らされた整理簞笥より破られた写真のほうに興味を抱いたようで、ちぎれた紙片を明かりにかざした。

「指紋はついていない。手袋をしていたようだな。私が期待していたのは——ああ、やっぱりあった」カーヴァーが破れた写真をつなぎ合わせると、顔の上に太くて黒いバツの印がつけられていた。

「思ったとおりだ」

「タブ、私が君なら、今夜はドアにしっかり閂《かんぬき》を掛けるよ。むやみに脅す気はないが、そうすべきだと思う。『黒服の男』は、どんなことだってやりかねない。銃は持ってるか」

タブが首を振ると、カーヴァーはポケットからオートマチックの拳銃を出してテーブルに置いた。

「私のを使うといい。いいか——今夜、このフラットか君の部屋に入ってくる人間がいたら、誰だろうと躊躇せずに撃つんだぞ」

「冗談がすぎますよ、カーヴァー」

「冗談がすぎるほうが、死ぬよりましだ」と、カーヴァーはぶっきらぼうに言い、戸惑うタブを残して去っていった。

第二十三章

印刷機の唸る音が、上階のオフィスで仕事をするタブのところまで届いた。〈メイフィールド〉で起きた謎の事件を報じる記事を印刷するため、すべての機械がフル稼働していて、建物が揺れるかと思うほどだった。一行一行、タブの書いた記事が活字になっていく。やがて印刷機が止まり、最後の一部が刷り上がるだろう。

ようやくタイプを打ち終えて紙を抜き出したタブは、椅子の背もたれに体を預けた。

カーヴァーの警告を、タブは真面目に取り合ってはいなかった。強盗の狙いが鍵だったと知って安心したのだ。敵意は自分ではなく、レックスに対するものだった。どういう敵意なのだろうか。トラスミアに実は親類縁者がほかにいて、レックスが全財産を相続するのはおかしいと感じているのかもしれない。自分の持ち物を物色したのは、レックスに関係するものを探したからだろう。写真を破ったのは――タブは苦笑して、「どうせ気に入らない写真だったんだ」と、独りごちた。

「写真って?」部屋に一人だけ残っていた記者が訊いた。

「考えを口に出してまとめているんですよ」と、タブはにっこりして言った。

遅番の記者はにやりとした。「同時に二つも事件に出くわすなんて、お前はツイてるよ。俺なんかこの新聞社に勤めて五年になるが、裁判になる前にもみ消された脅迫事件くらいしかお目にかかったことがない。その図面は何だ?」

「地下室と通路の見取り図を載せようかと思って」

「遺体は同じ場所で見つかったのか」興味深そうに記者が尋ねた。

「だいたい同じでした」

「鍵も?」

タブは頷いた。

「地下室に窓はあるのか」望みを託すように記者が質問した。

タブは首を左右に振った。

「殺人犯が虫でもなければ、ドアの鍵を開けずに地下室に入るのは無理だな」

そこへ主筆が入ってきた。記者の部屋に現れるのも珍しいが、十一時以降にオフィスにいるのも異例だった。事件の一報を受け、車を飛ばして戻ってきたのだ。白髪頭のがっしりした体格で、不思議なくらいに部下の言い訳を先回りして読むのが得意な彼は、メガフォン新聞社の司祭長でもあり、告白に耳を傾ける聴罪司祭でもあった。

「私の部屋へ来たまえ、ホランド」と言われ、タブはおとなしく従った。

「トラスミア殺しがそっくりそのまま再現されたらしいな」と、主筆が切りだした。「被害者のブラウンがこれまでどこにいたかはわかったのか」

「アヘン窟のような場所にいたのではないかと思います」と、タブは答えた。「イェー・リンが――」

「ゴールデン・ルーフの経営者だな?」すかさず主筆が尋ねた。

「そうです。そのイェー・リンが、ブラウンの居場所のヒントをくれました。ブラウンは重度のアヘン中毒者だったんです」

「二人の男が一緒に屋敷に入っていったと聞いたが、もう一人の男を見た者はいないのか」

「ストットだけです。ストットは恐怖のあまり二人の人相をほとんど覚えていませんし、もう一人の男が出ていくのを目撃した人間もいません。われわれが到着したときには、すでに逃げたあとでした」

「それと、テーブルの上にあった鍵だが――あれはどういうことだ」

タブは、お手上げだ、というしぐさをした。

「私にはわかっている」主筆は何かを考える顔で言った。「犯人が前もって巧妙に悪知恵をはたらかせて防御線を張ったのだ。よく考えてみたまえ」この推理に驚いた様子の部下を見て、彼は説明した。「トラスミアを殺し、おそらくブラウンも殺した犯人を有罪にするには、いったん地下室に入ってから再び部屋を出てドアの錠を掛け、テーブルに鍵を戻すのが可能であることを証明しなければならない――それを証明するのは至難の業だ」

犯人が最初から考えたうえで行ったというのは、タブにとって新たな見解だった。鍵の存在は、捕まらないよう入念に計画したというより、犯行の過程で自らの力を誇示するために思いつきでやったことだと思っていたのだ。

「カーヴァーが言うには――」

「カーヴァーの推理は知っている」主筆が口を挟んだ。「彼は、衝動的に殺人を犯してしまった犯人が、トラスミアが自殺したように見せかけるため拳銃を残していったと考えているのだろうが、犯人はもっと狡猾だ。もしそうなら、背後から撃ったりしないはずだからな。事実は違うんだ。昨日、弁護士とその話をしたら彼も同意した。二人の気の毒な被害者を殺した犯人は、自分の有罪につながる決定的証拠を残さない決意をしたのだ。その思惑どおり、外からドアの錠を掛けたあとで鍵がテーブルの上にどうやって載せられたかを証明しないかぎり、犯人の身は安全だ。そこでだ、ホランド」主筆は真剣な顔をした。「これは確かに難事件だ。最終的に犯人を司法の場に引っ張り出せなければ誰かが責任を取らされることになり、両方の事件を担当している君の友人のカーヴァーに白羽の矢が立つかもしれない。カーヴァーはいいやつだが、推理以上の情報を提供してくれないようなら、われわれも彼をこき下ろさなければならなくなる。そして君は、この事件に首を突っ込んでいる」――太い人差し指でタブの胸をつついた――「どっぷりとな！　私の見解では君は深入りしすぎている。警察の誤りを指摘するのが君の仕事で、その絶好のチャンスがあったというのに……。この殺人事件で特ダネがつかめなかったらどうなるかなどと言うつもりはない。脅したからといって、失敗しそうな人間がいきなり成功するとは思えんからな。それに、君のような優秀な人材を脅すなんてことはできない。だが、われわれはこの事件を解明しなければならないのだ」

「わかっています」と、タブは応えた。

「どうやって鍵がテーブルに置かれたかがわかれば、事件は解決する。それを忘れるな、ホランド。肝に銘じるんだ！　君の若い頭をフルに使って、その謎を解き明かしてくれ。そうすれば、すべての謎が解明されるはずだ」

カーヴァーがまだ〈メイフィールド〉にいるのはわかっていた。タブの部屋に入った強盗の被害状況を確認したあとで戻っていったからだ。オフィスから直接行ってみると、思ったとおり、カーヴァーはまだ屋敷内を捜索中だった。

「二つは違うピンだった」というのが、カーヴァーの第一声だった。きらきら光る二本の小さなピンが目の前のテーブルに置いてあり、ひと目見て、長さが違うのがわかった。

「犯人がミスを犯したのかもしれん。今回は意図的だったのだろうが、最初の殺人のときにはピンを落としたのを見逃した可能性が高い。それにしても、そもそもこのピンは何なんだ」カーヴァーは不機嫌な口調で言った。「タブ、地下室に行ってみよう」

金庫室のドアは開いていて明かりが灯っていた。タブは度胸があるほうだったが、室内に足を踏み入れ、床に広がる二人目の被害者の血痕を見て、ぶるっと身震いした。

「凶器は見つからなかった――犯人は自殺を偽装する気がなかったようだ」

タブがその点に関する主筆の意見を話すと、カーヴァーは感心したように耳を傾け、興味を示した。

「それは考えていなかったな。だが、たとえ硝煙の上るリボルバーを手にした犯人を廊下で発見したとしても、その男の犯行を立証するのはほとんど不可能に近いのは事実だ」

「だったら、事件は迷宮入りってことじゃないですか」

カーヴァーは黙り込んだ。

「そうは思っていない」と、ようやく口を開いた。「が、難しいのは確かだ。そいつに指紋はついていないぞ」棚の上に置かれた光沢のある黒い箱を探るような目つきで見ているタブに気づいて、カーヴァーが言った。「謎の『黒服の男』は手袋をしていたんだ。それはそうと、万が一犯人が戻ってきたときのために一日、二日、警官を見張りに置いておくつもりだ。望みは薄いがな」

明かりを消し、地下室のドアの鍵を閉めて居間へ戻った。

「これでフェリングが犯人という線は消えた。それは前にも言ったよな」と、カーヴァーが言った。

「一〇〇パーセント、やつは無実だ。二度目の殺人が起きたときは逮捕されていたんだからな。はからずも……」——カーヴァーは渋い顔をした——「ブラウンの線も消えてしまった！　こうなると、残った関係者は君と私の二人だけになりそうだな、タブ」
「僕も今、そう思っていたところです」と、タブは思わず頬を緩めた。
翌朝タブが目覚めると、郵便受けに分厚い手紙が入っていた。消印はなく直接入れられたようで、上書きの筆跡に見覚えがあったタブは、驚きの声を漏らして封を開けた。パレルモ、〈ホテル・ヴィラ〉と書かれたその手紙は、レックスからのものだった。

タブへ。
旅にも飽きたので、帰国しようと思う。ダウティー街《ストリート》よ、こんにちは、だ！　イタリアの郵便事情は不安定で、つい最近も郵便局員が手紙の中身をくすねたというぞっとする話を聞いたので、ナポリに来るときに乗り、今日出航するパラカ号のスチュワードに頼んで、イギリスに着き次第、この手紙を君に届けてもらうことにした。貴重な品を同封する。ローマの小さな店で見つけたものだ。犯罪や犯罪者に関心のある君なら、きっと喜んでくれると思う。正真正銘、イタリアの政治家チェーザレ・ボルジアが所有していたスカラベ・リングだ。ちゃんと長ったらしい保証書もあって
……

タブは読むのを中断して封筒から取り出したリングをまじまじと見た。彼の小指よりも小さいサイズだが、純粋なトルコ石をコガネムシの形に彫った美しい代物だ。

「スチュワードにチップは不要だ」と、手紙は続いた。

僕は金持ちらしく大盤振る舞いをしていて、彼にも生活が成り立つくらい充分な金を渡してある。帰ってからどうするかはまだわからないが、殺人のあったジェシー伯父の家に行かないのだけは確かだ。君が受け入れてくれないとしたら、おそらくロンドン一贅沢なホテルに住むことになるだろう。なかなか手紙を書けなくて申し訳なかったが、便りのないのはよい便り、ということで許してくれ。

レックスより

追伸もあった。

予定は変更になる可能性もあるが、水曜に高速船が寄港したら真っすぐイギリスに向かうつもりだ。いつまで待っても連絡がなかったら、気が変わったのだと思ってくれ。パレルモには美人が多いからね。

さらに追伸があった。

帰国した晩、夕食を共にしよう。六十九インチの脳みそを持った君の友達、カーヴァーも招待するよ。

タブはにやりとし、リングと手紙を机の中にしまって、レックスをダウティー街に戻るよう勧めるかどうか真剣に考えた。時折、レックスがとても恋しくなることがあるのは事実だった。どうやらウルスラに対する失恋からは立ち直っているようだ。そうでなければ、パレルモの美人の話は出てこないだろう。

その日の午後、ウルスラとお茶を飲む約束をしていたのだが、その約束を守れるかどうか怪しい状況にあった。二件目の殺人事件の記事の執筆が難航していて、カーヴァーと交わした、秘密を守る取り決めをタブは後悔し始めていた。

そこで、カーヴァーと会ったときに、そのことについて率直に話してみた。カーヴァーはタブの思いを理解してくれた。

「もう隠し立てする必要はない――君が望むなら、全部記事にしてくれてかまわんよ、タブ――ただし、新たに見つかったピンの件は伏せてくれ」

タブは小躍りした。これまでずっと、事件のぼんやりした概略しか記事にできなかったが、報道制限が解除されれば、仕事は劇的にやりやすくなる。おかげで、約束どおりウルスラと会う時間をつくることができた。

ウルスラはタブに会えたのを喜んでくれた。彼女が泊まっている〈セントラル・ホテル〉の部屋の居間に入っていくと、ウルスラはいきなり両手を差し出してタブの手を握った。

「かわいそうに、働きづめなんですね！　一週間眠っていないみたいな顔をなさって」

「本当にそんな気分です」タブはしょげた表情で言った。「でも、あなたといるときに僕があくびをしたら、カップを投げつけてください——高価なカップでなくていいですから——その辺の安い瀬戸物で充分です」

「もちろん、新たに起きた殺人事件について調べていらっしゃるんでしょう？」ウルスラはせっせとお茶の支度をしながら尋ねた。「恐ろしいわ。ブラウンって人、警察が捜していた人物ですよね。イェー・リンが話していた人じゃありません？」

タブは頷いた。

「気の毒に」ウルスラは声を落として言った。「その人も中国から来たっておっしゃってましたね。覚えていますわ。それに、ウォルターズも捕まったとか。私は、彼が犯人だと思ったことはありません。あの人を好きではありませんけど。一度会ったとき、本能的に嫌悪感を抱いたんです。でも、トラスミアさんを殺すとはどうしても思えないわ」

ウルスラは、ほっとできる別の話題にすぐに話を転換した。

「舞台に復帰しないかと誘われているんですけど、私にはまったくその気はないんです。本当は舞台が嫌いだと言ったら、信じていただけます？　私にとっては嫌な思い出に満ちた場所ですから」

急に、タブはあることを思いついた。

「今朝、レックスから手紙が届きました。近々帰国するそうです。あなたのところには連絡がありましたか」

首を横に振ったウルスラの瞳に憂いの色が浮かんだ。

「例の手紙以降は何も。本当に申し訳ないと思っています」

「そんなふうに考える必要はありませんよ」タブは微笑んだ。「レックスはすっかり立ち直っていると思います。それに、美しい女優に恋するのは若者の特権ですからね」

「老人のようなことをおっしゃるのね」ウルスラの目が笑っていた。「長老ぶるあなたは、あまり楽しくありませんわ。ご自分は、そういう失恋経験を避けていらしたの？」

「女優に恋をすることですか」と、タブが言った。「ええ、ある程度までは」

「ある程度とおっしゃいますと？」

「『程度』というのは違いますね」タブは言葉を選びながら言った。「ある時までは、と言うべきでした」

一瞬、ウルスラとタブの視線が合い、ウルスラが目を伏せた。

「私だったら、例外はつくらないと思います」と、小さな声で言った。「人を愛するのは、大変な厄介ごとですもの」

「そう思われますか」タブはよそよそしい口調で訊いた。

「ええ、そう思います」と答えてから、ウルスラはすぐに続けた。「ランダーさんは、これからどうなさるおつもりなんですか。今や彼は大金持ちです。おかしな話ですけど、私はトラスミアさんが全財産を彼に遺すとは夢にも思っていませんでした。だって事あるごとに、ランダーさんは怠け者だと文句を言っていらしたんですよ。きっと、まさかこんなふうに亡くなるとは思わないから準備をしていらっしゃらなくて、血縁ということでランダーさんが相続なさったのね。彼はトラスミアさんに最も近い近親者なんでしょう？」

「そうだと思います。でも、トラスミア老人は、レックスに全財産を譲る、という自筆の遺言書を書いていていました」

ガシャンという大きな音がして、タブは床に落ちて割れたカップを呆然と見つめ、それから驚いてウルスラを見上げた。彼女は体をこわばらせて立ち尽くし、真っ青な顔をしてタブを凝視していた。

「何ておっしゃいました？」と、虚ろな声で言う。

「え？」タブは戸惑った。「レックスが財産を相続するってことですか。それはご存じだったでしょう」

ウルスラは唇を堅く結んだ。「なんてこと！」と、かすれ声で言う。「そんな恐ろしいことが！」

タブはすぐさまウルスラに寄り添い、彼女の体に腕を回した。「どうしたんです、ウルスラ」と、心配そうに尋ねた。「具合でも悪いんですか」

ウルスラは首を振った。

「いいえ、ショックを受けたんです。あることを思い出して……。すみませんが、ちょっと失礼してもいいですか」

ウルスラは素早くタブの手から離れて部屋を出ていき、タブは複雑な思いを抱えて取り残された。たっぷり十五分待ったところへ、ようやくウルスラが戻ってきた。まだ青ざめているが、落ち着きを取り戻し、謝罪の言葉を口にした。

「実を言うと」と、弱々しい笑みを浮かべた。「私、神経がまいっているんです」

「僕が口にした何があなたを動揺させたんですか」

「わかりません……遺言書の話をなさって……それで思い出したんです」と、早口で答えた。

「ウルスラ、本当のことを話してください。僕がうっかり言ったことが、あなたを驚愕させたんだ。それは何だったんですか」

ウルスラは首を横に振った。

「本当のことをお話ししていますわ、タブ」気が動転している彼女は、いつの間にか敬称をつけるのを忘れていた。

タブが顔を赤らめたので、ウルスラもそのことに気づいた。

「タブとお呼びすべきではありませんでしたね」と、どこかちぐはぐな言葉を口にした。「でも、女優というのは大胆でずうずうしい生き物なんです。あなたも、豊富なご経験からそれはご存じでしょう。そう、初めてお会いしたときから、『タブ』とお呼びしていていればよかったんですわ。そして今、あなたは……私が動転したのはどうしてなのかを説明するまで帰らない、とおっしゃろうとしていますね。しかも、神経がまいっているという説明を受け入れようとはなさらない。このままでは、ずっと押し問答が続くことになってしまうと思います。明日、あらためて会いにいらしてくださいーータブ」

タブはウルスラの手を取り、その手に口づけをしたが、自分でもわざとらしくてぎくしゃくしている気がした。

「本当にお優しいのね」と、ウルスラが静かに言った。

彼女の部屋を出たタブは、驚くほど幸福な気分に包まれていた。

第二十四章

イェー・リンの新しい家は、朱色に塗られた扉の左側に「光宗耀祖《クアンツォンヤオツゥ》」という、年配の中国人にとってはまさに道徳を象徴する言葉が書かれた銘板がはめ込まれたレンガの壁があった。簡単に訳せば「祖先の名誉のためにも出世せよ」となる。

西洋の文明に造詣が深いイェー・リンだったが、いつの日か朱色の扉の向こうにある聖廟の前で広い袖の中に両手を隠して立ち、古くからのしきたりに添って金紙を燃やして祖先の廟に祈りを捧げ、重要な行いをする際の承認を得たいと願っていた。

イェー・リンは上のテラスと下のテラスをつなぐ、段差が低くだだっ広い階段に腰かけ、二つ目のコンクリートの柱を造るために技師たちが準備している旧式の装置を眺めていた。建設予定地の周囲には底の抜けた桶がいくつもちょうつがいでつながれ、囚人の足首にはめる足かせのように口を開けていた。鋼のブラケットでそれぞれの桶が固定されて、長い円柱型の木型を形成するのだ。一つ目の桶は所定の場所にすでに設置されており、中央から錆びた棒が突き出て不規則に垂れ下がっていた――柱の中心となる鋼心だ。呆れるほど高く組まれた足場の上には巨大なタンクがあり、木製のパイプで円柱とつながっている。一日中、手回しの滑車で延々とバケツリレーが続けられ、タンクにセメントが上げられていく仕組みだった。

「原始的だな」と、イェー・リンは呟いた。だがその口調は、原始的な物も方式も好きだ、と言っているようだった。

パイプから円柱に流れ込んだ液状のセメントを均一にならす作業に、二人の労働者が精を出していた。このあと二つ目の木枠をつないでその中にセメントを入れ、それを繰り返してしだいに柱が高くなっていくのだ。コンクリートが固まれば、桶をつないでいるブラケットがはじけ飛び、つながれていた桶が緩んで外れる。そうしてできた〈楽しき思い出〉の柱を鑿《のみ》で削って磨き上げ、てっぺんに獅子をあしらって、オベリスクはもう一つの柱と対になるのだ。

イェー・リンは、タンクと狭い踏板を支える貧弱な足場を見上げ、西洋の建築法をいくつ破っているだろうか、と思った。二つ目の桶が灰色のコンクリートで縁までいっぱいになり、三つ目と四つ目にセメントが入れられていた。その作業を、イェー・リンは小さな歯のあいだに葉巻を挟んで階段の上から見守った。桶をつなげた木型の中から作業員たちが階段を伝って下りてくるのが見え、イェー・リンはちらりと太陽を見てから立ち上がった。

青い作業着を着た中国人が、滑稽なほどパタパタと扇子を動かしながらイェー・リンに駆け寄ってきた。

「イェー・リン、セメントが固まるのに四日ほど待たなければなりません。明日はテラスの壁を補強します」

「いい仕事ぶりだ」と、イェー・リンは言った。

「あなたの考えは間違っていると思っていました」と、建築業者が言った。「どう見ても金の無駄のような気がしたんです。でも結局は、『君子、人の己を知らざるを患《うれ》えず』でしたね」

「過ちて改めざる、これを過ちと言う」相手と同じように、イェー・リンも孔子の言葉を引用して応えた。

現場で寝泊まりしている作業員たちの焚《た》く火を見ながら、イェー・リンはその場をあとにし、大量生産の証とも言える大きなエンジン音をたてて車道に停まっていた黒の小型車に乗り込んだ。しばらく発進せずにハンドルを握って俯《うつむ》いたまま、じっと考え込んでいた。一度、建設中の柱に思うところありげに目をやった。何やら、この柱に関係のあることを考えているかのようだった。しだいに辺りが暗くなってきて、イェー・リンはようやくアクセルを踏み、薄暮の中へ走り出していった。

レストラン横の出入り口で車を降り、中へ入る。

「ご婦人が六号室でお待ちです」と、使用人が報告した。「旦那様にお目にかかりたいそうです」

どのご婦人か訊く必要はなかった。六号室に入ることのできる女性は一人しかいない。埃まみれのまま部屋へ行くと、ウルスラが料理に手をつけずに座っていた。

顔色が悪く、目の下に隈《くま》ができている。

イェー・リンが部屋に入るやいなや、ウルスラがぱっと顔を上げた。

「イェー・リン、屋敷で見つけた書類は全部読みましたか」

「一部は読みました」イェー・リンは慎重に答えた。

「この前の晩は全部読んだとおっしゃったじゃないですか」非難するような口調だ。「あれは嘘だったんですね！」

イェー・リンはしぐさで肯定した。

「なにしろ数が多いものですから」と、言い訳する。「それに、中にはとても難しいものありまして。お嬢さん、どれだけたくさんあるか、おわかりになっていないようですね――」

「私に関するものはありましたか」と、ウルスラが訊いた。

「あなたに関する記述もありました。ほとんどは日記のようなもので……一つ一つ繙く作業はなかなか大変なのです……」

イェー・リンが答えをはぐらかせているのに、ウルスラは感づいていた。

「私の父か母に関することは書かれていましたか」あえて直接質問をぶつけてみた。

「いいえ」と言ったイェー・リンの顔を、ウルスラは暗いまなざしで探るように見た。

「イェー・リン、あなたは本当のことをお話しになっていません」ウルスラは低く呟いた。「もし真実を話したら……私が本当のことを知ったら、傷つくと思っていらっしゃるのですね。そうなんでしょう？　私を傷つけたくなくて、嘘をついているんじゃありませんか？」

責めたてられても、イェー・リンは一向に動じた様子を見せなかった。

「そうおっしゃられても、読んでいない書類や読めない書類に書かれていたことはわかりかねます。そもそも彼はいろいろなことを思いつくままに書いているので、一つの話題だけ抜き出すのは無理なのです。あなたを騙したりはしません。シー・ソーはあなたについて書いていました。この世でただ一人信用できる人だ、と」

ウルスラは驚いた顔をした。

「私が？　でも……」

「ほかにも書いてありました……私は少々当惑していましてね。簡単には判断できないのです。いつの日か、すべてを翻訳してあなたにお伝えしなければなりません。それはわかっているのですが、どうも……どうするのが最善なのか悩んでいるのです。中国には、優柔不断に関する表現があります。言葉どおり訳すと『逆流に揉まれる藁《わら》』です――あっちへ行ったかと思うとこっちへ引き戻される。今の私の心が、まさにそうです。シー・ソー――すなわちトラスミア――には大きな借りがあります……今となっては、どうやって返せばいいのか……。気難しい人でしたが、われわれの交わした約束は、捺印された公文書よりも絶対なのです。かつて私は、彼の一族のために尽くすことを約束しました。だから今、悩ましい問題を抱えていて、その約束が……」

感情が高ぶり、うまく英語が出てこなかった。顔が赤黒く染まり、こめかみに血管が浮き出すのを見て、ウルスラはイェー・リンが気の毒になった。

「わかりました、イェー・リン」ウルスラはなだめるように言った。「あなたが私の友人なのはよく知っています」

ウルスラは片手を差し出したが、とっさに思い出してその手を引っ込め、もう片方の自分の手を握って愉快そうに笑いながら振ってみせた。

イェー・リンもにっこりして同じようにした。

「中国の慣習なのです」と、イェー・リンは言った。「でも衛生的な観点から言えば、理に適っているのですよ。お許しくださいますか、アードファーンさん」

「もちろんです」と、ウルスラは頷いた。「なんだか急にお腹がすいてきました――温かいお食事をいただけます？――もう、これは冷めてしまったので」

ウルスラが言い終わらないうちに、イェー・リンは部屋を出ていった。いつものように、ウルスラが店を出るときイェー・リンは戸口に姿を現さなかった。ウルスラとしては来てほしかったが、来られない事情があったのだ。そのときイェー・リンは店の外で待っていて、ウルスラは気づかなかったが、角を曲がった彼女のすぐ近くで見張っていたのである。

第二十五章

レックスが帰ってきた！　波止場で出された電報が届いてからわずか三十分後、ドンドンと勢いよくドアをノックする音と、しつこくベルを鳴らす音で誰が来たかを察知したタブは、ドアを開けるやいなや、旅から戻ったレックスの手を握った。

「やれやれ、やっと帰ってきた」椅子にどっかりと腰を下ろし帽子で仰ぎながら、レックスは心からくつろいだように言った。前より細くなり、少しやつれて見えるが、頬は血色がよく目が輝いている。

「泊めてもらうからな。このフラットに空いているベッドがあるかぎり、ホテルになんか行くもんか。それに、君に将来の計画も聞いてもらいたいんだ」

「夢物語を語る前に」と、タブが言った。「まず薄汚い現実の話をしなくちゃならない。君の部屋に強盗が入ったんだよ！」

「強盗だって？」レックスは怪訝そうな声を出した。「どういう意味だ、タブ。盗まれるようなものは何も置いていかなかったぜ」

「部屋に残していった二つのトランクが、君に悪意を持つ何者かによって全部ひっくり返されて念入りに調べられたんだ」

「なんてこった！　犯人は鍵を見つけたのか？　上陸したとき、二件目の殺人事件の記事を目にしたけど」

「本当にトランクに鍵が入っていたのかい?」

レックスは頷いた。

「箱に入れておいた――スライド式の蓋がついた小さな木箱の中だ。箱は二つあって、確かそれぞれのトランクに一つずつ入っていたと思う」

「それが犯人の狙いだったんだな。なぜ僕に危害を加えたのかは説明が難しいが」

タブはレックスに二度目の強盗事件のことを話し、レックスは熱心に耳を傾けた。

「僕は、お楽しみをすべて逃してしまったんだな」聞き終わると、レックスはぼやいた。「じゃあ、ブラウンが被害者だったわけか。みんなブラウンを犯人だと思っていたのに。それでカーヴァーは――彼は何て言っているんだい?」

「当惑しているようだが、本当のところどう思っているのかはわからない」

レックスはしきりに何かを考え込んでいた。

「あの金庫室をレンガで埋めるつもりだ」やがて彼は言った。「船の上で決心した。どうせ、あんな忌まわしい物件を買いたい人間はいないだろうから、何年かは僕が所有しなければならないと思う。でも、ちゃんと管理して、二度あることは三度ある、なんてことには絶対にしないよ」

「ドアを取り払うっていうのはどうだ」と、タブが提案したが、レックスは首を振った。

「地下室が観光名所になったりしたら嫌だからね」と、冷静に言った。「それに、それだと高く売れなそうだ。僕としては、家を解体して新たに建て直したい。基礎から掘り起こしてすっかり新しくするんだ。たとえそうしたとしても、自分で住むつもりはないけどね。哀れなジェシー伯父さんの血が地面から湧き上がって、屋敷内のどこにいてもつきまとわれるだろう。あの家は呪われている」レックスは真面目くさった顔をして続けた。「あそこには悪霊が巣くっていて、無垢な人間をおぞましい犯罪に駆り立てる気がする」

　タブは驚いてレックスを見つめた。

「ベイブ、今日はずいぶん詩的だな。イタリアの影響かな」

　きまりが悪くなったときの癖で、レックスの顔が赤くなった。

「あの家には思い入れがあるからね」と、ぶっきらぼうに言ったレックスの様子を見て、気分を害したのだとわかった。が、レックスの不機嫌は長くは続かなかった。航海でのことや、旅先で目にした面白い場所の話をしたあと、訊いた。「指輪は届いたかい？」

「ああ、レックス、ありがとう。素晴らしい品だ」と、タブは答えた。「ずいぶん高かったんじゃないのか」

「それほどでもないさ」レックスは無造作に言った。「近頃、金持ちの考え方が身についてしまってね。自分でも時々ぞっとするよ」

　二人は、レックスがとりあえずどうするかについて話し合いを始め、タブはなんとかホテルに行くよう説得に成功した。これには理由があった。レックスの怠惰な性格を知っているタブは、一度腰を落ち着けてしまったら、フラットから出ていかなくなるだろうと思ったのだ。

　レックスは二件目の悲劇についてやたらと知りたがり、タブにいくつも質問をぶつけた。

「うん、やっぱりあの場所はレンガでふさぐべきだな。すぐに建設業者に依頼しよう。どうしても僕を放り出すのなら、ちょくちょく訪ねてきて一緒に食事をしてくれよ」

翌日、レックスはトランクを引き取りに使いをよこし、カーヴァーを訪ねた。あとでタブが聞いた話では、レックスの依頼で地下室の書類保管箱をはじめ、動かせるものを作業員たちがすべて運び出し、この不吉な部屋を壁でふさぐ準備を着々と進めているとのことだった。

思いもよらない趣味に夢中になるのは、いかにもレックスらしかった。次にカーヴァーに会ったとき、レックスが業者の仕事場に頻繁に足を運んで新しい家のプランを詳細に練り、モルタル作りやレンガ積みの技術にまで関心を示していることを聞かされた。

「たぶん」と、タブは言った。「レックスは退屈を持て余しているんですよ。発作のようなものです。三年前、伯父さんに反発して偉大な犯罪記者になろうと決心したときだって、『メガフォン』紙の資料室に入り浸りになったあげく、編集長にクビにされたんです。本が必要なら必ずレックスがそれを持っていたし、忘れ去られた古い事件を調べようと思ったら、ものすごい数の切り抜きの中にいつもレックスがいました。今回の発作も三週間もすれば治まって、そのうち大きなハンモックとベッドを買って、その二つを行ったり来たりする生活になりますよ！」

タブは一週間、ウルスラに会っていなかった。劇場に立った最後の晩に倒れたことを思い出し、少々心配になって一度手紙を書いたが、心強い、軽口とも取れるメッセージが〈ストーン・コテージ〉から届いた。

ここに戻ってきてから、軍経験があり武器の使い方も心得ている、年は取っていても元気な執事のおかげで、『黒服の男』の脅威からは守られています。遅咲きのバラが花を開きました――見にいらっしゃいませんか。見事ですよ。イェー・リンの〈平和の寺院〉は輝くような赤い瓦屋根で覆われ、村人たちは、小柄で風変りな作業員たちが近所からいなくなりそうなのでほっとしています。

昨日車で行ってみたら、イェー・リンが巨大な樽のようなものの仕上げを厳かに見守っていました。二本目の柱をつくるための型だそうです。〈楽しき思い出〉とかいう名の柱で、なんと――この私に捧げられたものなんですって！　わくわくする話でしょう！　私が息子さんに行ったささいな奉仕を、こんなに長い年月イェー・リンが覚えていてくれたなんて信じられません。それに、ここ数年、定期的にイェー・リンのレストランで食事をしていたので（今週もしました）何度も彼に会っていたというのに、昔のことをまったく口にしなかったのは不思議だと思いませんか。ちょっと気味が悪いくらいですよね。

今、射撃を習っています。話があちこち飛んでしまってごめんなさい。執事（なんて大仰な響きかしら！）にしつこく勧められて、家の裏にある草地で毎日練習しているのです。リボルバーがこんなに重くて、引き金を引くとあんなにも強い衝撃が走って、あれほど大きな音をたてるなんて知りませんでした！　初日の練習では死ぬかと思うほど恐ろしい思いをしましたが、今ではすっかり慣れて、ターナーが言うには、私は射撃の名手になるだろうとのことです。

こちらにおいでになれば、退屈なさることはありません。本当のことを言うと、ターナーがアーチェリーを教えてくれればいいのに、と思っています。アーチェリーのほうがずっと優雅で女性らしいですもの。拳銃を発射するたびに、手が真っ黒になります――それにヒリヒリ痛むんですよ！

タブは何度も手紙を読み返してから、ハートフォード街道に向かった。途中、イェー・リンが敷地内に建立した記念柱を見に寄ってみた。イェー・リンの家は、印象的なだけでなくとても美しい外観を呈しており、タブは感心して見惚れた。庭園はすでに完成し、広く黄色い道の片側に一本の柱がそびえ立つ一風変わった背景の中に収まった屋敷の輪郭は、ほかでは見られない珍しい形だ。それら全体が一枚の絵のように、見る者の目を惹きつけた。

まだ作業員は残っていて、しばらくしてタブは、上の階から幅広い短い階段を下りてくるイェー・リンの姿を見つけた。

最初わからなかったのも無理はない。イェー・リンは、作業員と同じ青の上下を着ていたのだ。タブに気がつくと、真っすぐ歩み寄ってきた。

「ほぼ完成ですね」挨拶代わりに微笑んでタブは言った。「おめでとうございます、イェー・リン」

「美しいでしょう」重々しく、教養の感じられる口調でイェー・リンは応えた。「中国から最高の建築家を呼び寄せ、金も出し惜しみしませんでしたから。いつか家の中も見にいらしてください」

「今は、何の作業をしているんですか」と、タブは尋ねた。

「二、三日中に二本目の柱を造ります。それで作業は完了です。私が未開人の心を持っていると思っていらっしゃるんじゃありませんか」めったに笑わないイェー・リンの血色の悪い唇が、一瞬緩んだ。

「この柱がその証拠だと?」

「そんなことは言いません――」と、タブは言いかけた。

「あなたは礼儀正しい方ですものね、ホランドさん。私たちはただ、違った角度から物事を見ているのですよ。私に言わせれば、あなたがたの教会の尖塔はばかげている！　どうして、敬虔さを誇示するために、建物の上に大きく尖った石を突き出させる必要があるのです？」

作業着のポケットから金のシガレットケースを取り出し、タブに一本勧めた。そして自分でも煙草に火をつけ、深く吸い込むと、風のない静かな空気の中に青い煙を吐き出した。

「私の〈楽しき思い出〉の柱は、キリスト教の尖塔やステンドグラスより重要な意味を持っています。あなたがたの戦争記念碑の十字架と同じように、形のない心を表した有形《コンクリート》の——文字どおりコンクリート製ですがね！——シンボルなのです」

「あなたは道教信者なのですか」興味を引かれたタブが尋ねると、イェー・リンは肩をすくめた。

「私は、神を信じています。定義を超えた『X』という存在、と言ったほうがいいでしょう。教会や宗派といったあらゆる種類の宗教は専売業者のようなものです。神とは、山肌を流れ落ち、小川や河川を満たす水です。そこへ醜い瓶や美しい瓶を持った人間たちが水を汲みにやってきて、『あなたの渇きを癒やせるのは、この水だけです』と言って瓶を売るのです。確かに渇きを癒やすことはできるでしょうが、瓶の中の水は香りも味も抜けて新鮮さを失っていることが多く、小川のそばにひざまずいて直接手ですくって飲むほうが、だんぜん美味しく味わえます。中国では、霊的な言葉とともに水を瓶に入れシナモンやスパイスで味つけしますが、この国では、水そのものに敬意を払わずに瓶に詰め、瓶の形にばかり注目します。私は常に小川に足を運ぶことにしているのです」

「あなたは不思議な人ですね」タブは物珍しそうに相手をしげしげと見た。

イェー・リンはしばらく黙っていたが、やがて訊いた。

「ブラウン事件について、新たな情報は？」

「ありません。ブラウンはずっと、どこにいたのですか」

「アヘン吸引所です」イェー・リンはためらいなく答えた。「出資者であるトラスミアさんの要望で、私がそこへ連れていきました。彼を困らせに来たブラウンが面倒を起こさないよう見張ってくれと頼まれたのです。アヘン中毒者は、時々正気に戻ってアヘンを吸いたくなくなることがあります。ブラウンも急にそういう衝動に駆られ、私が止める前に、そして吸引所の人間が知らせに来る前に出ていったのでしょう。私が捜したときには姿をくらませてしまっていて、次に消息を知ったのは、彼が死んだという新聞記事によってでした」

タブは考え込んだ。

「ブラウンに友人はいたのでしょうか。あなたは、中国で彼と知り合いだったのですか」

イェー・リンは頷いた。

「ブラウンに恨みを抱いている人間はいませんでしたか――あるいは、トラスミアさんに対してとか」

「大勢います」と、イェー・リンは答えた。「私だって、ブラウンを嫌っていた一人です」

「あなた以外には？」

イェー・リンは首を横に振った。

「つまり、犯人にまったく心当たりがないのですね」

イェー・リンの謎めいた視線が、再びタブの目と合った。

「心当たりならあります」彼はゆっくりと言った。「私は犯人を知っています。その気になれば、簡単に捕まえることができます」

第二十六章

タブは息をのんだ。

「冗談ですよね」

「冗談ではありません」イェー・リンの口調はあくまで落ち着いている。「私は犯人を知っています。何度も手が届くところまでいきました」

「中国人ですか」

「何度も手が届くところまでいったとしか申し上げられません」と、イェー・リンは繰り返した。「ただ、私には彼を裏切ることができない理由があるのです。同時に、彼を殺す理由もたくさんあります」と、最後の言葉を思案ありげに口にした。「アードファーンさんにお会いになるのですか」イェー・リンは唐突に話題を変えた。「だったら、午後は避けたほうがいい。もし、どうしても午後いらっしゃるなら、家の正面から近づいてください。アードファーンさんはリボルバーの射撃訓練中で、下の草地から家を見張っていた私の部下が、すんでのところで命拾いしたことが何度かありますから」

タブは笑って手を差し出した。

「あなたは本当に不思議な方だ。どう理解すればいいのかわかりません」

「私の東洋的な謎でしょうね」イェー・リンは穏やかに言った。「こんな一節があります。『道は暗く、謎に満ち――』。この詩はご存じでしょう?」

イェー・リンが冗談めかしてタブを笑い、タブは愉快な気分のままその場をあとにした。だが殺人犯の話をしたとき、イェー・リンは真剣だった。それだけは間違いない、とタブは確信していた。

〈ストーン・コテージ〉のかなり手前からウルスラの姿が見えた。彼女は門に面した道路の真ん中に立ち、タブに向かって手を振っていた。華奢《きゃしゃ》な体にグレーの服をまとい、大きなガーデンハットで紅潮した顔は隠れている。

「私、もう射撃の名手になったんですよ」自転車から跳び下りたタブに、ウルスラは陽気に話しかけた。「あなたの驚く顔が見たくて、こちらを狙って遠くから撃ってみようかと思ったくらい」

「そうしないでくれてよかった。あなたの射撃の腕前に関するイェー・リンの評価が正しければですがね」と言いながら、タブはウルスラの手を取って脇に抱えた。

「イェー・リンにお会いになったの? 彼は私の射撃技術をけなしたんですか?」

「あなたは、人だけでなく、この敷地内にある物すべてにとって危険人物だと言っていました」と、タブが真面目くさって言うと、ウルスラが噴き出した。

「両手を使ったほうが、自転車をうまく押せますよ」と言って、ウルスラは手を引っ込めた。「ヘリオトロープを見ていただきたいの。あの花は、庭に単独で咲かせないといけないんです。そうでないと、ほかの花をすべて殺してしまうんですよ。よくここへいらっしゃる時間をつくれましたね」ウルスラの声の調子が変わった。「とてもお忙しいんじゃありません?」

タブは首を振った。

「忙しく仕事をしろ、と命じられてはいますけどね」と、苦い顔で言った。

「二件目の殺人に関してですか」

「僕は警察を出し抜くわけにはいかないし、今のところカーヴァーは諦めムードなんですよ。といっても、彼は本音を明かさないので、本当のところはわかりませんが」

「何の手がかりも見つかっていないんですか」

タブは躊躇した。見つかった真新しいピンの件は口外しないようカーヴァーに念を押されたが、おそらくそれは、記事に載せるなという意味だろう。

「唯一の手がかりは」大きなカエデの木の下でウルスラの隣に座りながら、タブは話した。「われわれが発見した真新しい二本のピンです。一つは最初の殺人事件のあと廊下で見つかり、もう一つは、二件目の事件後、地下室に入ったところで見つかりました。両方ともわずかに曲がっていました」

ウルスラは考え深げにタブを見つめた。

「二本のピン……」と、噛みしめるように繰り返す。「なんて奇妙なのかしら！　どうやってピンが使われたのかわかったんですか」

タブもカーヴァーも、皆目見当がついていなかった。

「犯人はもちろん、『黒服の男』ですよね」と、ウルスラが言った。「事件の記事を読んだんです。特にストットさんの供述を――ストットさんって、イェー・リンと私が、私たちの書類を探しに屋敷に入ったとき逃げ出した臆病な人でしょう？　そう、あえて『私たちの』と言わせてもらいますわ」

「そういえば、イェー・リンは本当に目当ての書類を見つけたんですか」

ウルスラは頷いた。

「あなたの捜していた書類は?」

ウルスラは唇を噛んだ。

「わかりません。本当は見つけたのに、イェー・リンが隠しているように思えることもあるんです。私が興味を持つものはなかったと言い張るんですけど、なんとなく……私のために黙っているような気がして。いつか、彼の口からはっきり聞き出すつもりです」

すぐそばで椅子の上にあった小枝をもてあそんでいたウルスラの手を、タブが勇気を振り絞って握ると、ウルスラは抵抗しなかった。

「ウルスラ、これは大変なことなんです……私のような図太い神経の持ち主は女性の手を握るのなんて簡単だと思うかもしれませんが……愛する人の手を……心臓が飛行機のプロペラのように振動せずに握れると思いますか」

ウルスラは黙ったままだ。

「思いますか?」タブは必死の思いで繰り返した。ほかに言葉が思いつかなかった。

「そうね」目を合わせずに言った。「マチネを入れたら週に八日も、しかも何年も続けて愛を交わしてきた女優でも、こんなシーンを……泣き出したい思いを隠してやり通せると思いますか……もし、今あなたがキスをなさったら、ターナーに見られてしまうわ……」

その瞬間を、タブはよく覚えていない。ウルスラの冷たい鼻が頬に当たったのと、どういうわけか二人の唇のあいだに一房の髪の毛が挟まったことしか思い出せなかった。

「ランチのご用意ができました」ターナーが無作法に声をかけた。

執事のターナーは年配のいかつい顔をした男で、明らかにタブをまともに見るのを避けていた。

「わかったわ、ターナー」ウルスラは、あえて平静を装って返事をした。そして執事がいなくなるとタブに向かって言った。「タブ、ターナーの危惧していることが何か、あなたも気がついたでしょう。彼、女優に仕えたことがないんですって。たぶん、初めて担当するこの仕事を危険な任務だと考えているのだと思います」

タブは息苦しさをはねのけ、思いきって切りだした。

「ウルスラ、あなたの名声を保つ唯一の方法は、今すぐ結婚することです」大胆なこの言葉に、ウルスラは笑ってタブの耳をつねった。

そのあとの数時間、またとない素晴らしい時間を、タブは夢見心地で過ごした。そして、大急ぎで街に戻ってきた――ウルスラに手紙を書きたい衝動がどうにも抑えられなかったのだ！　夢中になって何かを書いているタブの姿を覗き見た朝刊の責任者は、期待を膨らませてそっとその場を離れ、殺人事件に関する特ダネが来るから準備しておくよう、印刷工に知らせに行った（彼が見たとき、タブの左肘の脇に一ダースものファイルが積まれていたのだった）。朝刊の責任者が自分の勘違いに気づいたのは、十一時近くになってからだった。

「てっきりメイフィールド事件の記事を書いているんだと思ったぞ。記事はどうした」責任者は不機嫌な声で訊いた。

「もうすぐできます」タブは、ばつが悪そうに答えた。書きかけの手紙を内ポケットに押し込み、覚悟を決めて事件に集中しようとする。が、不意にその日のバラ色の思い出がよみがえって思考を中断されては、低く唸ってまた懸命に集中した……。

「……遺体の態勢から見て、殺害されたのは疑いようがない。二つの事件の特徴はほぼ一致し……」

三十分間猛スピードでペンを走らせ、記事を書き上げた。朝刊の責任者は、原稿に何度も唐突に登場する「ダーリン」という言葉を削除しながら、さっきまでタブが何を書いていたのかわかった気がした。

タブは封筒を投函して帰宅すると、新たな手紙を書き始めた。まさに、若者らしい情熱のなせる業《わざ》だ。

朝が訪れ、すべては夢だったのだと自分に言い聞かせようとした。こんなことが現実に起きるわけがない。だが目の前には、徹夜で書いたウルスラへの手紙が入った分厚い封筒が投函されるのを待っている……。

タブは手紙を再び取り出し、七ページの追伸を書き足した。

午前中、編集長のジャックに、新聞記者という収入の安定した職を長年続けていけるものかどうか訊いてみた。できるだけさりげなく、仕事目的で尋ねるのだというふりをした。

「いいや」ジャックはきっぱりと答えた。「たいていのやつは、二、三年も新聞社にいるとマンネリになって、結局お払い箱になるもんだ」

質問をした本当の理由を切りだす勇気は、タブにはなかった。

その日、天候が大きく崩れた。低く垂れ込めた雲から雨粒が激しく落ち、気温は十二度まで下がった。にもかかわらず、タブは〈ストーン・コテージ〉の庭に思い焦がれていた。あの庭の木の下は、どんなにか気持ちがいいだろう、天井の低いウルスラの居間はさらに心地いいに違いない。深いため息を一つつき、タブはレックスとの約束を果たしに出かけた。

レックスは新たな計画に夢中で、案内された寝室には、青写真や地図や計画書が所狭しと広げられていた。

「僕は、空にそびえ立つような大豪邸を建てることにしたよ。もう場所は選んである。ウルスラ・アードファーンのコテージがある丘の斜面だ。あの辺りで唯一の高台なんだ」

「あそこでたった一つの丘なら知ってる」急に興味を引かれ、タブは言った。「でも、残念ながら先を越されてしまったよ、レックス」

「イェー・リンのことだろう」レックスは事もなげに言った。「彼から買い取ればいいさ。どうせ、あの場所に家を建てたのは、ほんの気まぐれだろうからな」

タブは首を振った。

「イェー・リンを説得するのは難しいと思う。たまたま知ったんだが、彼は君と同じくらいあの家に思い入れを抱いている」

「ばかばかしい」レックスは笑い飛ばした。「僕が大金持ちになったのを忘れてるようだね！」

タブはまたもや首を振った。

「忘れちゃいないさ。ただ、さっきも言ったとおり、僕はイェー・リンを知っているんでね」

レックスは苛立ったように頭を掻いた。

「あの土地が手に入らなかったらどうしよう。彼を説得してくれないか――僕はもう、あの場所に心を奪われてしまったんだよ。ウルスラが近くに住むようになるずっと前に一度見たことがあって、そのとき、『いつの日か、あの丘に家を建てるぞ』と、心に決めたんだ。ところで、僕の愛しい人は元気かい？」

この機会をタブは待っていた。

「君の愛しい人は、今や僕の愛しい人だ」と、声を落として言った。「僕はウルスラと結婚する」

レックスは手近にあった椅子に座り込み、目と口を大きく開いてタブを見た。

「この果報者め！」やっとのことでそう言うと、立ち上がって放り出すように片手を差し出した。「休暇中に、君に愛する人を奪われるとはね」タブの手を強く握り締める。「別に気を悪くしてなんかいないよ——君は幸運な男だ。お祝いに一杯やらなくちゃな」

タブは心底ほっとした。案ずるより産むが易し、だ。恋煩いの若者に、思いを寄せるその相手が、紹介すると約束していた親友のプロポーズに応じた、と打ち明けるのが実は恐ろしかったのだ。

「最初から詳しく聞かせてくれよ」シャンパンのワイヤーをカッターで切りながら、レックスが言った。「もちろん、花婿の付添人は僕がやる。結婚式の段取りも任せてくれ。この辺りじゃ見たこともないくらい盛大な式にしてみせるぞ」矢継ぎ早にまくしたてるレックスに、タブは微笑ましく耳を傾けた。

やがて、話は家の件に戻った。レックスは、理想の土地が先に人手に渡ったことを大っぴらに悔しがった。

「君にプレゼントすればよかったな」と、いきなり言いだした。「親友への結婚祝いには最高だと思わないか！　でも僕がとんでもない家を建ててしまったら、かえってがっかりさせてしまうな。建築家としては落第生だからね。どうも僕の発想は突飛なんだ。ストットが、僕の描いたデザインを見て何度か気絶しそうになってたよ」レックスはクスクス笑った。「僕はまだ、この大いなる計画の実現を諦めちゃいない」別れ際、レックスが言った。「できるだけ早くイェー・リンに会ってみるつもりだ。売ってくれるよう説得できるかもしれないからね」

翌日の午後、タブはハートフォードに向かった。こんなにも自転車の進みが遅く感じられたことはなかった。

「レックスに話した」と、開口一番にタブが報告すると、ウルスラは俯いた。

「彼は傷ついてなどいなかったよ」彼女を安心させようと、タブは言った。「それどころか、とても喜んでくれたんだ！　もしかして、本当は話してほしくなかった？」

「いいえ」ウルスラは小声で答えた。「彼、平気だったの？」

タブは笑った。

「君には失礼に聞こえるかもしれないけど、レックスは一時的にのぼせ上がっただけだったんだ」

笑みを取り戻したウルスラの顔を、タブは両手で挟んだ。

「僕がレックスだったら」と、タブは言った。「タブ・ホランドを憎むだろうけどな」

「レックスは強い心の持ち主なのよ。庭へ行きましょう。いろいろ考えてみたのだけれど、あなたに知っておいてもらったほうがいいと思うことがあるの。黙っていればいるほど話しづらくなりそうだから」

タブは二人分のクッションを抱えてウルスラのあとに続き、彼女のために椅子を整えて肘掛けに腰かけた。するとウルスラは、これから口にすることをまるで感じさせない平然とした口調で、驚くべき言葉を発したのだった。

「私がジェシー・トラスミアを殺したの」

第二十七章

タブは跳び上がった。

「何だって?」うまく声が出ない。

「私がジェシー・トラスミアを殺したの」ウルスラは繰り返した。「直接手を下したわけではないけれど、彼の死に責任があるの。私が撃ち殺したも同然だわ」と、タブの手を握った。「まあ、真っ青じゃない！　こんな言い方をしたのはひどかったわね。女優なんて仕事をしていると、ついドラマチックな表現を選んでしまうの――ごめんなさい、そういう意味で言ったんじゃないのよ」

「どういう意味で言ったのか、教えてくれるかい?」

ウルスラはタブに、椅子のフットレストに腰を下ろすよう促した。

「あなたに聞いてもらいたいことがあるのだけど、殺人事件の話はもうしないわ。これは、あなたが知っておくべき話だし、知っていてもらいたいの。これまでは、私の過去を話すつもりはこれっぽっちもなかったわ。悲劇という悪魔に魅入られてしまっていたのね」真っすぐ前を見つめたまま、ウルスラは語った。「私は、暴力と悪意に囲まれて育ったの。前に、家政婦見習いのようなことをしていたと言ったとき、あなたは驚いていたでしょう。あれは、児童養護施設から派遣されたの。施設では、幼い子供たちに初めから大人として生きることを教えるのよ。実はね、タブ……私の母は殺されて、父は妻殺しの罪で絞首刑に処せられたの！」

　ウルスラの瞳につらさは浮かんでおらず、わずかに硬さが感じられるだけだった。タブは彼女の両手を取って握り締めた。

「事件のことは何も覚えていないの」と、ウルスラは続けた。「物心がついたときには、横に細長い寮の建物に四十人くらいの女の子たちが寝泊まりしていて、とても太った寮母さんと冷淡な顔をした看護婦が二人いたわ。パーキントン児童養護施設に引き取られた経緯を知ったのは、もっとあとになってからだった。寮母さんが看護婦に話しているのを女の子の一人が小耳に挟んだの。私はその内容をつなぎ合わせて、父が犯した罪が原因で孤児になって、裁判と処刑が終わったあと施設に連れてこられたのだと悟った。施設では、いい子にしていれば仕事に就けるよう教育されるの。いちばん優秀な人は料理見習いにしてもらえるんだけど、残念ながら私はなれなかった。私、料理はあまり上手じゃないみたい。施設を出て始めたのが家政婦見習いだった。大きな協会のトップにいて何千ポンドものお金をチャリティーに使うのに、使用人の食べるパンはいちいちグラム数を測るような人のキッチンの手伝いをする仕事でね。そこで三カ月働いた頃、トラスミアさんが現れたの。冷たい風が吹きすさぶ午後だった――昨日のことのように覚えているわ――家政婦が来て、客間に行くよう言われたの。行ってみるとトラスミアさんしかいなくて、その姿を見たらなんだか恐ろしくなったわ。だって、何も言わずに怖い顔で私を足の先から頭の先までじろじろ見るんですもの。

　そのとき私は十三歳になる手前で、感受性の強い子供だったから、人生は地獄そのものだと思っていた。年齢を訊かれて、幸せか、と尋ねられたので、本当のことを答えたわ。そうしたら、トラスミアさんは施設の上の人と話をつけたみたいで、私は彼と一緒に施設を出ることを許されたの。トラスミアさんは私をみすぼらしいアパートに連れていって、アパートの持ち主か借り主の女性に面倒を見させたわ。その女性は部屋を又貸ししていて、それまで見たことのなかった風変わりな人たちが一つ屋根の下に大勢暮らしていてね。トラスミアさんのことをよく知った今は、あのアパートの所有者はトラスミアさんで、女性は雇われて任されていただけだったのだと思う。二カ月近くトラスミアさんとは顔を合わせなかったんだけど、一人部屋を与えられて、読み書きや勉強をするために学校の教科書を送ってくれたわ。イエー・リンに初めて会ったのは、そのアパートに住んでいたときよ。前にも言ったとおり、彼は中華料理店《チャイニーズレストラン》の貧しいウエイターだった。

二カ月が経とうとした頃、トラスミアさんが訪ねてきたのだけれど、彼の来訪に先立って、見たこともなければもちろん着たことなんかないような服が入った大きな箱が届いたの。着替えて出かける支度をしておきなさい、というメッセージが添えられていて、トラスミアさんが到着した午後、田舎の私立小学校《プレパラトリースクール》に連れていかれたわ。施設に比べたら天国のようなところだった。そこへ行く途中でトラスミアさんが、知り合いから私のことを聞いて、きちんと教育を受けさせ、自分が用意する仕事に就けさせたいと考えたのだ、って話してくれたの。私は彼の親切に心を打たれて、学校に着くまでずっと泣いていたわ。

セント・ヘレンズで過ごした三年間は、今思い出しても、美しい夢のようよ。友達もたくさんできて、幸福で、人生に対する見方が大きく変わった。卒業の年、記念祭を見に来たトラスミアさんは演劇部の出し物で役を演じていた私を見て、それがきっかけで今のような途方もないことを手配するまでに発展したの。私の仕事を考えれば、トラスミアさんにまったく私欲がなかったとは思わない。事業を見出して、有望な人たちにお金を貸すのが彼の仕事ですもの。一度はこの国に腰を落ち着けて

――トラスミアさんの言ったとおりの言葉を使うと――紳士としての生活を送ろうと思ったのだけれど、あまりにも退屈になってしまったものだから、その退屈を払拭するために成功の見込みがある事業を探すようになった、って話していたことがあるわ。

一時期、トラスミアさんが十二軒の喫茶店に融資して、売上金から毎日自分の取り分を集金していたのを知ってる？　三人の医師を後押しして、それぞれの利益からお金をもらっていたことは？　彼はイェー・リンの後援者で、そのうちに私の後ろ盾にもなったの。半年間、トラスミアさんがオフィスとして借りた小さな部屋で秘書をやったわ。といっても、夕方五時まで、彼は絶対にオフィスに姿を現さなかったけど。

その後、舞台に立つよう勧められて、地方巡業の劇団に入団させられたの。もちろんトラスミアさんが資金面で関わっていて、毎晩、その日の利益を見せに行くのが私の義務だった。土曜日になると、私がお給料と経費を支払って、残りをトラスミアさんに返すの。巡業が終わってロンドンに戻ってみたら、表には出ない秘密主義なやり方で、私が主役として出演する公演の手筈を整えてあった。それまでの私のお給料といったら！　金額を教えたら、きっと笑うわよ。どうにか暮らしを立てるのがやっとだったんだから。ただし、ケチだったことへのお詫びのつもりだったのか、今後は、かなりの額になる利益の半分を払うと約束してくれたわ。

私はもちろん、トラスミアさんにとっても驚きだったのは、女優としての名声だけでなく経済的に成功したことだったの。公演の収益は大変な額で、トラスミアさんが予想していた金額を遥かに上回っていた。もちろん、彼はちゃんと払ってくれたわ。ジェシー・トラスミアの言葉は、契約書の文面より大きな意味を持つの。宣誓と同じなのよ。

彼の流儀は、中国のビジネスマンの流儀なんですって。それがどういうことかわかれば、タブ、あなたにもトラスミアさんがビジネスに関していかに几帳面だったか理解できるはずよ。彼はイェー・リンとも同じ約束をした。イェー・リンと私は奇妙な絆で結ばれていたというわけ——二人の取り分はトラスミアさんの想定を大きく上回っていたのに、彼は律儀に払ってくれた。私とのあいだには何の合意もなかったのだけれど、あなたも知ってのとおり、イェー・リンとは合意を交わしていたのよね。でも私の場合、なにより変わっている点は、女優としての地位を確立したあとも彼の秘書を続けさせられたことだわ。毎晩、劇場が閉まると屋敷まで車を走らせて、郵便物を整理したり、手紙の返事を書いたりしたの。時には、舞台のあとで疲れきってしまって、ほとんど体をひきずるようにしてメイフィールドの階段を上がった夜もあった。けれど、トラスミアさんは非情だったわ。彼にとっては不本意だった合意条件を決して破らない代わりに、契約内容はどんなことがあっても守らせた。

トラスミアさんに勧められるまま彼の言う『ショー』を始めた頃、彼はたくさんの宝石を買って、自分が死んだら全部私にくれる、と言ったの。本当に買ったものなのか——新品には見えなかったけど——何かの取引で得たものなのか確かめようがなかったし、今もわからない。どれもとても美しい品だったわ——でも彼が死ぬまでは私のものじゃない。だから、毎晩イェー・リンの店で一緒に食事をするときに、鞄から取り出した宝石箱を渡されて、舞台が終わるとその夜のうちに屋敷へ返しに行ったの」

「トラスミアは、どうやって君を見出したか言ってたかい？」

ウルスラは頷き、一瞬、弱々しい笑みを浮かべたがすぐに真顔になった。

「ジェシー・トラスミアという人は、とてもあけすけな性格でね。それが魅力でもあった。私の悲しい生い立ちは知っていたみたいで、不名誉な過去を持つ人間を探していたんだ、って言ったの！　本当にそういう言い方をしたのよ。『わしが必要とするかぎり、お前はわしから離れられん。出世して成功すればするほど、父親が殺人犯だと世間に知られては困るだろうからな』って。それなのに、不思議なことに私が本名のアードファーンをそのまま芸名として使うことには反対しなかった。あの薄汚れた施設の関係者で、私を見て、床のこすり洗いをしたり野菜の皮をむいたりして朝から晩まであくせく働かされていた痩せっぽちの幼い少女を思い浮かべる人はいないでしょうけど」

「お父さんの仕事は何だったんだい？」タブは、思いきって質問をした。両親について触れられると、ウルスラが今でも傷つくのではないかと心配だった。

だが彼女は、驚くほどあっさりと答えた。

「俳優よ。酒に溺れるようになるまでは、優れた役者だったらしいわ。母を殺したときも、酒に酔っていたんですって。そこまでは施設で知ったの――それ以来、詳しいことを知ろうとはしなかったわ。何を考えているの、タブ」

タブは眉を寄せた。

「ここ二十年間でアードファーンという名の人物が処刑されたかどうか思い出そうとしているんだ。僕は全員の名を知っているから」と、考え込みながら言った。「電話はある？」

ウルスラが頷いた。

三分後、タブは『メガフォン』紙の編集長と話していた。

「ジャック、ちょっと教えてほしいんですが、アードファーンという人物が過去に殺人犯として処刑されたのを覚えていますか」――タブは振り向いてウルスラを見た――「十七、八年前です」

「いや」情報通の編集長は即答した。「検死官が故殺と判断した事件の容疑者でアードファーンという名があったが、国外に逃亡したはずだ」

「ファーストネームは何でした？」タブは勢い込んで訊いた。

「フランシスか、ロバートか……いや、ウィラードだ――ウィラード・アードファーン。『ード』という音が二つ重なるんで覚えている」

「その事件が起きた町の名は？」

ジャックは迷わず、タブがよく知る小さな田舎町の名前を答えた。

タブは受話器を置き、ウルスラを振り返った。

「お父さんの名前は何ていうの？」

「ウィラードよ」と、ウルスラはすぐに答えた。

「ヒュー！」タブは口笛を鳴らし、額の汗を拭った。「君のお父さんは処刑なんてされていないよ」

ウルスラの顔がさっと赤くなったかと思うと、真っ白になった。

「本当なの？」

「確かさ。あのジャックが間違うはずがない。それに、僕が尋ねたら即座に名前を答えた。ウィラード・アードファーンってね。彼は故殺罪で起訴された。君の気の毒なお母さんはお父さんの暴行のせいで亡くなったんだが、お父さんは国外に逃亡し、裁判を受けてはいない」

とたんに気分が悪くなったように真っ青になったウルスラを、タブは両腕で抱きかかえた。

「なんてこと」ウルスラはささやくように言った。「そんな……母を殺したことより……もっとひどいわ。ああ、タブ、私にとっては悪夢よ！　こんな、こんな恐ろしい重荷を背負わされるなんて。私がどんな気持ちか、あなたにもわからないと思うわ」

「このあいだ」――タブはおそるおそる言った――「トラスミア老人の遺言書の話をしたとき、気分を害したのは僕がした質問のせいかい？」

ウルスラはタブを真っすぐ見つめたが、それに対して直接は答えなかった。

「毎晩、宝石を借りるのが、とても嫌だった」――ウルスラはトラスミアとの関係に話を戻した――「自分で買えるだけの蓄えもできたし、宝石に興味がないことも話したんだけど、トラスミアさんは耳を貸さなかったの。私が独り立ちする気配があろうものなら、徹底的にチェックしたわ」そこでふいに黙り、驚いたように口を小さく〝O〟の字に開けた。「ひょっとして……中国で耳にしたの？」と、ウルスラは自問した。「そうよ、そうだわ！　彼は父に会ったのよ。だから私のことを知ったんだわ！　イェー・リンも知っているはず。だって、トラスミアさんは事細かにメモを取っておく人だったから――ということは」独り言のように言ったかと思うと、いきなりタブの両手を握り締めた。「タブ、初めてあなたが控室を訪れたときから、あなたが私の人生で重要な人になる気がしていたの。こんなに大切な存在になるとは夢にも思わなかったけど」

タブは人生で初めて、答えに窮して口ごもったのだった。

第二十八章

長身の血色のよい顔をした中年の男が、警察本部を訪れた。明らかに自分のために仕立てたのではない服を着て、周囲の雰囲気にやや気圧されているようだった。

「カーヴァー警部とお約束しているんですが……」と言って受付の警官に手紙を渡すと、それを読んだ警官が頷いた。

「警部がお待ちです」警官は使い走り《メッセンジャー》を呼んだ。

カーヴァーは開いたドアを振り向き、うさんくさそうに訪問者を見た直後、跳び上がるように椅子を立った。

「お待ちしていました！　どうぞお座りください」

「できれば」と、男が言った「面倒なことに巻き込まれたくないんですが」

「あなたに関しては大丈夫です。その代わり、ほかの人間が面倒なことになりそうですがね」

使い走りがドアを閉め、室内に二人だけになった。

三十分後、カーヴァーは電話で速記者を呼んだ。血色のいい顔をして、サイズの合わない服を着た疲れきった男が三時間の聴取を終えて警察署を出ると、カーヴァーは物思いにふけった。

タブがいつもどおり確認のため署を訪れて最新の情報を交換し合ったときにも、カーヴァーは午前中に聴取した人物のことは一切口にしなかった。それは彼だけの秘密であり、現段階では非常に貴重な情報なので黙っていたのだった。

その日の午後、カーヴァーは拘置所へ車を走らせ、審理を待っているウォルターズに面会して長いこと話し込んだ。

イェー・リンが店で週に一度の息子への長い手紙をしたためている最中、カーヴァーの来訪が告げられた。筆を置き、名刺を持ってきた使用人を無表情に見つめる。

「一人か」

「はい、連れはいません」

イェー・リンは手入れの行き届いた爪で白い歯をトントンと叩いた。

「こちらへ」と、言葉少なに言ってカーヴァーを見ると、その顔に彼の知りたいことがすべて書いてあった。が、一戦交える覚悟はできている。トラスミア殺害とそれに続く第二の悲劇に関して、自らの強い義理の精神に見合った方法で決着がつく望みを、イェー・リンはまだ捨てていなかった。

カーヴァーは、すぐには本題を切りださなかった。イェー・リンが差し出した葉巻を受け取り、愛想よく彼の文通を話題にしたり、ウルスラについて質問したりしたのち、ようやく訪問の目的をほのめかした。

「イェー・リン、どうやらトラスミアの事件が解決しそうなんだよ」

イェー・リンのまぶたは、ぴくりともしなかった。

「実は」カーヴァーは葉巻の灰をしげしげと見ながら言った。「犯人がわかったんだ」

イェー・リンは押し黙ったままだ。

「そいつを逮捕するには、あとほんの少しだけ確証が必要でね」

「その証拠を得るために、ここへ来たというわけですか」イェー・リンは、やや皮肉っぽく言った。

カーヴァーは首を振って微笑んだ。

「どうかな……君が証拠をくれるとは考えていなかった」と言ってから、語気を強めて訊いた。「アードファーン女史とトラスミアの屋敷へ行った夜、家の中から持ち出した書類はどこにある」

イェー・リンは即座に立ち上がり、部屋の隅にある小さな金庫を開けて分厚い書類の束を取り出した。

「それで全部か」カーヴァーは疑わしそうな目でイェー・リンをちらりと見た。

「二つを除いて」と、冷静な答えが返ってきた。「ゴールデン・ルーフの私の経営権に関する書類は、弁護士のところにあります――」

「もう一つは？」

「そちらは、神聖な事柄に関するものです」正確な英語の発音が、わざとらしい言葉に聞こえた。

カーヴァーは唇を嚙んだ。

「それが、私が求めている書類だとわかってるのか」

「おそらく、そうだろうと思いました」と、イェー・リンは答えた。「ですがカーヴァー警部、これをお渡しするわけにはいきません。そこまでご存じなら」――一瞬、イェー・リンの茶色い瞳に微かに笑みが宿った。「なぜ公表できないかも、ご承知でしょう」

「アードファーン女史は知っているのか」

イェー・リンは首を横に振った。

「彼女にだけは知られてはならないのです」と、断固とした口調で言った。「もし彼女がいなければ」──イェー・リンは肩をすくめた──「お見せすることも可能なのですが」

カーヴァーは、自分よりも強固な意志によって拒まれているのを感じ取った。脅してもすかしても、この無表情な男の態度は変わらないだろう。

「この書類を見たところで、どうなるというんです?」と、イェー・リンが訊いた。「犯人はわかったとおっしゃいましたよね。充分な証拠があると──本当にあるのですか」

イェー・リンは挑戦的な視線を向けた。

「疑いだけでは有罪にできないのですよ、カーヴァー警部。それよりも、トラスミアさんを殺した犯人が、錠の掛かっていた地下室に自由に出入りして、テーブルに鍵を残せる手段を持っていたことを証明しなくてはなりません。『この被告が殺したのです。自分の──後援者を!』と主張するだけでは不充分です。動機を示すだけではだめなのですよ。手口を明らかにしなければ! 犯人がどの入り口から地下室に入り、鍵が通るはずのない施錠されたドアからどうやってテーブルに鍵を戻せたかを説明できないかぎり、有罪には持ち込めません。それが法というものです。私はハーバード大で法律を勉強して、証拠についての規則は熟知しています」イェー・リンは弱々しく微笑んだ。「いいですか警部、あなたが欲しがっていらっしゃる補強証拠を、私はご提供できないのです」

イェー・リンの言葉が正しいことくらい、カーヴァーは百も承知だった。犯行そのものか犯人の逃走手段の目撃者でもいないかぎり、八方ふさがりなのだ。

あまりにもっともな論理に、成功が手中にあるのを確信し、やっと努力が実を結ぶと思っていたカーヴァーは敗北感に打ちひしがれた。

「だったら、これはどうだ。君は何度か『黒服の男』につけられたらしいが、その男の正体に心当たりはあるか」

「はい」イェー・リンはきっぱりと答えた。「ですが、私の考えに何の価値がありましょう。事実を断言することはできないのですから。陪審員にとって大事なのはあくまでも事実なのですよ、警部」

カーヴァーは立ち上がって深いため息をつき、それを聞いたイェー・リンがふっと笑った。

「失礼」と詫びてから、「大好きな詩を思い出したのです」と、瞳を輝かせた。「あなたもご存じでしょう。カードゲームでやりこめられた白人が『ため息とともに立ち上がり、こんなことがあっていいのか、と言った。中国人労働者にしてやられるとは……』」

「『不埒《ふらち》な中国人』（ブレット・ハートの詩に登場する賭博師）は好かん」カーヴァーは冗談っぽく言った。「特に今はな。イェー・リン、君の長所は清々しいまでの理性だ。私の質問をこれほど軽妙にあしらう人間はこれまで扱ったことがない――戦ったことがない、と言うべきかな」

イェー・リンはひざまずいて叩頭《こうとう》の礼を行い、人を小ばかにしたようなその謙遜に、カーヴァーは〈ゴールデン・ルーフ〉の建物を離れたあとも苦笑いを噛み殺していた。

その晩、自分ではめったに客のもてなしに気を遣うことのないイェー・リンが、六号室の準備をやけに気にしていた。店主とはほとんど接点のないイタリア人ウエイター二人は、何をやっても彼が満足しないのでピリピリしていた。イェー・リンはテーブルの花を六回は替え、新しいテーブルクロスを持ってこさせ、最後の最後に食卓をもう一度整え直させた。そして店でいちばん貴重なガラス板でテーブルを飾り、思いもよらない名品の磁器を取り出してきて、店で使っている通常の瀬戸物と交換した。それが終わると給仕長《メートル・ドテル》とソムリエを部屋に呼び、最高のディナー・メニューを厳選した。

「イェー・リンは相当張り切ってくれたみたいだな」タブは食卓に称賛のまなざしを向けた。

ウルスラも頷いた。本当はほかの部屋にしてほしかったのだが、どうしてもこの部屋が嫌だというわけではなかったし、実際、トラスミアの死後、何度もここに通されていた。

「若い男性と二人きりで食事をするなんて、なんてスリリングなのかしら」ウエイターにコートを手渡しながら言った。「スキャンダルが新聞に載らなければいいけど！」

「イェー・リンを呼んでもらおうか」ディナーが半分ほど済んだところで、タブが提案した。

だが、ウルスラは首を振った。

「彼は現れないわ。私の記憶では、この部屋に来たのは二回しかないもの」

「二人で公然と外に出るのは、これが初めてだ」タブはもったいぶった顔で言った。「うちの連中は信用できるけど、『ヘラルド』のやつらが聞きつけて君の高価な指輪に目を留めようものなら、あの嘆かわしい三流紙に恐ろしい見出しが載るだろうな——『ヘラルド』には慎みとか品性ってものがまるでないんだ」

ウルスラは優しく笑って、シェードランプの光を受けてきらめく「高価な指輪」に目をやった。

「ディナーのあとで合流しないか、とカーヴァーを誘ったんだけど」と、タブが言った。「どうも忙しいらしいんだ。君に、詩的で美しいメッセージをくれたよ——まったく、カーヴァーって人には驚かされる。新聞調の文章で表現させてもらうなら、不愉快そうな外見の裏にロマンスに満ちた世界が隠れているんだからね」

ところが、カーヴァーの代わりに別の訪問者が現れた。ノックに続いて、ドアがゆっくりと開いた。

「驚いたな！」タブは思わず立ち上がった。「いったいどうして僕らがここにいるのがわかったんだ、レックス」

「たまたま見かけたのさ」レックスは非難がましい目をして言った。「二人して、まるで逃亡中の容疑者のようにこそこそと横の入り口から入っていくところをね！　アードファーンさん、お祝いを言わせてくださない。そして、失恋して壊れた心のかけらをあなたの足元に置かせていただけますか」

レックスの冗談に、ウルスラはぎこちなく笑った。

「悪いけど、長居はできないんだ」と、レックスは言った。「パーティーがあってね。それに、ある人へ建築に関する素晴らしいアイデアを披露することになっているんだ。不思議だろう？　建築の仕事をしなくなったら、急に情熱が湧いてくるなんてさ！　あのストットでさえ、今の僕の目には立派な人物に映るんだからな。僕のしたことを許していただけますか、アードファーンさん」

「ええ、もちろんです」ウルスラは小さな声で答えた。「とっくに許していますわ」

赤ん坊のようなレックスの目がうれしそうに輝き、ふっくらした顔は愛想のいい笑みでしわくちゃになった。

「若い男の妄想ときたら――」と言いかけたとき、鏡が目に入った。

タブとウルスラの位置からは見えなかったが、鏡には半分開いたドアと、その陰に佇《たたず》む人影が映っていた。レックスは驚きの声を上げ、さっと振り向いた。

第二十九章

「いやだな、イェー・リン、びっくりするじゃないか！　脅かさないでくれよ」

「お食事がご満足いただけているかどうか見に伺ったのです」イェー・リンは静かに言った。両手は広い袖で隠され、後頭部にかぶった小さな黒い縁なし帽とくたびれたシルクの服、ソールの白いスリッパは、モダンな店の雰囲気とはどう見てもそぐわない。

「実に素晴らしいディナーでしたよ、イェー・リン」と、タブが言った。「そうだよね？」

振り向いたタブにウルスラは頷き、その目が一瞬イェー・リンの視線と合った。

「もう行かなくちゃ」レックスはそそくさと言って再びウルスラの手を取った。「じゃあな、幸運な恋泥棒さん」と、タブの手を握り、部屋を出ていった。

「ワインはお口に合いましたでしょうか」イェー・リンが優しい口調で尋ねた。

「何もかも素晴らしいお味ですわ」と、ウルスラが答えた。

ウルスラの頬に、それまでなかった赤みが差していた。「ありがとう、イェー・リン。本当にすてきなお食事でした。劇場に遅れるわ、タブ」ウルスラは急いで席を立った。

〈アシニーアム劇場〉へ向かう車内のウルスラは妙に無口で、タブは記念すべき夕食会を急に包んだ重苦しい空気を感じ取っていた。

「イェー・リンは、なんだか薄気味悪い人だよね」と、彼は言った。

「ええ、そうね」と言ったきり、ウルスラは再び黙り込んだ。

十分後、ボックス席に座るウルスラは、かつて自分が立っていた舞台を見つめていたが、見たところ、明らかに劇以外のことに気を取られている様子だった。ウルスラは少々気まぐれなのだろうと思い、タブはそんな彼女がますます愛しくなった。

第一幕と第二幕の合間に煙草を吸いに出たタブは（ウルスラが行けと勧めたのだった）劇場のホールにあったテープレコーダーのそばに立っているカーヴァーを見つけた。カーヴァーはそこから流れるヨットレースの単調な実況に耳を傾けていたが、目の端でタブを捉え、合図をよこした。

「今夜は、君と一緒にフラットに行く」と、驚きの言葉を口にした。「アードファーンさんとはいつ頃別れる？」

「ショーが終わったら、真っすぐホテルに送ります」

「どこかで夕食を食べたりはしないんだな？」カーヴァーは何気ない調子で訊いた。

「しません。どうしてですか」

「だったら、セントラル・ホテルで待ってるよ。実は、新聞記者志望の甥のことで話があるんだ。何かいいアドバイスをもらえないかと思ってね」

タブは疑わしそうにカーヴァーを見た。

「あなたにはいろいろと弱点があるんじゃないかとは思っていたんですが、身びいきとはね。数週間前、身寄りはいないと言っていた気がしますけど」

「あれから甥ができたのさ」カーヴァーはテープレコーダーに視線を注いだまま、平然と応えた。

「甥の一人や二人見つけられない刑事なんて情けないからな。殺人事件の捜査ではつまずくかもしれんが、遠い親戚を発掘することにかけちゃ、私はトップクラスだ。セントラル・ホテルの陰にでも待機してるよ」

ホテルのロビーでウルスラと別れるまで、カーヴァーの姿を目にすることはなかった。通りに出ると、先ほどの言葉どおり、どこからともなく夜の闇に紛れてカーヴァーが現れ、タブの腕を取った。

「フラットまで歩くぞ。少しは運動しなくちゃな。運動不足は老人にも悪いが、若者には致命的だ」

「今夜はやけにお喋りですね」と、タブが言った。「あなたの甥っ子とやらについて教えてもらいましょうか」

「甥っ子なんていないさ」カーヴァーは臆面もなく言った。「ただ、今夜はなんとなく人恋しくてね。期待外れのがっかりする一日だったから、誰かに愚痴を聞いてもらいたい気分なんだ」

「は！」タブは呆れた声を出した。

フラットに戻っても、カーヴァーは少しばかりのウイスキーソーダを前にし、愚痴をこぼすそぶりはまったく見せなかった。

「実を言うとな」タブにずばり訊かれて、ようやくカーヴァーは話し始めた。「どうも私は見張られているようなんだ」

「誰にですか」タブが驚いて尋ねた。

「トラスミアを殺した犯人だ」カーヴァーは淡々と答えた。「私のような、経験を積んで勇敢であるはずの人間がこんなことを言うのは恥ずかしいんだが、今夜は一人で家に帰るのが怖いんだよ。犯人のやつが、思いもしないようなことを仕掛けようと目論んでいる予感がして仕方がない」

「ということは、今夜はここに泊まるつもりなんですね」やっと事態をのみ込んだタブが言った。

カーヴァーは頷いた。

「直感がだいぶ磨かれたようだな。まさに今、そう言おうとしていたところだ。もちろん、君に不都合がなければだが。いやね、なかなか言いだせなかったんだよ。自分の勇気のなさを認めるのは気が進まなくてね――」

「冗談はやめてくださいよ！」タブは小ばかにしたようにカーヴァーを遮った。「僕もそうですが、あなたが殺人犯を恐れるはずがないでしょう」

「私の下宿だと、犯人が簡単に侵入できてしまう」というカーヴァーの言葉に嘘はなさそうだった。

「といって、ホテルに泊まればもっと危険だ。だから、君を利用させてもらうことにしたんだよ、タブ。どうかな」

「荷物を持ってきて、事件が解決するまで泊まってもらってかまいませんよ。レックスが使っていたベッドはきちんと整っていないと思いますけど」

「ソファのほうがいい。贅沢は国家のみならず、人も衰弱させ堕落させる――」

「もったいぶった演説でもする気なら、先に休ませてもらいますよ」

タブは自分の部屋から膝掛け毛布と枕を持ってくると、大きなソファの上に放り投げた。

「一言いいか」いよいよ自室に下がろうとするタブに向かって、カーヴァーが言った。「寝間着姿の君は、驚くほど見栄えがするな。新聞記者ってのは、どうやっても紳士には見えないもんだが、君はなかなかいい線をいっている」

タブはクスッと笑った。

「今夜は、いやに冗談が冴えますね」

ベッドに入って五分もせずに居間の明かりが消えた。カーヴァーも寝ることにしたようだ。枕に頭をつけた五分後には、タブはウルスラを抱きかかえてかぐわしい彼女の庭を歩き、このとびきり素晴らしいご褒美を授けてくれた神の恵みに感謝する気持ちでいっぱいだった。すると夢の中で、タブは不快な気持ちになり始めた。肩越しに振り返ると、自分をじっと見つめるイェー・リンの不気味な姿が目に入り、タブの夢は楽しいものだったが、いろいろな場面が奇妙に混ざり合っていた。周囲は庭ではなく二つの巨大な柱が立つ坂道に変わって、イェー・リンがくすんだ金襴《きんらん》の配された風変わりな家の入り口に立っていた。

「バン……バン！」

銃声が二度、続けざまに響いた。

第三十章

タブはぎょっとして目覚めた。居間のほうで慌ただしい足音がし、そして――ガシャンという大きな音。

すぐさまベッドから跳ね起き、居間へ向かった。カーヴァーの姿はなく、隙間風から、フラットのドアが大きく開け放たれているのがわかった。電灯のスイッチに手を伸ばしたとたん、暗闇から声がした。

「スイッチに触るな！」

ドアの外から聞こえたその声は、カーヴァーのものだった。

下の階から、通りに面したドアがバタンと閉まる音が聞こえた。

カーヴァーが急いで部屋へ入ってきてタブの脇を走り抜け、窓に駆け寄って外を見た。

「もう明かりをつけていいぞ」と、カーヴァーが言った。顔にみみず腫れが走り、わずかに血がにじんでいる。

カーヴァーはかざした片手を見つめた。

「間一髪だった。くそっ、逃げられたか。ドアが閉まったあとで、いちかばちか駆け下りたんだが、それさえも私を広い場所へおびき出す罠《わな》だったんだ」

今や建物中が目を覚ましていた。上でも下でも、ドアの鍵を開ける音や話し声が聞こえた。

「葉巻がいけなかった」カーヴァーは悔しそうに言った。「葉巻を吸ったのは軽率だった。やつは、暗闇の中に赤く光る葉巻の先端を狙って狙撃したに違いない」

窓のそばに小さなメディチ家の版画が飾られていた。ガラスは粉々に割れている。ベアトリーチェ・デステの白い肩に丸い弾痕が刻まれていた。

カーヴァーは弾痕を注意深く指で撫でた。

「オートマチックの拳銃のようだな。犯人は近代化してきている。前回の犯行に使ったのは、中国政府が十五年ほど前に将校に支給していたタイプのリボルバーだった。弾の形状からわかるんだ」そう言ってから、たいして関心なさげに続けた。「玄関に誰か来ているぞ、タブ。出ていって、また強盗が入ったと説明したほうがいいんじゃないか」

タブは十分ほど姿を消し、不安に駆られたフラットの住人たちの対応に当たった。戻ってくると、カーヴァーが二つ目の弾痕を調べているところだった。低い窓のサッシを打ち抜いた弾が、きれいな小さい穴を開けている。

「おそらく、向こう側の壁に当たっているな」カーヴァーは穴を覗いて言った。

「下の住人が、階段でこれを見つけたそうです」

タブが差し出したのは、漆塗りの鞘《さや》に納まった緑の柄《え》の小型ナイフだった。

「中国の品に似せた偽物か。いや、もしかすると本物かもしれんな」カーヴァーはナイフを鞘から抜き、研ぎ澄まされた刃を点検した。「しかも刃が鋭い。犯人は銃を使うつもりではなかったのかもしれん」

「カーヴァー」タブは真正面からカーヴァーを見据えた。「もう軽口を叩くのはやめて、真面目な話をしましょう。あなたは、この襲撃を察知していましたね。だから今夜、文学好きな甥の話をでっち上げてここへ来たんだ」

「そうとも言えるし、そうでないとも言える」カーヴァーは率直に応えた。「私が襲われるかもしれないと君に話したときは、本当にそうなる可能性が高いと思っていた。だが、君に泊まりに来てもらううまい理由が見つからなかったし、私の下宿ではお客に泊まってもらう部屋もないから、それなら逆に君のところに泊めてもらおうと思いついたわけだ」カーヴァーは時計を見た。「二時か。犯人が来たのは十五分くらい前だな。やつを褒めるわけじゃないが、ドアが開く音はしなかった。幸運だったのは、ドアの裏にフックがついていて、そこに君が古い帽子を掛けていたことだ。その帽子が落ちた音で気がついたんだ。私の耳が悪くなったか、あるいは忍び込んだ犯人がよほど足音の静かな人間だったかだな。きっと火をつけたばかりの葉巻に気づき、立ち上がった私の姿が見えたんだろう。愚かにも私は、ソファを窓から離しておかなかったからな。犯人はすぐさまロビーに戻って、私が状況を把握する前に二度発砲し、ドアを閉めて逃げ去った。私が外に出たときにはまだ玄関先にいたはずなんだが、暗くて何も見えなかった」

「ドアの音が最初に聞こえた気がしますけど」

「それは、君が眠っていたからさ」と、カーヴァーは微笑んだ。「だから最後の音を最初に聞いたんだ。間違いない。犯人はドアを閉める前に私に向かって発砲した」カーヴァーの目がすっと細まった。

「思うんだが……」と、カーヴァーが声を落とした。

「何ですか」

「君の友達も襲われてやしないか心配だな。彼はどこに滞在している？」

「いずれにしても、彼に警告したほうがいいでしょうね」と、タブは言った。「たぶん犯人はレックスのトランクを荒らしに来たんですよ。レックスがもうここにはいないことを知らなかったんでしょう。彼はピッツ・ホテルに泊まっています」

カーヴァーは電話帳を取り出して番号を見つけた。相手はなかなか電話に出なかった。〈ピッツ・ホテル〉の従業員は、こんな夜中に電話を受けることに慣れていなかったのだ。しばらくして、カーヴァーはポーターと話ができた。

「ここにお泊まりかどうかわかりませんが、すぐにお調べします」と、ポーターは言った。

十分後、ポーターが結果を報告した。

「ええ、一八〇号室にお泊まりです。電話をおつなぎしましょうか」

「そうしてくれ」と、カーヴァーは言った。電話をつなぐ音がしたあと、おもむろにレックスの眠たげな声が応えた。

「もしもし！　どなたですか。いったい、何のご用ですか」

「僕が話します」と、タブがささやき、カーヴァーから受話器を取った。

「もしもし！　誰？――タブなのかい？　どうしたんだ」

「レックスか」

「訪問者があったんだよ。強盗の話をしただろう？　今夜、また来たんだ」

「本当か」

「実は、このフラットが射撃場になったんだ。カーヴァーが、君も同じような目に遭っていないかと心配していてね」

「いや、そんなことはなかったよ」レックスは明るく応えた。「なんせ、僕を眠りから目覚めさせるのは命がけの大仕事だ」

タブはニヤッと笑った。

「戸締まりはきちんとしろよ」

「それと、受話器も外しておくよ。何かあったら、こっちから連絡する。カーヴァーもそこにいるのかい？」

「ああ」と、タブは答えた。

カーヴァーが電話に近づいた。

「カーヴァーが話したいそうだ」

合図を送っていたカーヴァーに受話器を渡す。

「お騒がせしてすみませんね、ランダーさん。職務上、このフラットが襲われたことをあなたにもお知らせして警告する必要があるもので――ええと、十分ほど前かな。それって、何時になりますかね？」

「二時十五分前くらいでしょう」と、レックスは言った。「お知らせいただいてありがとうございます、警部。でも僕は、全然気にしていません」

カーヴァーは受話器を置き、両手をこすり合わせた。

「犯人はレックスも襲いに行くと思いますか？　いったい何がそんなに愉快なんですか」タブがじれったそうに訊いた。

「ああ、実に愉快だよ」と、カーヴァーは答えた。「犯人が単純な、だが致命的なミスを犯したんだからな」

早朝、カーヴァーは一人で〈ピッツ・ホテル〉を訪ね、寝惚けまなこのレックスに面会した。派手なストライプのパジャマ姿でベッドに起き上がったレックスは、昨夜、眠りを邪魔されたことにくどくどと嫌味を言った。

「僕はね」と、強い調子で食ってかかった。「少なくとも十二時間はしっかり眠らなくちゃだめな人間なんですよ。幸いにも、この願望を満足させられるだけの財力を授かったんでね。フラットがまた強盗に狙われたとわざわざ知らせる電話をタブと警部にもらったときには、もう少しで怒りだすところでしたよ」

フラットに戻ってきたカーヴァーは面会の結果をタブに報告し、突飛で豪胆なファッション、特にパジャマについて感想を述べたあと急に、この十二時間に起きた深刻な出来事に話題を転換した。

「おそらく、今夜はもう大丈夫だと思う」と、カーヴァーは言った。「とにかく、あとは君に任せる。ドアに閂《かんぬき》を掛けて、椅子のあいだに仕掛け線を張っておくといい」

「そんなことはナンセンスですよ！」と、タブは取り合わなかった。「犯人は絶対に今夜戻ってきたりしませんから」

カーヴァーは顎を掻いた。

「今日は何曜だ」

「土曜日です」

「死を招く土曜日か。いや、そうはならないと思うが……。今日はどうする予定だ」

「友人を車に乗せるか、あるいは彼女の運転で田舎に行くつもりです」タブはすぐさま答えた。「週末はオフなんですが、今夜のうちに帰ってきます」

カーヴァーは頷いた。

「戻ったらすぐ電話をくれ。約束してくれるな?」

タブは笑った。

「それであなたが満足なら、そうしますよ」

「君から電話がなければ、間隔をおいて一晩中こっちから電話をかけ続けるからな」カーヴァーは脅しにも似た言葉を口にした。「ランダーにはもう警告しておいた。なにより、ランダーがこのフラットに泊まるのは危険だ」

「すでに犯人は、レックスがこの部屋に住んでいないと知っているんじゃありませんか?」

「そうかもしれないし、そうでないかもしれない」という答えが返ってきた。「それから」——カーヴァーは口ごもった——「このことは、アードファーンさんには黙っておくつもりだ。できれば君にもそうしてもらいたい」

タブもウルスラを怯えさせる気は毛頭なかったので、二つ返事で約束したのだった。

第三十一章

ウルスラがダウティー街《ストリート》に車で迎えに来て、二人はランチに間に合うように〈ストーン・コテージ〉に到着した。天候はまだ安定していなかったが、タブにとっては、天気がどうだろうと関係なかった。

センセーショナルな体験については黙っていたが、自分が見た夢の話をした。

「ウルスラ」と、タブは尋ねた。「君はイェー・リンに好意を持っているんだよね。実は僕もなんだけど、君は彼のことを完全に信用しているのかい?」

ウルスラは少し考えてから答えた。

「ええ、そうね。イェー・リンはずっと、とても忠実な友人だった。考えてもみて、タブ、彼は私の知らないところで何年も陰ながら警護をしてくれていたのよ。そんな恩義をありがたく思わなかったら、私はとんでもない恩知らずになってしまうわ」

イェー・リンの献身的な行為にはほかにも理由があるような気がしたが、タブは口にするのをはばかった。

「イェー・リンが昼夜を問わずこの家に見張りの人間をつけてくれているのを知ってる? リボルバーの射撃練習をしているときに、たまたま知ったの。私が見張りの一人をもう少しで撃ちそうになったのを、イェー・リンから聞いたんじゃない？」

「とにかく不思議な人だよね。だけど、僕が見た夢の中の印象は――」

「あなたの夢、最初の部分だって実現していないじゃないの」ウルスラがとりすまして言ったとたん、タブはその場で彼女を腕に抱きかかえた。

幸い、すぐに目くじらを立てる執事のターナーは、ほかの用事でその場にいなかった。

タブは愛と感謝で胸をいっぱいにし、夕暮れの甘い香りが漂うなか、ウルスラの車の後ろに括りつけて持ってきていた自転車にまたがって、のんびりと帰路に就いた。

半分ほど来たところでパンクしてしまったため遅くなり、ガレージに自転車を入れたのは十時近くになっていた。

後半は土砂降りの中を走ったので、ダウティー街に着いたときには全身びしょ濡れだった。熱い風呂に入って着替え、元気を取り戻したタブは、食事をしに出かけようとシガレットケースに煙草を入れ始めた。すると電話のベルが鳴った。てっきりカーヴァーかと思ったのだが、かけてきたのはレックスだった。ただごとではない興奮ぎみの声をしている。

「タブか。よく聞けよ、僕はすごい発見をしたぞ！」

「どんな発見だい？」タブは好奇心に駆られた。

「カーヴァーには黙っていてくれ、いいな、タブ。なにしろ、とんでもない大発見なんだ！」レックスの声が震えた。「犯行の手口がわかったんだよ！」

「トラスミア殺害の件か？」

「そうだ」たたみかけるように答えが返ってきた。「犯人がどうやって地下室に出入りしたか判明した。今日の午後、犯行の経緯を突き止められないかと思ってあの部屋へ行って、たまたま見つけたんだ。とても単純なことなんだよ、タブ、鍵がテーブルに載っていたのも……何もかも。メイフィールドで会えないか」

「メイフィールドで？」

「玄関の前で待ってるよ。カーヴァーの部下たちには見られたくないんだ」

「どうしてだい？」

「それはね――」もったいぶった口調でレックスが言った。「この殺人事件に、カーヴァーが深く関わっているからさ！」

タブは危うく受話器を落とすところだった。

「頭がおかしいんじゃないのか」と、反論した。

「僕がかい？　まあ、自分の目で確かめるんだな。それと、イェー・リンも関与している――急いでくれ！」

タブは食料を保管している小部屋に走り、ビスケットをひとつかみポケットに突っ込んでレインコートを着込むと、混乱した頭で悪天候の夜の闇に飛び出した。

まさか、カーヴァーが！

それればかりか、イェー・リンも加担しているなんて！

雨だけでなく風も出てきていて、〈メイフィールド〉に向かって人けのないピーク・アヴェニューを歩いていると、突風に近い風が吹きつけた。門を入るまで、レックスの姿に気づかなかった。彼は屋根付きの玄関ポーチの上で、ドアのそばに佇んでいた。近くのコンクリートの庭に車が停めてあるのが見える。

「暗闇でも大丈夫。懐中電灯があるんだ」と、レックスはささやき、タブは誰もいない真っ暗な玄関に足を踏み入れた。カビ臭さと、人の住んでいない家独特のむっとする空気が漂っている。

レックスの声が、興奮したように震えた。

「廊下へ下りたら電灯をつけよう」

懐中電灯の明かりを頼りに部屋を通り抜けてドアの鍵を開け、先に立って通路へ下りた。

「タブ、そのドアを閉めてくれ」と、声をひそめて言い、タブがそのとおりにすると、すべての照明を点灯させた。

廊下の突き当たりにレンガが山のように積まれ、モルタルで塗られた板があった。すでに地下室をレンガでふさぐ作業が始まったらしく、入り口に一列目のレンガが並べられていた。

レックスはレンガをまたいで中へ入り、空っぽの部屋の明かりをつけた。

「そこだ！」レックスは勝ち誇ったように言って、テーブルを指さした。

「何だい？」タブは驚いて尋ねた。

「テーブルの両端を持って引っ張ってみろ」

「だけど、テーブルは床に固定されている。それは前にも確かめた」

「いいから、言ったとおりにしろよ」レックスがもどかしそうにせかした。

タブはテーブルの上に屈み込み、両端を握って力任せに引っ張った……。

第三十二章

首の後ろに鈍い痛みが走り、体の自由を奪われている感じがして、タブは目を覚ました。気がつくと、壁に背をもたせかけて座っていた。痛む首をさすろうとしたが手が動かない。目を開けて周囲を見まわしたタブが最初に気づいたのは、自分の脚が縛られていることだった。縛っている革紐を呆けたように見てから、手を動かそうとした――が、両手は奇妙な位置にあった。後ろ手に手錠を掛けられているのだ。手錠の鎖に結ばれた紐が体の後ろを通って脚の革紐につながっていた。

「どうなってるんだ――」と呟くと、誰かが低い声で笑うのが聞こえた。

見上げると、そこにいたのはレックスだった。テーブルの端に腰かけて煙草を吸っている。

「気分はよくなったかい?」レックスが気遣うように訊いた。

「これはいったいどういうことなんだ、レックス」

「つまりね、電話でも言ったとおり、君はとうとうジェシー伯父さんを殺した犯人を見つけたんだよ」レックスの青く澄んだ目がぎらりと輝いた。「僕がジェシー・トラスミアを殺したのさ。飲んだくれのブラウンを殺したのも僕だ。ブラウンまで殺す気はなかったんだけどね」考え込むように続ける。「あいにく、彼がそう仕向けたんだ。ナポリにいるはずのときに、公園で僕に気づいてしまったんでね」

「外国に行ったんじゃなかったのか」そのちょっとした言葉から大きな嘘を見抜いたタブは息をのんだ。

レックスは首を横に振った。

「河口までしか行っていない。水先案内人の船で戻ったんだ。僕が送った電報は、スチュワードに金を握らせて打たせたものだ。一度もロンドンを離れちゃいないよ」

タブは言葉を失った。

「僕の望みどおりにしてくれていれば」レックスは非難めいた口調で言った。「君を金持ちにしてやったのに。薄汚い豚みたいに、僕の妻になる運命の女性を横取りしやがって！　その汚らわしい唇が、僕の女神の唇に触れたなんて！」レックスの声が震えた。

レックスを凝視していたタブは、自分が常軌を逸した男と対峙しているのを痛感した。

「僕の頭がおかしいと思っているだろう」タブの考えを見透かしたように、レックスが言った。「ひょっとしたら、そうかもしれない。でも、僕は彼女を愛しているんだ。ジェシー伯父さんを殺したのも、彼女が欲しくて、これ以上待てなかったからだ。彼女を手に入れるための金がどうしても必要だった」

とたんに、タブの脳裏にウルスラの言葉がよみがえった。「私がジェシー・トラスミアを殺したの。間接的な要因になってしまったんだわ」

ウルスラは知っていたんだ！　そう考えれば、レストランの部屋にレックスが入ってきたときのウルスラの奇妙な態度にも納得がいく。

イエー・リンも知っていて、だからこっそりドアの陰に隠れ、何か起きたときすぐに飛びかかれるように待機していたに違いない。油断のない、足音の静かなイェー・リンは、どんなときにも忠実に用心棒役を果たしていたのだ――タブは心の中で、イェー・リンの存在を神に感謝した。

レックスは地下室を出ていき、五分ほどして便箋を手に戻ってくると、それをテーブルに置き、椅子を引き上げて座った。

「タブ、君に一世一代のスクープをやるよ」その声にふざけた調子は感じられず、あるとすれば、きわめて真剣で穏やかな響きだけだった。

「君ら三人をどうやって殺したか、すべてをここに書くことにする」

タブは黙っていた。気まぐれな行動は、精神が錯乱した人間の特徴だ。三十分間、タブはカサカサいう紙の音と、その紙の上をペン先が走る音を聞いていた。一枚、また一枚と文字が書き込まれ、インクが吸い取られ、やがて便箋は行儀よく横に置かれた。自分はどうなる運命なのだろうか。レックスは自分を殺すだろう、それは間違いない。この男に訴えたところで聞く耳は持たないし、助けを呼んでもどうにもならない。地下室に閉じ込められた状態では、屋敷の外に声は届かないのだ。

そのことは、トラスミアが殺されたあとカーヴァーと実験済みだった。タブが地下室で空砲を撃ち、カーヴァーが外で耳を澄ませたが、何も聞こえなかった。

周囲を見まわして凶器の類いを探したが、たとえレックスが持ち込んでいたとしても、目に触れるところにはなかった。

「よし、全部ここに書いた。これをテーブルに置いておけば、君の骨が発見されたとき、なぜ死ぬことになったかがわかるってわけだ」

タブが見守るなか、レックスは飾り文字で署名をした。タブがよく面白がった昔風の飾り文字だ。

「どうするつもりだ、レックス」と、タブが静かに尋ねると、レックスはにっこりした。

「怖がらなくてもいいよ。筋骨たくましい君の体を傷つけたり、暴力を振るったりはしない。君はここに一人残って死んでいくんだ」

タブはじっと相手を見返した。

「君は考えていないのか――」と言いかけたが、やめたほうがいいと思い、口をつぐんだ。

「君のお友達のカーヴァーが捜しに来ないと思ってるわけじゃない。そう言おうとしたんだろう？　だがな、カーヴァーは君を見つけられない。そもそも彼は、ここには来ないさ。君がここにいることは誰も知らないんだ。昨夜の訪問者が僕だったなんて、カーヴァーは思ってもないだろうしな」

「君の部屋に時計はあるか」ふと思いついてタブは訊いた。

レックスは眉をひそめた。

「ホテルの部屋にか？」と、驚いた声を出した。

「ないんだな！」タブは勝ち誇ったように言った。「さすがはカーヴァーだ！　電話で、彼は時間を訊いたよな。それに君は答えた。カーヴァーには、フラットに押し入った犯人が君だとわかっていたんだ。電話をしたとき君は外出着のままで、懐中時計をポケットにしまってあるとね」

「そうか」レックスはぼんやりと呟いてから言った。「カーヴァーが今朝、僕に会いに来たのはそういうことだったのか！　部屋に時計があるかどうか確かめに来たんだな」ニヤッと笑ったが、剝き出した歯にユーモアはかけらも感じられなかった。「いずれにしても、君がここにいることを彼は知らない。おさらばだ、タブ。君に勧められて記者になろうとしたとき、僕がオフィスで犯罪の研究をしていたのを覚えているだろう。膨大な新聞の切り抜きから新たなトリックを思いついて、いつか実行に移そうと何年も温めていたんだ」

そこで口をつぐみ、ポケットから何かを取り出した。それは、一巻きの丈夫な綿糸だった。そしてベストから新しいピンを出し、すました顔で丁寧にそのピンの端に糸を結びつける様子を、タブは食い入るように見つめた。そのあいだずっと、レックスはなんでもない作業をしているかのように鼻歌を歌っていた。しばらくすると、ピン先をテーブルの中央に突き刺し、結びつけた糸を引っ張った。

どうやら満足したらしく、糸をさらにほどき、ある程度の長さになったところで鍵を糸に通してドアの外に持ち出した。そして糸の先だけを持って部屋の中に戻り、内側からドアの通風孔に通すと、外に出て注意深くドアを閉めた。室内を這う糸は充分に弛《たる》ませてある。錠がカチリと掛かる音を聞いて、タブの心は沈んだ。呆然とドアを見ていると、レックスが通風孔を通した糸を外から引っ張り始めた。やがて、ドアの下から鍵が現れた。弛んでいた糸が少しずつ高くなるにつれて鍵が持ち上がり、テーブルの高さまで上がった鍵はぴんと張った糸を滑り落ちてテーブルの上に到達した。糸がさらに強く引っ張られると、テーブルに刺さっていたピンが外れて鍵についた穴を通り抜け、鍵はテーブルの真ん中に載った。

ピンがきらめきながら床の上を引っ張られ通風孔を抜けていくのを、タブはまばたきもせず見守った。

あれが、ピンの謎だったのだ！

前回は糸がほどけたか、ドアの木の部分にピンの先端が引っ掛かったかして、タブが見つけた場所に落ちたのだろう。あるいは、わざと地下室に残し、トラスミア殺害のときには廊下に残すことで、謎を深めようとしたのかもしれない。

「見たか？」レックスの声が自慢げに震えた。「単純なトリックだろう？　それに素早い……タブ？」

　タブは答えない。

「僕は建築家としては二流だったけど、なんとレンガ職人の才能があったんだ！　僕がレンガを積むところを見せてやりたいよ。自分の腕があまりにいいんで、今日も職人を二人クビにした。仕上げは誰かほかの人間にやらせるって言ってね……今、僕がこの手で仕上げをしているんだぜ、タブ……」

　タブは両手を交差させ、手錠の鎖部分を一気に引きちぎろうとしたが、うまくいかなかった。脚がきつく縛られていて身動きが取れない。頭もひどく痛む。理由はわかっていた。意識を取り戻したとき真っ先に目に入ったのは、テーブルを引っ張れば秘密の通路が現れると騙されて上に屈み込んだときにレックスが振り下ろした土嚢《どのう》だったのだ。

　レックスは小さな声で歌を口ずさみ、その声に交じって、レンガを積むのに使う鏝《こて》の音が聞こえる。レンガの上にセメントを塗る音と、安定させるためにコツ、コツと叩く音だ。

「こいつは徹夜仕事になりそうだ」レックスが歌うのをやめ、通風孔に口を押し当てて話しかけた。「明かりを消しておくべきだったが、今さら手遅れだな」

「お前は哀れな薄のろだ」タブは軽蔑を込めて言った。「しみったれた精神異常者め。お前のようなどうしようもないデブ、怒る気にもなれないさ！」

　レックスがはっと息をのんだのがわかった。どうやらタブは、レックスの弱みを突いたようだ。

「わからないのか」と、タブは容赦なく言った。「カーヴァーが最初に見に来るのは、この地下室だ。それがレンガで埋まっていたら、すぐさまぶち壊すはずさ。お前がどんな言い訳をしようが、彼を止められはしない。そうしたら、何が見つかる？　お前がばかげたうぬぼれから書いた告白文だよ。それに僕の供述もある」

「そのときは、お前は死んでいる」と、レックスは怒鳴り、がむしゃらにレンガを積み始めた。

第三十三章

タブは冷静になって頭をはたらかせ、状況を分析した。レックスは錯乱している——そう言っても過言ではないだろう。常軌を逸したうぬぼれを抱く人間は、錯乱していると考えていい。うぬぼれのせいで、見つかれば死刑になる自供をわざわざ死の部屋に残したのだ。虚栄心と傷ついた自尊心が、レックスをこんな恐ろしい行動に走らせた。フラットにあったタブの書類の中から、ありもしないウルスラのラブレターを探そうとしたのも、ウルスラの愛を勝ち取ったタブの写真を破り捨てたのも、そのためだ。

強盗はレックスの仕業だった。彼以外に、誰が暗闇の中であれほど的確に動けただろう。そして、カーヴァーにはそれがわかっていたのだ！

犯罪に発展する狂気に、タブは関心があった。今よりも若く、自信に満ちあふれていた頃、そのテーマで研究論文を書いたことがある。今思えばつまらない推論の中に、一つだけ貴重な考察があった——心神喪失を証明する確証の必要性だ。「実際に容疑者が常軌を逸した残忍さを見せたり、誰かを執拗に追いかけまわしたりした行動を列挙するのではなく、その人物が精神異常であることを裏づける別の証拠が必要である。左右色の違う風変わりなブーツでないと気が済まないとか、ズボンをはかずに通りを歩く習慣がある、といった事実が、殺人を犯す傾向を持つ心神喪失の確証となるのである」

この基準からすると、レックスは正気と言える。

頭の半分でそんなことを考えながら、もう半分でタブは、今すぐ逃げ出せる方法を必死に模索していた。後ろ手に手錠を掛けられているし、両脚を縛っている革紐には歯が届かない。手錠の鎖と革紐を結んでいる紐がきついため膝が折れ曲がっていて、紐を切らないかぎり体を伸ばすのは無理そうだ。それさえできれば、鍵はすぐ近くにあるのだが……。試しに精いっぱい脚を引き上げ、一気に蹴り出した。タフなタブでも気を失いそうな痛みが走る。両肩が外れたのかと思うほどだった。手錠と革紐を結ぶ紐を指で触ってみる。丈夫な紐だ……指と爪を使って少しずつほぐせないだろうか。繊維を一本一本ばらばらにしていって親指の爪で切れば……。

レンガの壁が積み上がってしまったら、タブに残された時間はわずかしかない。地下室に別の通風孔があれば別だが、カーヴァーもタブも見つけてはいなかった。それに、たとえ紐を切ることができたとしても、レックスが作業を完成させるのを待たなければならない。手錠をはめられた状態でレックスの前に飛び出すのは自殺行為だ。唯一助かるチャンスは、外の作業が続いているあいだに紐を切って鍵を取り、体をよじってドアの錠を開け、積んだばかりのレンガを力任せに押し倒すことだ。早くしないと時間がなくなる……だが、紐はなかなか切れそうにない。

タブは横向きに転がり、テーブルの脚に足を踏ん張って頭を壁で支え、なんとか膝立ちに成功した。縛られているので、目はテーブルの天板の高さだ。棚が、スチール棚が見える……どこかにギザギザしたところがあるかもしれない。飛び跳ねるように膝を使って移動し、よさそうな箇所を見つけた。もう一度寝転がって今度は仰向けになり、懸命に体を伸ばして足を上げ、紐を棚に近づけた。そのあいだもずっと、鏝《こて》を使う音とレックスが口ずさむ歌が聞こえてくる。すぐさまタブは、自分の計画がうまくいかないことを悟った。尖った部分は棚板の下にあるのだが、紐は上側にしか届かないのだ。とにかく、しっかりとした足がかりを得ようと脚を交差させたところ、革紐が上方にずれた。さらに力を入れると膝上まで動かすことができ、タブはもう少しで歓喜の叫びを上げそうだった。それによって手錠と革紐をつなぐ紐が緩み、立つことくらいはできそうに思えたからだ。

素人レンガ職人の作業の音が不意に止まり、レックスが通風孔のプレートのところにやってきた。

「何をしたって時間の無駄だ」と、自信満々に言う。「一晩かかってその縛り方を練習したんだからな。絶対に逃げられはしない。たとえ出られたところで、後悔するだけさ!」

「失せろ、デブ!」タブが怒鳴った。「何か食べに行ったらどうだ、卑しい大食漢め!」

レックスが含み笑いをした。

「幕引き用の垂れ幕の綱《タブ・ライン》が好きなんだろう?」

「僕の目の前から消えろ」と、タブは言った。「お前なんか、わざとらしい気取り屋だ! せっかく莫大な富を得ても、やはり紳士にはなれなかったな――」

中に入ることのできないレックスが突然上げた怒りの声で、タブの言葉がかき消された。

「お前を殺しておけばよかった」レックスがわめいた。「くそっ、中に入れさえすれば――」

「でも入れない。だから、この場所はかえって安全なんだ。カーヴァーは知っている――それを忘れるな。カーヴァーは、きっとお前を捕まえる――彼はそう心に誓っているんだ。頭の狂った男をどうやって絞首刑にするのかはわからないがな」レックスは金属プレートにつかみかかるようにして、怒りのあまり嗚咽《おえつ》を漏らした。

「僕は狂ってない、断じて狂ってなんかいない」と、叫び声を上げた。「僕は正気だ！　誰にも刑務所に入れさせはしない……狂ってなどいないぞ、タブ。僕がおかしくないのは、お前も知ってるはずだ」

「お前は誰よりも病んでいる人間だ」と、タブはひるまずに言い返した。「ウルスラを救えて本当によかった――」考える前にふと口をついて言葉が出てしまった。

その一言がレックスを、彼自身も考えていなかった方向に押し出すことになったのだった。

「ウルスラ……僕のウルスラ！　いいか、彼女はもう僕のものなんだ……」

鍔を投げつける音が聞こえ、急いで足音が遠ざかっていった。

タブは膝立ちの状態のまま体をくねらせ、勢いをつけて両足で立ち上がった。ひどく体が痛く、膝は異様に曲がっていたが、どうにか立って足を数インチずつ動かした。そうやってテーブルまで進み、身を乗り出して顎で鍵を引き寄せた。注意深く端まで持ってくると、持ち手を歯でくわえてドアへ向かう。だが、錠は壁に近いところにあるので、鍵を差し込める位置にうまく頭を寄せられない。二度試したところで、恐れていたことが起きた。くわえていた鍵が音をたてて床に落ちたのだ。

ひざまずいて拾おうとしたそのとき、誰かが動きまわる音がした。レックスが居間に続くドアを開け、何かを叫んだ。何と言ったのかはわからなかったが、棒を折るような音が聞こえてきた。ポキッ、ポキッ、ポキッ！　タブは鼻をひくつかせた。微かにガソリンの燃える臭いがし、最悪の事態が起きたことを察知した。〈メイフィールド〉が燃えているのだ。

第三十四章

「どなたも出ません」と、電話交換手が言った。

カーヴァーはいらいらと鼻をこすり、時計を見上げた。そして再び受話器を取り上げた。

「ハートフォード九〇六を頼む」

五分後、電話がつながった。

「アードファーンさん……カーヴァーです。本当に申し訳ありません……お休みになっておられましたよね……どうもすみません！　タブは何時にそちらを出ましたか……八時半……そうですか。ああ、はい、彼は大丈夫です……会社に行って……ええ、土曜の夜ですから楽しんでいるのでしょう。ご心配なく……はい、問題ありません。ただ、電話をくれる約束だったものですから……恋に心を奪われた若者は信用できませんな……何かあればご連絡します」

カーヴァーは受話器を置いて時計を見上げてから、ベルを押した。応じてやってきた巡査部長は、今にも嵐の中に出かけると予期していたような格好をしていた。

「みんな準備はできているのか……よし。ピッツ・ホテルだ。入り口に二人ずつと、逃げたときのために一人を二階に待機させろ。やつの部屋には精鋭四人を行かせよう……発砲されても素早くかわせる機敏なメンツを揃えろ……相手は撃ってくるぞ」

「容疑者は誰なんですか」

「レックス・ランダーだ。殺人と文書偽造、殺人未遂、強盗の罪で手配したい。ホテルにいなければ簡単なんだが……帰ってくるところを押さえればいいからな。おそらく、夜間のポーターがやつにたんまりチップをもらったに違いない。そいつが昨夜、電話で私を待たせて、ランダーが部屋へ戻って電話に出られるよう時間稼ぎをしたんだ。だから客室係が勤務を終える前に行ったほうがいいな。ランダーが拳銃を持っていることを従業員に知らせるのを忘れるなよ！　もし、すでに夜間のポーターが勤務に就いていたら身柄を確保しろ。そいつに電話を取らせてはならん……電話に出ようとしたら、腕ずくで阻止するんだ。私も五分で合流する」

カーヴァーは再びタブに電話を試みたが、今度も通じなかった。そのとき、あることを思いついた。下の階に住むスポーツ好きな住人の名前をタブから聞いていたのを思い出したのだ。だが確かタブは、その住人はめったに自宅にいないとも言っていた。それでも、可能性はゼロではない。

タブは受話器を耳に当てて待った。

「カウリングさんですか……突然お電話して申し訳ありません……私は、お宅の上の階に住むホランドの友人のカーヴァー警部といいます。ホランドが自宅にいるかどうかおわかりになりませんか。さっきから連絡しているのですが……電話のベルがずっと聞こえていた？　ええ、それは私です」

「彼なら、一時間くらい前に帰ってきましたよ」と、カウリングの声が言った。「そうしたら電話がかかってきましてね。ここは上の部屋の電話の声がよく聞こえるんですよ。ベックスだかウェックスだか、そんな名前の相手だったたな」

「レックスですか？」カーヴァーが勢い込んで尋ねた。「ええ、はい……出かけたんですね？――ありがとうございました」

少しのあいだ座ったまま吸い取り紙の束を見つめていたが、すぐに立ち上がってレインコートを羽織った。

署を出ると部下たちが次々にタクシーに乗っていて、カーヴァーも先頭の車に乗り込んだ。間に合うだろうか。カーヴァーは焦っていた。トラスミアの執事だったグリーンの宣誓供述を取ったうえで、逮捕状はすでに出してもらっている。トラスミアの遺体が発見されたその日にこの証人に電報を打ち、オーストラリアから呼び寄せたのだ。グリーンの答えが、カーヴァーの疑念を確信に変えたのだった。

もし間に合わなかったら、後悔してもしきれない。巡査部長を引き連れ、カーヴァーは急いでホテルに入った。ラウンジには人けがなく明かりが半分消えている。思ったとおり客室係は帰ったあとで、体格のいい夜間のポーターが仕事を引き継いでいた。

「ランダー様ですか。お部屋にはいらっしゃらないと思いますが、一応、お電話してみます」

「電話に触るな！」と、カーヴァーが言った。「警察だ。やつの部屋に案内しろ」

一瞬ためらったポーターに、さらに強い調子で命じた。

「その電話に少しでも触れたら、ブタ箱にぶち込んでやる。そこから出てこい！」

ポーターはしぶしぶ従った。

「私は何もしちゃいません。ただ――」

「この男を見張っておけ」と、カーヴァーは言った。「さあ、ランダーの部屋の鍵をよこすんだ」

ポーターはフックに掛かっていた鍵を取り、カウンター越しに投げてよこした。

カーヴァーが予期していたとおり、レックスのスイートは空だった。

「この部屋を徹底的に調べてくれ」カーヴァーは巡査部長に指示した。「手伝いを一人残していく。ほかの連中は、いいと言うまで全員持ち場で待機だ。容疑者があとから帰ってくるかもしれん」

ロビーで三十分待ったが、劇場から帰ってきた客を乗せた車やタクシーが次々に到着するなか、レックス・ランダーの姿は見えなかった。

ポーターが急にペラペラ喋り始めた。

「私には妻と三人の子供がいるので、面倒に巻き込まれるのは困るんです。いったい、ランダー様にどんなご用なんですか」

「お前には教えられない」カーヴァーはそっけなく答えた。

「もし、とても深刻なことでしたら、私は何も知りません」と、ポーターは言った。「つい最近、ランダー様にちょっとした頼まれ事はしましたが」

「昨夜のことだろう」

「そうです。ランダー様がロビーにいらしたときに電話がかかってきまして、部屋へ行くまで時間稼ぎをしてくれと頼まれたんです。電話の相手は、うまくいっていない女友達だとおっしゃってました。私が知っているのはそれだけです。ランダー様は、とてもいい方ですよ」ポーターはレックスを擁護した。

「ああ、たいした人物だよな」と、カーヴァーは皮肉っぽく応えた。「どうした?」

部屋の捜索に残してきた部下の一人が、大急ぎで駆け寄ってきた。カーヴァーを脇に連れていき、ポケットから銃身の長い旧式のリボルバーを取り出した。

「引き出しから、これが出てきました」

カーヴァーは丹念に銃を調べた。銃尻の金属に彫られた漢字を見るまでもなく、それが何であるかは一目瞭然だった。

「やはりな。中国当局の支給品だ。約十五年前に軍の将校に配られたものだ。たぶん、トラスミアが持っていたのだろう」弾倉を開けてみるとフルに装弾されていた。四発は新しい弾で、二発は使用済みの薬莢《やっきょう》だ。「大切に保管しろ。紙にくるんで指紋採取に回すんだ」と、部下に命じた。「ほかに見つかったものは?」

「バーブリッジで指輪を購入したレシートがありました」と部下が言うと、カーヴァーは微かに笑みを浮かべた。

レックスが「ローマ土産」だと言ってタブに送った指輪は、ダウティー街《ストリート》から二、三マイルしか離れていない店で買われたものだった。海外にいたことを印象づけるために、わざとプレゼントしたのだ。

警察本部から電話が入りカーヴァーが受話器を手にしたのは、十二時近かった。

「カーヴァー警部ですか……メイフィールドが火事です……たった今、通報がありました」

カーヴァーは、まるで受話器が焼けているかのように慌てて手を放し、一目散にドアへ向かった。ちょうどタクシーがホテルの前で客を下ろしたところで、カーヴァーは客たちを押しのけて車に乗り込んだ。

「ピーク・アヴェニューへ行ってくれ」

〈メイフィールド〉を考えつかないとは、なんてばかだったんだ! 暗い車内で、カーヴァーはいまいましげに舌打ちした。レックスからの電話を受けてタブが外出したと知ったあとでも、まだ思いつかなかったとは！　タブを誘い出すとしたら、あの場所しかないではないか――そう、〈メイフィールド〉だ。タブは友人に何の疑いも持たず、快く誘いに応じたに違いない。そして――カーヴァーは身震いした。

破られた写真の重要性が、今やはっきりとわかった。異常なまでの嫉妬に駆られた犯人は、何があろうと犯行を思いとどまりはしないだろう。すでに二件の殺人を犯しているからには、三件目は簡単に手を下すはずだ。

ピーク・アヴェニューのずっと手前で空を焦がす火の手が見え、カーヴァーは唸り声を発した。あの燃え盛る炎の中で、レックス・ランダーは自分のライバルとともに、犯行の証拠の大半も焼いてしまったのだ。

タクシーは警察の規制線を通り抜けてピーク・アヴェニューに入った。着の身着のままで家から出てきて、ドーム型の屋敷の屋根から立ち上る炎に明るく照らされた近隣住民で、通りは混雑していた。カーヴァーがタクシーを飛び降りたのと同時に、屋根が崩れ落ちた。暗い夜空に火柱が上がり、カーヴァーは言いようのない悲しみで呆然と立ち尽くすことしかできなかった。

そのとき、誰かに肘をつつかれて振り向いたカーヴァーの目に、ずぶ濡れで汚れたナイトガウンを着た男が映った。小柄な男の顔は煤《すす》で真っ黒なうえに目は赤く血走っていて、最初は誰なのかわからなかった。

「私の父は消防士だった」ストットが胸を張った。「わがストット家は、不屈の精神を備えた家系だ。誰もが英雄なのだ！」

カーヴァーはストットを見て仰天した。
ストットは酔っ払っていたのだ！

第三十五章

顔に大きなハンカチを巻いたエリーヌ・シンプソンは、寝返りを打ってうめいた。あいにく、エリーヌの寝室はストット夫妻の部屋の真上に位置する。といっても、夫人のほうはエリーヌのうめき声にびくともしなかった。

そのうちにストットは、次に苦悶のうめきが聞こえるのをじりじりと待つようになっていた。それがなかなか来ないと頭に血が上り、ようやくうめき声が壁を揺らしたときには逆上した。エリーヌがうめく間隔は一定ではなかったのだ。

「エリーヌ、いい加減にしろ!」と、ストットが怒鳴り、さすがの夫人もその声に目を覚ました。

「あの子は歯を抜いたばかりなんですから」と、ストット夫人は眠そうな声で諭した。

「上に行って、起きて歩きまわるよう言ってこい……いや、待て、歩くのはよくないな。静かに座っているほうがいい」

「んー」と小さな声を出したかと思うと、夫人は幸せそうに息を吐き出した。

ストットが夫人を睨んだとき、またもや上階からうめき声がした。仕方なくベッドから起き上がり、ナイトガウン——実際は日本の着物だった——を羽織って階段を上がった。

「エリーヌ!」時間が時間なので声を押し殺した、だが強い口調で呼びかけた。

「はい、旦那様」痛々しい声だ。

「いったいお前は――なんだってそんな……そんなに大騒ぎしているんだね」

「ああ、旦那様……その……歯が……とても痛むんです！」エリーヌはいきなり泣き出した。

「ばかな！　歯科医院にある歯がなんで痛むんだ。子供じゃないんだから、しっかりしなさい。起きて何か口にするといい……下に来なさい……ちゃんとした格好をしてくるんだぞ」

ストットはダイニングへ下り、秘密の戸棚から高そうなラベルのボトルを取り出した。タンブラーに気前よく注ぐ。

フランネルのナイトガウンにスカート姿のエリーヌがやってきた。なんとも惨めな顔をしている。

「これを飲みなさい」と、ストットが言った。

エリーヌはおっかなびっくりグラスを手に取り、しげしげと見た。「私には飲めません」と、圧倒されたように言う。

「いいから飲むんだ！」ストットが頭ごなしに命じた。「別に、なんてことはない」

その言葉を証明するため、ストットは自分にもなみなみと注いで一気に飲み干した。おかげで、ストットのほうがウイスキーにのまれてしまいそうだった。少なくとも足元はおぼつかなくなった。幸い、エリーヌは窒息しそうになったのと溶けた鉛を飲み込んだような感覚に気を取られていたので、酒が強いという彼の評判に傷がつくことはなかった。主人が魚のように喘ぎながら喉をつかんでいることにまったく気づかなかったのだ。

「まあ、旦那様……これは何なんです？」やっとのことで口がきけるようになると、エリーヌが訊いた。

「ウイスキーだ」喉を絞めつけられたような声でストットが答えた。「ストレートのウイスキーさ！　なんてことないだろう」

ストレートのウイスキーを飲んだことがなかったエリーヌには、このうえなくワイルドな飲み物に思えた。とても尖った感じがする。あらためて尊敬の念を抱いて主人を見た。

「なんてことはないさ」と、ストットはもう一度言った。衝撃がひととおり治まると、本当になんでもないように思えてきた。ストットはこれでも禁欲的な人間で、実を言うとウイスキーをストレートで飲んだことがなかったのだ。強がって一気に呷ったのだが、いざ飲んでみると味は悪くなかった。

「歯はどうだ」

「平気です、旦那様」エリーヌはうれしそうに言った。なんだかうきうきしたいい気持ちだ。ストットも同様だった。

「座りなさい、エリーヌ」ストットはふんぞり返って椅子を指した。

エリーヌは、間の抜けた笑みを浮かべて腰かけた。

「私は昔から酒豪でな」ストットは重々しい口ぶりで言った。「父親似なのだ。『ボトル三本を飲む男』と呼ばれている」

話しながら、自分で驚いていた。汚名を着せられた父親は、本当はバプテスト派教会の牧師だったのである。

「まあ！」エリーヌは感心して言った。「それなのに、戸棚には二本しかボトルがありません！」

ストットは戸棚に目をやった。

「一本しかないぞ、エリーヌ」と咎《とが》めるように言ってから、もう一度よく見た。「いや、待てよ、お前の言うとおりかもしれん」片目を閉じ、次に反対の目を閉じた。「やっぱり一本だ」

「二本です」エリーヌは不服そうに呟いた。

「わがストット家の人間は向こう見ずな血筋なのだ」と、ストットはむっつりと言った。「窮地を脱したかと思うと、すぐにまた別の窮地に陥る。大酒飲みもいれば、極端な乗馬好きもいるし、生活苦に見舞われた者もいる。いわば社会の中で最も善良で高潔な、聖書でいう『地の塩』（『マタイによる福音書』五章十三節）だな」

「ボトルが三本あります！」エリーヌが目を丸くして言った。

「父はキッド・マギンティと二十五ラウンドも戦った」ストットは首を振った。「そして相手を倒した……こてんぱんにな。うちの一族は誰しもファイターなのだ。くそっ！」ボクサー気取りになったストットの頭にある記憶がよみがえった。「あのとき、悪党にこの手をかけられてさえいれば……！」

顔をしかめて立ち上がり、すたすたと玄関に行く。気づいたエリーヌがあとを追った。歩幅は小さいほうだが、思った以上に早く歩けた。ストットは玄関前の階段の上で両手を腰に当てて仁王立ちし、〈メイフィールド〉に蔑むような視線を向けた。

「やれるもんなら、やってみろ――いいか、見ているがいい！」と、向かいの屋敷に向かって挑みかかる。「このストット様が相手になってやる――」

エリーヌが取り乱してストットの腕にしがみついた。

「まあ、旦那様……あそこに誰かいます！」

確かに何者かの姿があった。正面の部屋に明かりが見える――ぼんやりとした赤い光だ。すると勢いよくドアが閉まった。「誰かいる……？」

ストットは血相を変えて階段を駆け下りた。段を踏み外してもバランスを崩さなかった。

「誰かいるのか……？」

敷地の境界線代わりに植えてある刈り込まれた生け垣の下に、庭師がよく鋤《すき》を置きっ放しにしているのをおぼろげに思い出した。

「旦那様、風邪をひいてしまいますよ」と、エリーヌが必死に叫んだ。

だがストットは、要らぬお節介で大声を出しているエリーヌが目に入っていなかったし、体をずぶ濡れにする雨も、ナイトガウンをはだけさせる風も意識になかった。目当ての鋤を手探りで見つけ出したとき、〈メイフィールド〉の壊れそうな門から一台の車が猛スピードで走り出してきた。

「おい、貴様」ストットが怒鳴りつけた。「いったい、どういう了見だ」

道の真ん中に立ちふさがって鋤を振りまわす――車の泥除け《マッドガード》がすれすれのところを掠めた。

ストットは振り向いて、走り去る車を睨みつけた。

「なんてやつだ……ライトもつけとらん！」

しかし、〈メイフィールド〉の中には明かりが見えていた。白、赤、黄の明かりが、舌なめずりするようにちらちらと揺れている。

「火事だ！」ストットは、だみ声で言った。

よろめきながら〈メイフィールド〉の玄関ドアまで上がり、細いガラス板を鋤で叩き割ると、手を入れてノブを回し、つんのめるように廊下に入った。

「火事だ！」と、大声でがなる。

そこでストットは、やるべきことがある、と思いついた……救わなければならない人間がいる気がしたのだ。ダイニングの窓側で炎が上がっていたせいで、開いているドアが見えた。ドアの下は一定の明るさが保たれている。

「誰かいるのか」ストットは叫んだ。

とたんに背筋がぞくっとした。遠くで声が聞こえたのだ。

「ここだ！」

「火事だぞ！」とわめきながら、転げるように階段を下りた。声はドアの向こうから聞こえる。

「待って……今、鍵を蹴り出すから……」

金属のこすれる音がして、何かが足元のレンガに当たった。

ストットは眉をひそめて見下ろした。鍵だ。

「ドアを開けてくれ」中から切迫した声がする。

ストットは屈んで鍵を拾うと、鍵穴に差し込もうとして三度目でようやく成功した。

痛みのせいか二つ折りになった男が足を引きずりながら出てきた。

「革紐をほどいてくれ」と、男が頼んだ。

「火事になっているぞ」ストットは強い口調で言った。

「わかってる……早く」

革紐のバックルを緩めてやると、男が立ち上がった。

「あの書類を取ってきてくれ……テーブルの上のだ」と、見知らぬ男が言った。「僕には無理なんだ。後ろ手に手錠をはめられている」

ストットは言われたとおりにした。

廊下に煙が充満し、いきなり停電した。

「走れ！」と、タブが声を振り絞り、ストットは鋤を手にしたまま、暗闇の中を手探りで進んだ。階段の下でいったん立ち止まった。辺りを覆う熱が凄まじくなり、上では炎が渦を巻いている。

「床を叩け……その鋤でカーペットを引きはがして走るんだ……僕のことは心配するな！」

ストットは果敢に階段を上り、力いっぱい床に鋤を振り下ろした。煙で前が見えない。髪の毛が熱で焦げるのがわかった。

すると後ろにいたタブに肩で押され、燃え盛るかまどに投げ出されたような気がした。えい、と気合を入れて飛び跳ねると、次の瞬間、彼は廊下にいた……喘ぎながらも生きている。

「外か……！」

タブはぼうっとしているストットを再び肩で押し、ストットは雨の中に歩み出た。そのとき、一台目の消防車が甲高い音とともに通りに入ってきた。

「やっと来たか」ストットは満足げに言った。「一杯どうだ」

タブには酒を飲むよりも先にしたいことがあった。走っている警官に向かって声をかける。

「すみません……この手錠を外していただけませんか。僕は『メガフォン』紙のホランドです。助かった！　ありがとうございます」

鍵が回る音がし、タブは晴れて自由の身となった。

痛む両腕を伸ばす。

「さあ、一杯やろう」と、ストットにせっつかれ、まんざらばかげた誘いでもないか、とタブは従った。

連れだってストット家のダイニングへ行くと、エリーヌが高音の裏声で歌っていた。さすがのストット夫人も起き出してくるほどの大声だったようで、二人が入ったとき、驚きと恥ずかしさの入り交じった表情をした部屋着姿の夫人が、夢中で歌うエリーヌを見つめていた。

夫人は夫の姿を見て目まいを起こしそうになった。タブのことはほとんど目に入っていないらしい――歌っているエリーヌさえ、視界から消えてしまっていた。

「いったい、どうなさったんですか」涙ぐんで尋ねた。

「火事《ファイアー》があったんだ」と、ストットはぼそぼそと答えた。

そしてエリーヌを鋭く睨みつけ、ドアを指さした。

「黙れ、エリーヌ！　もう寝ろ！　お前はクビだ――今夜二つ目の『ファイアー』だ！」

自分のしゃれに悦に入ったストットは急に笑いだし、いつまでも笑い声をたてていそうだったが、別の消防車の音が聞こえて浮かれた気分を打ち破られ、大股に家を出ていった。

「あの人、具合が悪そうだわ」取り乱した声で夫人が言った。「どうしましょう――静かにして、エリーヌ！　こんな夜中に神聖な歌を歌うもんじゃありません！」

そこへストットが急いで戻ってきた。後ろにいたのは、カーヴァーだった。

「よかった……まさかこんな……！」

そのあとは、うまく言葉にならなかった。

「私が彼を救ったのだ」ストットが大声を出した。

顔は真っ黒で、ナイトガウンの焼けていない部分はびしょ濡れだ。ストットはこれみよがしに鋤を振りまわした。

「私が助けた」と、誇らしげに言った。「わがストット家は不屈の精神を持つ家系なのだ。父は消防士だった――大勢の人を焼け死なないように救ったんだ」

ようやく話が少しだけ真実に近づいた。前述したとおり、ストットの父親は全浸礼のバプテスト派の牧師だったのだから。

第三十六章

「直ちにアードファーンさんに警告しなければ。少し前に電話で話したんだ。君のことを訊いたんだが、もしかしたら危機感を覚えて起きているかもしれん。起きていてくれることを祈るしかない！」と、カーヴァーは言った。

しかし、さっきは簡単に通じたハートフォード九〇六の番号に電話がつながらなかった。ハートフォードの交換手は二度試し、途中で途切れたと報告した。

カーヴァーは険しい顔でダイニングに戻ってきた。夫人もエリーヌもいなくなっていたので、タブと二人きりで話すことができた。ストットは腹の上で両手を組んで椅子に座ったまま、ぐっすり眠っていた。口元には微かに笑みが浮かんでいる。きっと不屈の精神を持つ英雄だった先祖の夢でも見ているのだろう。

「タブ、ストーン・コテージのことはよく知っているよな。電話の配線を覚えていないか。電話線が直接家の中に引き込んであるか、それとも道路から引かれているかわかるか」

「道路から引かれているのだと思います」と、タブは答えた。「電話線が家の外を通って庭を横切っているはずです。見栄えが悪いとウルスラがこぼしていましたから」

カーヴァーは頷いた。

「だとしたら、やつはストーン・コテージにいるんだ。そして電話線を切った。最寄りの警察署に連絡して様子を見に行ってもらう。その間《かん》に車を持っている人間を見つけよう。急いで探してきてくれ」

幸い、すぐに見つかった。隣の家に住んでいるのが、スポーツカーを飛ばすのがなにより好きだという若者で、警察の許可を得てスピード制限を破れるとあって、運転手の任務を大乗り気で引き受けた。

タブが戻ると、庭門でカーヴァーが待っていた。

「あの車か？　道はわかるのか」

「目隠ししてたってわかりますよ」と、素人運転手は胸を張った……。

運転はかなり荒かった。スピード制限をいつも鼻で笑っているタブでさえ、運転手の無鉄砲さに舌を巻いたくらいだ。

刺すように打ちつける激しい雨の中を、車は猛スピードで走った。雨脚が強いせいで、二つの強力なランプが前方の暗闇に幻想的な靄《もや》と光の輪を作り出していた。ぬかるんだ曲がり角を横滑りしながら、狭い道を突き進む……途中、タブは生け垣の陰に停まっている黒い車を見たように思った……が、確かめる間もなく通り過ぎてしまった。

車から飛び出したとき、庭門は開いていた。門を入ると、垂れ下がった電話線がタブの顔に当たった。

訪問者がいた証拠を探す必要はなかった……玄関ドアがいっぱいに開いていたのだ。

静まり返った玄関に立ったタブの心臓は早鐘のように打っていた。聞こえてくるのは、タブの心臓と同じリズムを刻む、静かな時計の音だけだった。タブはマッチを擦り、ウルスラがいつもサイドテーブルに置いていたキャンドルの一つに火を灯した。そのほのかな明かりで、玄関にある椅子がひっくり返って、争った痕跡を示すかのようにカーペットの上に倒れているのが見えた。タブはよろめいて壁にしがみついた。

「僕が一人で行きます」かすれ声でささやき、ゆっくりと階段を上った。一歩一歩、重い足を踏み出す。

踊り場には薄暗い常夜灯が灯っていた。四角いブルーのカーペットが敷かれた広い踊り場に、安楽椅子が二脚とネストテーブルが置いてある。暑い日には開けることもできる天窓があるので、時々そこで読書をするのだとウルスラが言っていた。ここもカーペットがずれていて、青いソファの上には――。

タブは唇を噛んで、叫びそうになるのをこらえた。

血痕！　ソファの片隅に大きな染みがある。恐る恐る触り、指先を見た。血だ！

膝から力が抜け、一瞬座り込んだが、再び力を振り絞って立ち上がり、ウルスラの部屋のドアに近づいてノブを回した。

キャンドルの火を手でかばいながら部屋に足を踏み入れる。誰かがベッドに横たわっている。茶色の髪が枕の上に扇のように広がり、顔は向こうを向いている。そして……タブの心臓が凍りついた。

「誰？」と、眠たげな声が言った。

ウルスラが肘をついてこちらを向き、キャンドルの明かりを避けるように目の前に手をかざした。

「ウルスラ！」タブは息をついた。

「まあ――タブじゃないの！」

ウルスラが引き出しかけたものを枕の下に押し込んだとき、金属がきらりと光るのが見えた。

「タブ！」ウルスラはベッドの上で体を起こした。「どうしたの、タブ、何があったの？」

キャンドルを持つ手が震え、タブはそれをテーブルに置いた。

「いったい、どうしたっていうの」

タブは答えることができなかった。ベッドの脇にひざまずき、曲げた腕に顔をうずめて、震え声で安堵の言葉を漏らしたのだった。

第三十七章

レックスは雨の中を運転しながら、ほくそ笑んでいた。今や、頭を悩ませていた大きな問題は消えた。困難はすべてうまい具合に解決した。急ぐことはない。行き着く先はもう確かなのだから。四年間、彼の心を虜にしてきた女性、ひそかに集めた数えきれないほどの写真で毎日顔を眺め、来る夜も来る夜も声を聞いて、ほかのあらゆる考えを押しのけて彼の思考の中心を占めてきた女性が、とうとう自分のものになるのだ！

ウルスラに対する愛慕の気持ちをからかわれたときから、レックスはかつての友に反感を抱いていた。タブがウルスラの心に入り込み、自分がいないあいだに彼女の愛を勝ち取った信じがたい事実を知ったときには憎悪に駆られた。

レックスは、ある仮定に基づいて人生設計を立ててきた。富だ！　自分が選んだ相手に、人間の虚栄心や弱さが欲しがるものを何でも与えられる強大な力だ。

タブは死んだ、とレックスは満足そうに思い返した。自分が書いた自白も灰になった。衝動的にあんなものを書いてしまって、レックスは後悔していた。タブを〈メイフィールド〉に誘い込んだ時点では、そんなことをするつもりはなかったのに、自分の愚かさに戸惑っていた。どう考えても狂った行為だ。狂っている？　レックスは眉を寄せた。自分は狂ってなどいない。優雅で美しいウルスラのような女性を手に入れたいと思うのは、ごく健全だ。金が欲しいと思うのも、欲しいものを手に入れるため極端な行動に出るのも、正常な人間の欲求なのだ。昔から、人類は自らの地位を高めるために殺し合いをしてきた。彼らは決して狂人ではなかった。ならば、自分だって同じだ。自分は綿密な計画を立てて実行に移した。頭のおかしい人間が、そんな計画を立てられるわけがない。

今夜こそ、ウルスラは結婚を承諾してくれるだろう。一度は断ったとしても、必ず思い直してくれるはずだ。家を出るときには、晴れて彼女に恋人として認められているのだ。そこまで考えて、レックスははっと息をのんだ。

「僕は、狂っているのか?」前にカーヴァーに見つかりかけた脇道の曲がり角に車を停め、声に出して自問した。

狂った人間は、こんなに用心深くはない。万が一、使用人が警察に通報するかもしれないと思いついたり、電話線に投げかけて引き下ろすのに錘《おもり》のついた紐をポケットに忍ばせたりはしない。頭がおかしくなった人間が、紐の長さを計算できるものか——タブを縛り、電話線を破壊するのに必要な長さ——そのために十分足りる長さの紐を買えるはずがないではないか。

「断じて狂ってなんかいない」と言いながら、レックスは門を抜けた。

家は暗闇に包まれていた。二階のウルスラの寝室の窓にも明かりはない。

細かいところまで偵察済みなので、侵入口は見当をつけてある。通常の訪問なら彼が鳴らす呼び鈴に使用人が応対に出るところだが、レックスは勝手に客間の開き窓を開け、足音を忍ばせて手前の部屋へ入った。

今まさに、彼女の部屋にいる！　ウルスラの居間だ！　あたかもそこに彼女がいるかのような美しさをたたえている。レックスは満ち足りた気分で座り、ウルスラが触れたものすべてから漂う匂いを吸い込んで、ダウティー街《ストリート》での眠れない夜や、仕事をしていなければならないはずのオフィスや、彼女の声にうっとりと聞き惚れたあと劇場から一人で歩いて帰るときによくやっていたように、夢想にふけった。

ポケットから大きな懐中電灯を取り出し、周囲を照らす。小型のアップライトピアノの上にバラを活けた鉢があり、レックスはその中の一本をうやうやしく手に取って茎をもぎ、ボタンホールに差した。彼女の手がこの花に触れたのだ。庭から摘んできた花に口づけしたかもしれない――レックスは首を曲げ、ベルベットのような花びらに唇をつけた。

玄関ドアに鍵は掛かっていなかった。レックスは、板石を敷いた広い玄関に立った。隅にある大きな振り子時計が静かに時を刻んでいる。

ウルスラの寝室は家の前面にあった。間違うはずはなかったが、高まる期待に胸の鼓動が早まり、踊り場で一息つかなければならなかった。懐中電灯をソファに置き、無意識に髪の毛を整える。そして、つま先で歩いて二階に向かった。ドアノブに手を伸ばしたそのとき、首に腕が巻きついた。しなやかで力強いその腕は、レックスの喉から出そうになった叫び声さえも締め上げた。

腕の力があまりに強いので、レックスは相手を体ごと担ぎ上げてひねり倒したが、イェー・リンに脚を絡まれた。なんとか捩《ね》じって自由になった手をポケットに突っ込む。イェー・リンの目が、鈍く光るオートマチックの拳銃を捉えた。

「すまんな」と、イェー・リンがささやいた。

レックスは一瞬、左半身に痙攣《けいれん》のような痛みを感じた。

「貴様……！」ゴボッと喉を鳴らし一度大きく咳き込んだレックスを、イェー・リンがソファに横たえた。

立ち上がり、頭を前傾させて耳を澄ます。下の玄関から響く「チク、タク、チク、タク」という音以外、何も聞こえない。レックスのまぶたを持ち上げそっと眼球に触れる。彼は死んでいた。

袖から青いシルクのハンカチを出して顔と目を拭き、注意深く袖に戻した。屈み込んで、力なく垂れたレックスの腕を首に回し、その体を肩に担いだまま苦痛に耐えながらゆっくりと階段を下りる。階段の下で思わず遺体を下ろした。椅子を探したが見つからなかったので、遺体のそばの床に座って息を整え、静かに立ち上がって玄関のドアをいっぱいに開いた。

暗い夜だったが、微かに物が見える程度の明かりはあった。イェー・リンには、もはや遺体を担ぎ上げることはできず、玄関から引きずり出すしかなかった。途中、椅子にぶつかったが、幸い椅子はカーペットの上に倒れたので音はしなかった。庭に出て、舗装された小道を通り、道路に出る……。

イェー・リンの息は弱々しい笛のようになり、もう一度止まって息を整えなければならなかった。再び遺体を持ち上げようと奮闘し、どうにか成功した。よろよろと道を上り、膝が笑いそうになりながらも、強い意志だけは変わることがなかった。家から充分安全な距離まで離れたところで遺体を下ろし、レックスの車を捜しに行った。車は簡単に見つかった。それもそのはずで、イェー・リンはレックスが到着したところを目撃していたのだった。エンジンをかけ、車をバックさせて遺体のそばまで戻る。そして車を降り、遺体を持ち上げて後部座席に乗せると煙草に火をつけ、ライトを点灯させて、ゆっくりとストーフォードに向かった。

自分の新宅から半マイルの地点まで来ると、残りの半マイルはライトを消して進んだ。生け垣ぎりぎりに車を寄せて、だらりとした遺体を肩に担ぎ、ぬかるんだ地面を踏みつけながらセメントのタンクを支える支柱まで運ぶ。地平線に稲妻が走った。イェー・リンがあらかじめ承知していたのかどうかわからないが、建設途中のまま放置された〈楽しき思い出〉の柱の状況が稲光に照らし出された。予定地に立つ桶のような木型の中央から細長い木の幹のように突き出した鋼心が、強風に煽られて揺れている。

イェー・リンは苦労して、足場の横木に固定されているロープの端を見つけ、それを遺体の腰に結びつけると巻き上げ機へ走った。雷鳴が轟き、先ほどまでより長い振動と、青い閃光が辺りを包んだ。巻き上げられた遺体が宙に浮いているのを見上げて確かめ、さらに滑車を回した。

風は激しく吹き荒《すさ》び、錘《おもり》のようにロープの先端に吊るされた遺体が前後に大きく揺れる。イェー・リンは、その動きを注意深く見守った。そのうち、次々に稲妻が光りだした。遺体は木型のすぐ上で揺れている。イェー・リンが旧式のブレーキを緩め、遺体が落ちた。ソファで見つけた懐中電灯を胸ポケットから取り出し、木型を照らす。よし、狙いどおり遺体は消えて見えなくなった。

木型の外に掛けてあった梯子《はしご》を上ると、内側に別の梯子があるのを見つけ、円柱のてっぺんから八フィートほど下りて、固まりつつあるコンクリートの表面に到達した。ロープは緩めずに遺体を引きずって立たせ、力強い手で素早く鋼心に括りつけてぐるぐる巻きにする。それからロープを切って端を結ぶと木型のてっぺんまで上り、ぐったりとした遺体を見下ろした。今や稲光はひっきりなしに周囲を照らし、雷は激しさを増していた。下を見たイェー・リンは満足し、内側の梯子を引き上げて外に投げ捨て、自分も地面に下りた。

そして今度は、何かを探し始めた。円柱にセメントを流し込む仕切り扉を開閉するロープを探していたのだ。やっとのことで探し当て、慎重に引っ張ってみると、コンクリートの粘液がパイプを通って型に勢いよく流れる音がした。さらにロープを引き、仕切り扉を広く開ける。液状のコンクリートが流れる音がより大きくなった。しばらくするとロープを放し、シャベルを見つけて再び梯子を上った。コンクリートは型の頂上近くまで達している。レックス・ランダーの姿は、もうどこにもなかった。シャベルをせっせと動かしてセメントの表面を均等にならし、今度こそ本当に木型から降りた。

嵐は局地的で一過性のものだったが、たとえ天変地異が起きていたとしても、イェー・リンは気づかなかっただろう。レックスの車のステップにびしょ濡れの姿で座り、煙草を吸いながら考え事をした。手の皮膚はむけて出血し、体じゅうの骨が痛む。そうして物思いにふけっているところへ、近づいてくる車のエンジン音が聞こえ、急いで生け垣の陰に身を隠した。車は猛スピードで通り過ぎていった。

「ぐずぐずしている暇はない」と、イェー・リンは呟いた。

車に乗り込んで走りだし、ストーフォードの村の中は避けて川沿いの道を進んだ。川のそばで車を停め、エンジンをかけたまま降りる。手でクラッチを切ると、車は土手を転げ落ち、真っ暗な水の中に沈んでいった。それからイェー・リンは、自分の車を取りに戻ったのだった。

夜が明ける頃、イェー・リンはリード街を望む自分のアパートで、香りの漂う熱い風呂に入っていた。お湯から出した両手に、薄いブラウニングの詩集を握っている。彼が読んでいたのは『ピッパが通る』（ロバート・ブラウニングの劇詩。一八四一年刊）だった。

第三十八章

「階段に血痕がある」と、カーヴァーは言った。「庭園の小道にもだ。ランダーがいつも車を停めていた道からバックしたタイヤ痕もはっきり残っているが、それ以外の痕跡は消えている」

カーヴァーとタブは顔を見合わせた。

「どう思います?」と、タブが小声で訊いた。

「私の意見を口にするのはやめておくよ」と、カーヴァーは答えた。「それに正直に言うとな、タブ、私にとってはランダー本人よりも、やつが書いた告白文――狂気に満ちていて支離滅裂ではあるが――その自白書のほうが重要なんだ」

夜が明けてコーヒーを淹れに下りてきたウルスラが、黙って、だが熱心に耳を傾けていた。

「ランダーがここに来たのは確かだ」と、カーヴァーが言った。「電話線を切り、窓から居間に侵入したあと二階へ上がった。物音をお聞きになりませんでしたか、アードファーンさん」

「何も」ウルスラは首を横に振った。「ぐっすり眠っていましたから。でも、もしドアの外で乱闘があったら、いくらなんでも気がついたと思います」

「乱闘の主導権を握っていたのが誰だったかによりますがね」カーヴァーはにこりともせずに言った。「私が考えているのは――いや、この際、それはどうでもいい。事実だけに注目しましょう。ランダーの帽子が道路で見つかったことからも、やつは確かにここに来ていた。車の痕がしっかり残っているが、ランダー本人は消えてしまった。それが事実です。ターナーは何も耳にしていないんですか」

「ええ。それも仕方がないことなんです。彼が寝ているのは、家の裏側にあるキッチンの続きの部屋ですから。自白書から何かわかったのですか」

「何もかもです」カーヴァーの言葉に力がこもった。「どうやって鍵がテーブルに戻されたかについてのタブの説明と合わせれば、すべて解明されたと言っていいでしょう。ランダーは伯父の金を手にする計画を何年もかけて練っていたようです。それを急いで実行しなければならなくなった——おそらく、トラスミアの屋敷にしばらく滞在したときにでも、財産を家族に遺すつもりはない、と聞かされたのでしょう。客としてメイフィールドにいるあいだに、トラスミアが持っていたリボルバーを盗んだに違いない。それと、ほかにも奪ったものがあった」

「何かわかりますわ」と、ウルスラが落ち着いた声で言った。「メイフィールドの便箋を持ち去ったのですね」

タブは驚いてウルスラを見た。

「なんで、そんなことをする必要が？」

ウルスラはすぐには答えなかった。カーヴァーが質問を差し挟んだからだ。

「アードファーンさん、ランダーがトラスミア殺しの犯人だと、いつからご存じだったんですか」

タブは、そんなことはまったく知らなかった、それを聞いて恐ろしくショックを受けている、とウルスラが答えるものと思っていた。ところが、ウルスラはこう言ったのだ。

「タブからトラスミアさんが残した遺言書の件を聞かされたときに、彼が犯人だとわかりました」

「でも、どうして?」と、タブは尋ねた。

「だって……トラスミアさんは英語の読み書きができなかったんですもの!」

その言葉の持つ重要性を、タブよりも早くカーヴァーが理解した。

「なるほど。あの遺言書は偽物ではないかと、ずっと思っていたんだ。だが、単に偽造だと考えていた。ランダーが、伯父からもらっていた手紙の筆跡を真似たのだろうとね」

「トラスミアさんは一度も手紙を出してはいません。あれはランダーさんが自分で書いたものです。きっと、遺言書が発見されたときに署名が本物だと思わせるために仕組んだのでしょう。伯父様の弱みを薄々知っていたのだと思います。トラスミアさんは、その点をとても気になさっていました。中国語はすらすら読み書きができるのに——実際、中国語に関しては専門家顔負けでした——英語は全然書けない、と、よくこぼしていました。私を秘書に雇ったいちばんの理由はそれです。なんらかのコネがあって、絶対的な信用のおける人間が必要だったのです」

「レックスが自分で手紙を書いていたっていうのか」とても信じられないといったふうにタブが訊いた。

ウルスラは頷いた。

「間違いないわ。トラスミアさんが手書きの遺言書を残していたとあなたに聞いたとき、私は気を失いそうになった。そして何が起きたのか、誰が犯人で、なぜトラスミアさんが殺されたのかがわかったの」

カーヴァーは、髭を剃っていない顎を撫でた。

「ランダーを見つけられればいいんだが」半分独り言のように言う。

「レックスは、いつから計画を立てていたんだろう」

重苦しい沈黙を破って、タブが言った。

「何年も前からだ。最初に――」カーヴァーが口ごもった。

「最初に私を見たときからですか」やりきれない口調でウルスラが言った。

「その前からです。ランダーには、心を奪われた女性がほかにもいたんですよ」と、カーヴァーは答えた。「さっきも言ったように、財産が自分のものにならないのがわかって、ランダーは計画の実行を急がなければならなくなった。そもそも絶好の機会を待っていたんです。計画はすでに細部まで完成していたんでしょう。何度も繰り返し鍵のトリックを練習し、犯行当日のあの日、実行に移すことにした。土曜の午後はたいてい伯父さんが地下室にいて、地下へ通じる扉が開いているのを知っていましたからね。最初の仕事は、使用人を排除することだった。なんらかの手段で、ウォルターズが悪党だと知ったのでしょう。ランダーが熱心に犯罪を研究していた時期があったそうです。メガフォン社の資料室に何時間もこもって、その結果、会社をクビになったと聞きました」

タブが頷いた。

「そこでウォルターズことフェリングのことを知ったのかもしれません。推測にすぎませんがね。ウォルターズが有罪判決を受けた窃盗犯だとわかれば、殺害当日の午後、三時に警察が訪問するという電報を送るだけで充分だった。電報の出所はたどれました。電報が配達されてウォルターズが屋敷を出るまで、ランダーは近くに隠れて見張っていたに違いありません。ドアが開いてウォルターズが出てくるやいなや、偶然を装って姿を現したんです。ウォルターズがいなくなるのを待って屋敷に入り、階段を下りると、思ったとおり伯父がテーブルで仕事をしていた。おそらく、その週の収入でも勘定していたのでしょう――トラスミアの大好きな作業でしたからね。ランダーはいきなり伯父を撃ち殺した。そして鍵を捜すと、思ったとおり鍵穴ではなく、トラスミアの首に掛かっていた。そこで、鎖をちぎって血に染まった鍵を手にし、事前に用意しておいたピンと糸をテーブルの真ん中に固定し、糸に鍵を通したあと糸の先端を通風孔から外に出して、ドアを閉め鍵を掛けた。それから、タブ、君が目撃したように、弛んだ糸を引っ張ったわけだ。

最初に地下室を調べたとき、ドアの下に小さな血痕を見つけたんですが、どの方向に動いたのかわかりませんでした。それに、鍵の刻み目に小さな砂利が挟まっていた理由も不明でした。二つの謎が、どちらもこれで説明がつく。鍵がテーブルに戻ったあと、ランダーはピンを引き抜き、糸から外してポケットに入れたものの、うっかり廊下で落としてしまったといったところでしょうね」

再び長い沈黙ののち、カーヴァーが苛立たしげに言った。

「ランダーは今、どこにいるんだ」

その問いにただ一人答えられる人物は、ちょうどその頃、堅く狭いベッドで穏やかな眠りに就いていた。

第三十九章

イェー・リンから手紙が届いた。

親愛なるアードファーン様――
来週の月曜日に新築祝いのパーティーを開きたいと思います。お越しいただけますでしょうか。できれば、カーヴァーさんとホランドさんにもご出席いただきたく存じます。

ウルスラはすぐに、自分とタブは喜んで伺うと返事を書いた。

「いいじゃないか」と、編集長は言った。「あの家はネタになりそうだぞ、タブ。若いうちに一度くらい有益なコラムを書いてみたらどうだ！　近頃のお前さんの記事はどうかしてるからな――朝刊の責任者がお前さんの感傷的な文章のことをこぼしてたぞ。国務大臣を『ダーリン』と呼ぶのはおかしいし、普通は裁判官に『愛しの』なんて言葉はつけないってな」

タブは真っ赤になった。

「僕、そんなことをしてますか、ジャック」気が咎《とが》めて訊いた。

「もっとひどいさ。まあ、いい……イェー・リンの柱についていい記事を書くんだな。ありふれた記事ではなく、燃え立つような東洋のエッセンスを入れるんだ。いいな?」

タブは必ずそうすると約束した。

新築祝いのパーティーで、タブは思いがけずストットと再会し、ウルスラに紹介した。ストットはイェー・リンの家の建物に、ことのほか関心を示した。本人が何十回も口にしたとおり、基礎工事に携わったからだった。

「どれだけ感謝しても足りませんわ、ストットさん」と、ウルスラは心から礼を言った。「タブ——ホランドさんから、あの火事の夜、あなたがいかに勇敢だったかお聞きしました」

ストットは咳払いをした。

「私を表彰しようという話がありましてね」と、気が乗らなそうに言う。「なんとかやめてくれるよう、はたらきかけているのです。そんなことで大騒ぎされたくありませんからね。どういうわけか、うちの一族はみな、こういう騒ぎが嫌いなんですよ……世間の注目を浴びるのが嫌でしてね。父はバプテスト派でも最高と言っていい牧師で、教会の監督職になってもおかしくなかったのですが——実際、そういう打診も受けたのですがね——父も私と似ていたんですな。そういえば……」

イェー・リンは一同を連れて家の中を案内し、苦労して集めた、初めて日の目を見る芸術品を披露した。

ウルスラはとても幸せな気持ちになっていて、イェー・リンが見せてくれる美しい小さな彫像も、中国の画家の作品も、いちいち子供のように感動して熱心に鑑賞した。

「イェー・リン」ほんのひと時、二人だけになったとき、ウルスラは尋ねた。「ランダーさんの消息を知りませんか」

イェー・リンは首を振った。

「外国に逃亡したと思います？」

「それはないでしょう」と、イェー・リンは答えた。

「ご存じなの？」ウルスラが意味ありげに訊いた。

「私が言えるのは」美しい図柄が描かれた扇子で顔をあおぎながら、イェー・リンは言った。「ゴールデン・ルーフでお目にかかった日以来、ランダーさんにはお会いしていないということだけです」

ウルスラはこの言葉に満足したようだったが、ふと尋ねた――。

「ウェリントン・ブラウンというのは何者だったのですか」どことなく声がひきつっている。

「お嬢さん」イェー・リンが優しく言った。「彼は死んだのです。そっとしておいてさしあげましょう」

ウルスラは手で目を覆い、頷いた。

「われわれ中国人は、祖先を許すものです」と言って、イェー・リンは悲しみに沈むウルスラを黙って見守った。

ゲストたちを家の中からテラス・ガーデンに連れ出したあと、広々とした黄色い道を歩いて、敷地の入り口を守るように立つ巨大な二つの灰色の柱へ案内した。

「これを立てるのには苦労なさったでしょう」プロらしい目で見上げながらストットが言った。

「片方だけは」イェー・リンは物憂げに扇子であおぎながら応えた。「〈楽しき思い出〉の柱のほうは、ちょっとした障害がありました。ある晩、雨が降っているあいだに何者かが敷地内に侵入し、ロープを切って型の中にセメントを流し込んだあげく、ほかにもささいなダメージを残したのです。建設業者は柱が固まらないのではないかと心配したのですが、このとおり完成しました」

滑らかなコンクリートの表面を見上げたイェー・リンの視線が、地面から数十フィート上のところで止まった。

「私はこの柱を、私を手助けしてくださったすべての人に捧げます。亡きシー・ソー、アードファーンさん……西洋と東洋のあらゆる神々に。そして、愛する人と愛される人すべてに」

ゲストが帰ると、儀式用の青と金色のサテンの服を着たイェー・リンは、小さな本を手に柱の下に戻った。真ん中に指を挟んである。

あとに従っていた使用人は、いつの間にか姿を消していた。

「きっと」と、イェー・リンは声に出して言った。「これからはもっと幸福になるだろう……」柱に向かって一礼し、本を開いて深い声で読み上げた。それは、死者を埋葬する礼拝だった。

唱え終わると、使用人が持ってきておいた青い壺に立てられた三本の線香に火をつけて柱の前に置き、深々と叩頭《こうとう》の礼を行った。そして、ゆったりした袖からこの場に適した言葉が書かれた金紙を数枚取り出して燃やした。

「私の知る神は、これだけだ」静かに指の汚れを落としながら、イェー・リンは呟いたのだった。

訳者あとがき

本書『血染めの鍵』は、一九二三年に出版されたエドガー・ウォーレスの *The Clue of the New Pin* を翻訳したものである。訳出にあっては、Hodder & Stoughton 社のペーパーバック（一九五四年版）を使用した。

The Clue of the New Pin（1954,Hodder & Stoughton）

英国初版 *The Clue of the New Pin*（1923,Hodder & Stoughton）

日本で最初に訳されたウォーレス作品で、同年に松本泰が興した杢蓮社発行の『秘密探偵雑誌』に藤井巌（松本泰の別名義とされている）の翻訳で連載された（一九二三年五月号〜九月号）。昭和四年には、『探偵小説全集』（春陽堂）にも松本泰名義で収められている。今回、新訳を担当させていただく機会を得て、あらためてウォーレス作品の魅力に引き込まれた。英国風の上品でウィットに富んだ筆致、細部まで練られたプロットはもちろんのこと、本作品には謎めいた東洋的要素がふんだんにちりばめられ、読む者を魅了する。一九二九年、アーサー・モード監督が映画化し、一九六一年にアラン・デイヴィス監督によってリメイクされたのも頷ける、たたみかけるようなエキサイティングなストーリー展開だ。

エドガー・ウォーレス（本名、リチャード・ホレイショ・エドガー・ウォーレス）は、一八七五年四月一日、ロンドンのグリニッジで私生児として生まれ、ほどなくビリングズゲートで魚屋を営むフリーマン夫妻の養子となり、十代に入って寄宿学校に入れてもらったが、学業はそっちのけで、新聞売り、牛乳配達、工員、調理師など、さまざまな職を経験した。

一八九四年に歩兵隊に入隊し、二年後、南アフリカへ配属されたのち、医療部隊を経て最終的に報道部隊に転属した。ケープタウンでラドヤード・キップリングに出会って多大な影響を受けたウォーレスは、一八九八年に詩集の出版を始め、翌年には除隊して執筆に専念する。ロイター通信や『デイリー・メール』紙に勤務し、従軍記者として第二次ボーア戦争を取材したが、一九〇三年にロンドンに戻り、『デイリー・メール』紙で働くかたわら推理小説を書き始めた。自ら出版社を立ち上げ、初の長編作品『正義の四人』*The Four Just Men*（一九〇五）の出版は成功したものの、会社の経営は悪化し、経済的に苦境に陥る。

一九〇七年、レオポルド二世によるコンゴでの虐殺行為を取材。それをもとにした*Sanders of the River*（一九一一）がベストセラーとなった。一九〇八年からは競馬界の記事を手がけるようになるが、自身も賭け事で多額の債務を負ってしまう。

ウォーレスは多作家で知られ、一九二八年にイギリスで読まれた本の四冊に一冊は彼の作品だと言われるほどだった。推理小説にとどまらず、ＳＦ、脚本、ノンフィクションなど、多岐にわたる分野を執筆。百七十冊以上の長編小説、九百五十七編の短編小説という驚異的な数の作品を残し、二十八カ国で翻訳されている。口述したものを秘書がタイプするという手法が、これだけの多作を実現させせたとも言われている。多作ゆえか全体的に見るとシリーズ物は少なく、シリーズ・ヒーローを使う場合も、連続性を必要とする厳密なストーリーは避けたようだ。

舞台脚本も十八作品書き、*The Green Pack*、*On the Spot* は高い評価を得た。一九三一年、メリアン・C・クーパーがプロデュースする映画『キングコング』*King Kong* の脚本を依頼され、執筆中に糖尿病に倒れて肺炎を併発し、一九三二年二月十日、帰らぬ人となる。

本書はトリック中心の本格派推理小説でありながら、ロマンスあり、ハードボイルドあり、またシリアスとコミカルを程よく取り混ぜた、超エンターテインメント物に仕上がっている。読み直すほどに、そこここに仕掛けられたヒントに驚かされるだろう。

なお、原文では中国政府から将校にリボルバーが支給されたのが十五年前（本書二三七頁）と約十二年前（本書二六二頁）と不統一だったが、本書では「十五年前」とした。

多作家ウォーレスの代表作とも言える本書の魅力を、あますところなく味わっていただけたなら幸いである。

本書を訳すにあたり、中国語の発音について、兪麗萍《ユウリイピン》氏にご確認いただきました。記して感謝します。

二〇一七年十二月

友田葉子

ヴァン・ダインや横溝正史に影響を与えたウォーレスの密室もの

横井　司（ミステリ評論家）

海外ミステリ・ファンにはよく知られているとおり、第一次世界大戦の終了とともに、長編探偵小説の時代が訪れる。アガサ・クリスティーやF・W・クロフツのデビューを皮切りに、イギリスとアメリカにおいて、今日、本格ミステリの書き手として知られる多くの作家が登場し、ハワード・ヘイクラフト名づけるところの黄金時代を形成した。日本では戦後になって、このヘイクラフト史観に沿って江戸川乱歩が海外探偵小説の史的展開を紹介し、黄金時代に書かれた多くの長編探偵小説が翻訳されていく。その際、戦前の日本において、それなりの数の作品が紹介され、読まれてきた作家であっても、「本格」という基準からふるいにかけられ、再評価の機会を逸してきた作家がいる。その中でも、J・S・フレッチャーと並ぶ存在といえそうなのが、エドガー・ウォーレスだろう。

一九〇五年に『正義の四人』でデビューしたウォーレスは、以後、一九三二年に亡くなるまでに、百七十冊近い長編を上梓した。「聖書をのぞきイギリスで印刷され売られた本のうち、じつに四冊に一冊はエドガー・ウォーレスのだといわれた」こともあると、ヘイクラフトが伝えている（引用は林峻一郎訳『娯楽としての殺人』国書刊行会、一九九二から。以下同じ）。ヘイクラフトはウォーレスを評して「ストーリー・テラーとしての偉大な天成の才能と、同時に自分の天賦と力を浪費してしまう感情的未成熟とをあわせもっていた」と述べ、ウォーレスが書いた作品に「真の探偵事件というものはほとんどない」としつつも、「探偵小説の大衆化への影響は（略）まさに広大ではかりしれないものである」と、その影響の大きさを認めるのにやぶさかではなかった。

戦後の探偵小説界におけるオピニオン・リーダーだった江戸川乱歩は、ウォーレスの作品を「ほとんど読んでいない」と『海外探偵小説作家と作品』（一九五七）のウォーレスの項で述べている。自身が「余り好まなかった」にも関わらず、同書にウォーレスの項を加えたのは、「欧州でもアメリカでも非常に読まれ、日本へ来ている外人なども、ヴァン・ダインは読まなくても、ウォーレスは読んでいたから」であり、「探偵小説好きの外人の書棚にはウォーレスばかりが並んでいた」からであろう。自分の好みからは外れていても、海外において一定の支持を得ているものについては公平に紹介しようとする、乱歩のバランス感覚をよく示している。

ここで乱歩がS・S・ヴァン・ダインを引き合いに出しているのが面白い。というのも、ヴァン・ダインとウォーレスは、ちょっとした因縁があるからだが、それについてふれる前に、本書『血染めの鍵』*The Clue of the New Pin*（一九二三）の、わが国における受容について、簡単に紹介しておくことにしよう。

本作品は最初、「血染《ちぞめ》の鍵」という邦題で、松本泰が主宰する雑誌『秘密探偵雑誌』の一九二三（大正十二）年五月創刊号から同年九月号（通巻第五号）まで、藤井巌によって訳載された。『秘密探偵雑誌』は刷り上がったばかりの十月号（通巻第六号）を発送間際に関東大震災で焼いてしまい、そのまま廃刊となった藤井の翻訳も中絶してしまう（訳されたのは第十四章の途中まで）。泰はその後、一九二五（大正十四）年三月に『探偵文芸』を創刊し、同年の十二月号から、「赤い鍵」と改題の上、泰自身の訳で連載が再開された。

『探偵文芸』の連載は、ふたたび第一章から始まったが、同誌は翌一九二七（昭和二）年一月号をもって廃刊となってしまい、泰の訳もまた連載再開二回目にして中絶の憂き目を見ることになった（訳されたのは第五章まで）。その後、一九二九（昭和四）年になって、春陽堂から『探偵小説全集』の刊行が始まり、同年七月に第二回配本として、第四巻「甲賀三郎集」とともに第八巻「エドガア・ウオレス集」が上梓された。そこに松本泰訳として「血染の鍵」と「叛逆者の門」*The Traitor's Gate*（一九二七）が収録され、ようやく読者にその全貌が知られるようになったわけである。本書『血染めの鍵』は、それから数えて約九十年ぶりの新訳となる。[1]

もっとも、『血染めの鍵』の一部分、すなわち密室トリックが解明される一節のみは、何度か翻訳されてきている、というのも、ヴァン・ダインの第六長編『ケンネル殺人事件』*The Kennel Murder Case*（一九三三）において、シリーズ探偵のファイロ・ヴァンスが密室トリックを解明する際、参照しているからだ。

『ケンネル殺人事件』は、本国で刊行されたのと同じ一九三三（昭和八）年に延原謙訳が『新青年』誌上で連載され、同年に新潮社から上梓されている。この訳は一九五四年にハヤカワ・ミステリとして再刊された。その後、一九五八年になって、井上勇による訳が、東京創元社の『世界推理小説全集』の一冊として刊行され、これが後に創元推理文庫に編入され、現在に至っている。[2]

戦後生まれの多くの読者は、ヴァン・ダインの『ケンネル殺人事件』を通して、ウォーレスの『新しいピンの手がかり』という作品名と、そのトリックのギミックのみを知らされてきたのである。[3] 創元推理文庫の解説では、中島河太郎によって、戦前の訳に基づいて、そのあらすじが簡単に紹介されている。それを読んで、訳があるのならばと思ってはみても、戦前の訳書がそう簡単に手に入るはずもなく、いたずらに気を揉まされてきたわけである。その渇がようやく癒されるのは喜ばしい。

もっとも、右の中島河太郎の解説では「トリックを探偵が解明するのなら、本格物としても通用するのだが、スリルを重視する作家の悲しさで、犯人が自己のトリックを説明し、聞かせた相手を部屋に閉じこめて殺そうとはかる場面を描いているのである」と評されている。つまり、密室トリックはあっても、本格ミステリとはいえないというわけだ。だが、本格ミステリとはいえないからといって、作品が面白くないということにはならないだろう。密室トリック以外に読みどころがないわけでもなく、ヘイクラフトも評価したストーリー・テリングの妙を、まずは素直に楽しみたいところだ。

また、密室トリックに関しては、密室の必然性という観点からみると、重要な考え方を提起しているように思われる。都筑道夫は『黄色い部屋はいかに改装されたか？』（一九七五）において次のように書いていた。

謎は合理的に解決されなければなりません。（略）密室の殺人事件ならば、密室にした理由も、合理的に説明されなければならないのです。ところが、トリックを偏重したパズラーでは、作者の神経はしばしばトリックに集中されるあまり、事件の底のほうがおろそかになって、ただ自分に嫌疑がかからないようにするために、密室にした、というような説明になりがちです。そんな説明では、密室にする方法が複雑であればあるほど、納得できなくなるばかりです。

『血染めの鍵』は、「トリックを偏重したパズラー」ではないので、この都筑の批判から逃れ得ている、ということではない。「トリックを偏重したパズラー」ではないにもかかわらず、密室にする必然性が考慮されていること、そしてその必然性の背景には、法制度への信頼が伏在していることに、注目しておきたいのである。このように視点を変えてみたとき、本作品は現代人の読みうる密室ミステリとして、新たな意味合いを示し始めるはずだ。

『血染めの鍵』では、密室トリック以外に、もうひとつ、独創的といえそうな死体処理トリックが盛り込まれている。二階堂黎人は、『真紅の輪』*The Crimson Circle*（一九二二／論創海外ミステリ、二〇一五）の解説で、ウォーレスを（トリックの）「アイデア・マン」だったと位置づけているが、本書における死体処理トリックなども、現代の有名な映像作品の先駆とみなすことができ、アイデア・マンという評価の証左となるだろう。

ところで、『血染めの鍵』は、日本の本格ミステリ・ファンにとって、もうひとつ重要な意義を持っている。それは、二階堂も右の解説でふれているとおり、横溝正史『迷路荘の惨劇』（一九七五）の密室トリックにインスパイアを与えているということだ。

『迷路荘の惨劇』は、もともと「迷路荘の怪人」という短編として書かれ、一九五六年に発表された。それを加筆した中編版が一九五九年に刊行されたのち、一九七五年になって長編版が上梓された。密室殺人事件が加わったのは、この長編版からである。その長編版の謎解き場面において金田一耕助が、事件を担当する刑事に対して「笑わないでくださいよ。こ、これ、まるで子供だましみたいなトリックですからね。しかも、これ、わたしが考え出したことじゃなく、若いころこういうトリックを使った、外国の探偵小説を読んだような気がするんです」と話す場面がある。その「外国の探偵小説」が『血染めの鍵』であると同定したのが、浜田知明であることは、先に『光石介太郎探偵小説選』（論創

ミステリ叢書、二〇一三）の解題でも紹介しておいた通りである。(4)

右の解題でも述べたとおり、光石介太郎のデビュー短編「十八号室の殺人」（一九三一）でも、探偵役が「僕が若し以前に外国の小説でそれに似た物語の中のトリツクを読んで知つてゐなかつたら、多分見すごしてゐたかも知れない」と話す場面があり、光石作品もまた『血染めの鍵』にインスパイアされたのではないかと考えられる。ドアの通風孔に関して、横溝も光石と原作とは異なる解釈をしているが、これは藤井巌ないし松本泰の翻訳に即しているからであろう。ただし光石作品にはピンのギミックが使われておらず、その意味では横溝作品の方が、より『血染めの鍵』に近い。いずれにせよ、共に同じ翻訳作品からトリックを借用しているのが興味深い。要するにそれくらい、一九二三年（あるいは二九年）当時にあって、『血染めの鍵』のトリックは鮮烈な印象を残したということである。

本書で印象的なのはトリックだけでなく、中国人が重要な役割を果している点でも注目される。有名なロナルド・ノックスの十戒が公表されたのは一九二八年のことだが、その第五戒で「中国人を主要な人物にすべきでない」（引用は宇野利泰訳『探偵小説十戒』晶文社、一九八九から。以下同じ）と書いているのは、よく知られていよう。ノックスがこのような戒律を加えたのは、当時、「〝中国人は頭脳が優秀でありながら、モラルの点で劣る者が多い〟という偏見」に基づいて、中国人が描かれていたからであった。『血染めの鍵』は、こうしたステロタイプな中国人像を描く小説とは一線を画しているように思われる。また『血染めの鍵』のトリックを『ケンネル殺人事件』で引用したヴァン・ダインは、怪しい中国人というクリシェをひねってもいたが、もしかしたら『血染めの鍵』からのインスパイアは、そうした中国人像にも及んでいるのかも知れないのである。

ジュリアン・シモンズは『ブラッディ・マーダー』（一九七二、八五、九二／宇野利泰訳、新潮社、二〇〇三）において、ウォーレスの代表作として『真紅の輪』と『血染めの鍵』、未訳の *The Fellowship of the Frog*（一九二五）をあげ、『血染めの鍵』については「巧緻な筋立てを備え」ていると評している。シモンズは続けて「第二次大戦後の西ドイツ首相コンラッド・アデナウアが熱心な賛美者であったように、ウォーレスの愛読者はいまもなお跡を絶たない」ことを紹介しているが、ウォーレスの愛読者は特にドイツに多いようで、一九六〇年代に多くの作品が映画化されており、その影響がイタリアのジャッロ（ジャーロ）映画にまで及んでいる。今風にいうなら、ウォーレスの遺伝子は今もなお形を変えて受け継がれている、ということになるだろうか。

『血染めの鍵』に関していえば、一九二九年にイギリスで映画化され、一九六一年に同国でリメイクされた（いずれも日本未公開）。また、ジャッロ映画の傑作として知られる『ソランジェ／残酷なメルヘン』Casa avete fatto a Solange?（一九七二）の原作にもなっている。[5] その意味においても、『血染めの鍵』が新訳されることは、決して単なる懐古趣味にとどまらず、エンタテインメントの今を見据える上で重要な意味を持つといえるだろう。

註

（1）それにしても、『秘密探偵雑誌』での翻訳連載が、原書の刊行と同年の一九二三年であることには、今さらながら驚かされる。なお、藤井巌が松本泰の別名義だとする資料も散見されるが、実際のところは不詳である。『秘密探偵雑誌』連載時は、各章番号のあとに章題が付せられていたが、『探偵文芸』連載時になって、章題が省かれている。また、藤井版と松本版とでは、訳文も微妙に異なるし、藤井版が完訳に近い。これらのことから、両者が同一人物であると単純にはいえなさそうだ。

（2）井上訳は、一九六二（昭和三十七）年に刊行された、東京創元社の『世界名作推理小説大系』別巻3にも収録されている。

（3）ヴァン・ダインは、本名のウィラード・ハンティントン・ライト名義で発表した、一九二七年刊行のミステリ・アンソロジーの序文においても、『新しいピンの手がかり』に言及している。

エドガー・ウォーレスは、あまりに多くの作品を、あまりにも迅速に書き、問題に注意を払うこと、あまりにも少なく、もっとも有能な推理小説作者の名簿に組み入れるには、安価な《スリル》にあまりに大きな力を注ぎすぎた。しかし、《新しいピンの手がかり》——初期の作品のひとつ——は、犯人が捜査の手をのがれるために使ったトリックが独創的なので、ここに言及しておくべきだろう。（井上勇訳「推理小説論」『ウインター殺人事件』創元推理文庫、一九六二）

この序文を執筆した数年後の『ケンネル殺人事件』においては、『新しいピンの手がかり』の他に『曲がった蠟燭の手がかり』*The Clue of the Twisted Candle*（一九一六）というウォーレス作品にも言及し、そのトリックを明かしていることから、同作品にも注目していたことがうかがえる。

（4）浜田知明「横溝正史の読んだ探偵小説（海外編）」『定本 横溝正史の世界《投稿編》』創元推理倶楽部秋田分科会、二〇〇四。

（5）以上は、北島明弘『世界ミステリー映画大全』（愛育社、二〇〇七）による。

〔著者〕
エドガー・ウォーレス
本名リチャード・ホレイショー・エドガー・ウォーレス。1875年、英国ロンドン生まれ。新聞の売り子やトロール船の乗組員として働きながら学問を修め、1894年に英国陸軍歩兵隊へ入隊。除隊後は記者として活躍したが名誉毀損による損害賠償問題を起こして失職する。1905年に発表した処女作「正義の四人」がベストセラーとなり、以後は専業作家として膨大な数の小説を書いた。32年、ハリウッド滞在中に肺炎と糖尿病を併発して急逝。

〔訳者〕
友田葉子（ともだ・ようこ）
津田塾大学英文学科卒業。非常勤講師として英語教育に携わりながら、2001年、『指先にふれた罪』（DHC）で出版翻訳家としてデビュー。その後も多彩な分野の翻訳を手がけ、『極北×13＋1』（柏艪舎）、『死者はふたたび』（論創社）、『ショーペンハウアー　大切な教え』（イースト・プレス）など、多数の訳書・共訳書がある。

血染《ちぞ》めの鍵《かぎ》
——論創海外ミステリ 202

2018年1月20日　初版第1刷印刷
2018年1月30日　初版第1刷発行

著　者　エドガー・ウォーレス
訳　者　友田葉子
装　丁　奥定泰之
発行人　森下紀夫
発行所　論 創 社
〒101-0051 東京都千代田区神田神保町2-23 北井ビル
電話 03-3264-5254 振替口座 00160-1-155266

印刷・製本　中央精版印刷
組版　フレックスアート

ISBN978-4-8460-1686-9
落丁・乱丁本はお取り替えいたします